自鞏洛舟行入
黃河卽事寄府縣僚友

夾水蒼山路向東
東南山豁大河通
寒樹依微遠天外
夕陽明滅亂流中

강물을 낀 푸른 산 뱃길은 동쪽으로 향하고
동남쪽 사이 활짝 열려 드넓은 황하로 통하네
겨울 나무는 먼 하늘 끝에 담아 희미하고
석양은 물결 속에서 사라져 간다

鬼眼

귀안

귀안 4

현우 퓨전 무협 소설

초판 1쇄 찍은 날 § 2005년 8월 25일
초판 1쇄 펴낸 날 § 2005년 9월 5일

지은이 § 현우
펴낸이 § 서경석

편집장 § 문혜영
편집책임 § 최하나
편집 § 장상수 · 서지현

펴낸곳 § 도서출판 청어람
등록번호 § 제1081-1-89호
등록일자 § 1999. 5. 31
어람번호 § 제2-0681호

주소 § 경기도 부천시 원미구 심곡1동 350-1 남성B/D 3F (우) 420-011
전화 § 032-656-4452 팩스 § 032-656-4453
http://www.chungeoram.com
E-mail § eoram99@chollian.net

ⓒ 현우, 2005

ISBN 89-5831-693-4 04810
ISBN 89-5831-577-6 (세트)

鬼眼
현우 퓨전 무협 소설
Fusion Oriental Heroes
귀안 4 ■태동(太動)
도서출판
처럼

목차

제1장

색마의 최후

　　드드득, 드드득.

　신경의 말단을 자극하는 거북한 소음이 머리카락을 곤두서게 한다.

　비단 소름 돋는 소음뿐만이 아니다.

　집안 기둥뿌리는 통째로 뽑힌 지 오래라는 사실을 아는지 모르는지.
아침마다 돗자리 들고 나서서 빌어먹는 거지부터 똥장군에 이르는 별
의별 잡놈들까지 배에 태워 벌어온 축축한 돈으로 밥술이나 뜨고 있다
는 사실을 아는지 모르는지. 종일 앉아서 사서오경이나 주절거리는 무
능한 남편을 기막힌 심정으로 쳐다보고 있는 아낙과 하등 다를 바가
없는 뱁새눈도 함께였다.

　그 시선을 따라가 보노라면 흘러내린 머리칼을 신경질적으로 뿌리
치면서도 우걱우걱 맛나게도 밥을 먹는 진이 있었다.

　드드드득, 드드드득.

숙연연은 바가지를 든 손에 더욱 힘을 주어 빈 독을 긁어댔다.

그러나 바가지 긁는 소리를 들어줬으면 하는 자는 주린 배를 채우기에 여념이 없었다.

안 되겠다 싶었는지 바가지를 내팽개치고 진에게 다가가 쪼그려 앉았다. 쪼그려 앉았을 뿐 아니라 앙칼진 뱁새눈을 한심하다는 그것으로 변형시키고 진을 사정없이 노려보는 숙연연이었다.

그러나 손뼉도 마주쳐야 소리가 나는 법이고, 대꾸가 있어야 대화가 되는 법이다. 진은 숙연연이 이러거나 저러거나 오직 밥을 맛나게 먹을 뿐이었다.

"벙어리니?"

어느새 하대다. 게다가 비아냥조다.

비로소 진이 죽통에 처박고 있던 고개를 들어올렸다, 의문이 가득한 눈동자를 빛내며.

"귓구멍에 말뚝이라도 박은 거야? 그것도 아니면……."

숙연연의 고운 미간에 슬며시 고랑이 패어지기 시작했다.

"내 말이 우스워?"

별로 웃기지는 않다. 다만 지난 보름 동안 그녀의 쉼없는 잔소리에 슬슬 면역이 돼가는 중이었고, 지금은 밥 먹는 것에만 집중했기에 달리 신경을 쓰지 못했을 뿐이다.

"무슨 말을 했는데?"

미간의 골이 더욱 깊어졌지만 예의 뾰족한 음성으로 쏘아붙이지는 못하고 빈 입만 뻥긋거리는 숙연연. 그러고 보니 대놓고 직접 이렇게 이야기한 적은 없었던 것이다.

"말은… 안 했지만 빈 독 긁는 소리 안 들려?"

비로소 진의 눈길이 어린아이 몸통만한 작은 독에 가 머물렀다. 그러나 다시 숙연연을 바타보는 눈에는 의문만이 가득하다. 숙연연은 더욱 기막힌 표정이 되고 말았다.

"만년곡이 화수분인 줄 알아? 그렇게 주야장창 먹어대기만 하면 독에 쌀이 차 오르는 거냐구?"

그렇다. 본래 만년곡은 세 명이 두 달 정도를 먹을 수 있는 양이 준비되었을 뿐이다. 그러나 입이 둘이나 늘었고, 그 두 입은 단순히 이 인분의 몫이 아니었다. 진의 먹성도 대단한 편이기는 했지만 다른 한 입은……

"쟤 좀 어떻게 해봐!"

드디어 폭발하고 만 듯, 숙연연은 네 명이서 오 일은 너끈히 먹을 수 있을 정도의 만년곡에 고개를 처박고 있는 귀랑에게 손가락질을 해댔다.

대체 언제부터 늑대가 상고기 대신 밥을 먹었느냔 말이다. 먹는 정도가 아니다. 들이붓는다고 해야 옳다. 지금도 제 앞에 산처럼 쌓아논 만년곡이 엄청난 속도로 사라지고 있었다.

"옛말에 먹을 땐 개도 건드리지 말라고 했다. 네가 보다시피 저놈은 개다. 선현들의 말씀으로도 저 녀석은 최소한의 권리는 보장받은 셈이지."

객쩍은 소리를 늘어놓는다.

진도 안다. 중공산은 벗어났지만 한겨울에 식량을 자연 노천에서 구할 방도란 요원하다. 결국 식량을 살 돈이 있어야 하는데, 없다. 깊은 산중에 처박혀 오직 적을 향한 칼을 갈아온 지난 세월, 모아놓은 재물이 있을 턱이 없는 것이다.

수단이 남다른 함철원이라고 해서 다를 바가 없었다. 재주는 있으나 재물을 모을 시간도, 여유도 없었다. 목적지도 없이 중원 전체를 떠도는 일이 마의 한 벌에 보퉁이 하나면 끝나는 일이 아니다. 움직이면 바로 돈이다. 더군다나 딸린 입이 둘이나 있었으니, 은자는 벌어들인 족족 모두 소비되고 말았다.

그들은 완벽한 거지였다.

"그래도 무슨 수를 내야 하지 않겠소. 이대로 가다간 놈들에게 잡혀 죽기 전에 굶어 죽고 말겠소이다."

함철원도 숙연연을 거들고 나서자 진은 비로소 볼록 튀어나온 배를 톡톡 치면서 일어섰다. 그리고는 아무렇게나 던져 놓은 자신의 보퉁이를 뒤적이더니 은은한 바닷빛이 감도는 막대기 하나를 꺼내놓았다.

바닷빛 막대기를 받아 든 숙연연의 눈이 휘둥그레졌다.

"이건… 녹옥(綠玉)?"

녹옥이 우윳빛 백옥(白玉)보다 값이 두 배 정도는 된다고는 하지만 돈만 있으면 언제든지 구할 수 있는 노리개다. 오랜 방랑 생활과 긴장감 넘치는 삶 속에 숙연연은 여자로서 자신을 꾸며볼 여유 따위는 갖지 못했고, 그것은 지금도 마찬가지였다.

그러므로 진이 내민 녹색 옥비녀가 여인의 눈으로 비추어 너무나 아름답기에 탄성을 지른 것은 아니었다. 이런 걸 왜 가지고 있냐는 의문인 게다.

"예전에 누가 준 거다. 급할 때 돈으로 바꿔 쓰라고 하더군. 아무래도 지금이 그때인 듯하다."

녹옥은 하화가 준 옥비녀인 것이다.

나름대로 설명을 곁들였지만, 숙연연의 앙칼졌던 눈은 의심의 빛을 발하더니 이내 하회탈의 그것처럼 일그러졌다.

"……?"

"그래애?"

오뉴월 땡볕 아래의 엿가락처럼 말꼬리가 늘어진다.

"호호호호!"

또 웃는다. 매번 저런 낭랑한 웃음이 들리고 나서는……

"경고하는데……."

진은 말을 마치지 못했다. 경고성을 발하기도 전에 숙연연은 어느새 진의 뒤로 돌아가 머리를 말아 올리고는 비녀를 요리조리 꽂아보고 있었던 것이다.

"호호호. 누가 주기는… 비녀 가지고 다니는 남자가 어디 있어? 역시 예전부터 여장을 즐겼던 거야. 화장이 너무 잘 먹을 때부터 알아봤다니깐! 이거 봐, 이거 봐. 꼭 어울리잖아?"

함철원과 묵진민이 둥그렇게 진을 에워쌌다. 그리고 감탄의 한마디.

"호오… 정말이네!"

옥비녀는 오직 진을 위해서 만든 것처럼 그의 흰 피부와 칠흑 같은 머릿결에 완벽하게 녹아들어 있었다. 아무리 봐도 미장부보다는 나라를 망치고야 말 요부가 더 어울리는 모습인 것이다.

부들부들, 진은 비 맞은 강아지처럼 떨어댔다.

동그란 어깨를 한껏 움츠리고 잰걸음이 조심스러운 숙연연. 불쏘시개로 장난치다 초가삼간 홀랑 태워먹은 악동처럼 잔뜩 주눅이 든 모습이다.

그러나 수염에 가려 얼마 드러나지 않은 얼굴의 피부가 몽땅 퍼렇게 멍든 함철원이나 역시 퍼렇게 멍들고 반쯤 감겨 있는 눈과 틀어막은 양 콧구멍이 커다랗게 부풀어 올라 있는 묵진민처럼 비참한 모습에 비한다면 매우 양호하다 할 것이다.

그들 앞으로 뭔가 잔뜩 화가 난 표정의 진이 씩씩대며 앞장서고 있었다.

"저기……."

휙!

숙연연의 입이 떨어지기 무섭게 돌아가는 진의 도끼눈.

"한 번만 더 주둥이 나불대면 꿰매 버린다고 경고한 지 한 식경도 지나지 않았다."

화들짝 놀라는 숙연연이다.

정말 많이 맞았다.

정작 놀렸던 사람은 숙연연인데, 함철원과 묵진민은 그녀의 말에 소극적인 긍정의 표시로 약간의 감탄사와 더불어 고개를 끄덕였을 뿐인데 분노의 주먹은 몽땅 그들 둘에게만 향했을 뿐이었다.

함철원의 말마따나 진은 여자를 때리는 후레배가 아닌 것이다. 그의 그런 성향을 눈치가 남다른 숙연연은 이미 파악하고 있었다. 그러므로 숙연연은 진을 무서워하지 않았다. 그저 비참하게 얼어맞던 함철원과 묵진민이 짠하고 불쌍했을 뿐이다.

잠시 주눅이 들었던 숙연연의 얼굴이 차츰 뽀족해지기 시작했다. 생각해 보니 부아가 치미는 모양이다.

무공은 제일 강하지만 여기에서 제일 나이가 어린 녀석이 아니던가. 어디서 쬐끔한 자식이 쌈질 좀 한다고 어른들을 두들겨 패고 누나뻘

되는 자신에게 입을 꿰멘다 만다 하냔 말이다.

"야, 인마! 너 몇 살이야!?"

숙연연의 호통에 함철원과 묵진민은 사색이 되고 말았다. 또 맞을 것이다. 숙연연의 몫까지 모조리……

그러나 진의 반응은 의외였다.

"마흔둘."

아니, 충격적이었다. 진의 입에서 나온 숫자는 함철원의 그것보다 오히려 둘이나 많은 것이었다. 함철원과 묵진민은 멍한 표정으로 서로를 바라볼 뿐이었다. 그래서 막지 못했다.

"마흔둘? 사기치고 있네. 십이 년 전만 해도 요만했던 놈이… 흡!"

"십이 년 전?"

숙연연이 다급히 자신의 입을 틀어막았으나 이미 중요한 말은 모두 진의 귀에 흘러 들어가고 말았다.

함철원과 묵진민은 숙연연에게 원망의 눈빛을 흘리며 슬슬 진기를 끌어올리기 시작했다.

놈은 그 흔한 개산초월검을 펼쳐 천년신교의 고수 다섯을 간단히 도륙했다. 그야말로 타고난 무재인 순음지체의 전형을 보여주는 장면이 아니고 뭐겠는가.

놈은 천재다. 비단 천재가 아니라도 그날 밤을 기억 못할리가 없었다. 폭풍우가 세상을 뒤집어 버릴 듯 불어 닥치던 밤, 부족과 아비를 죽이고 악귀처럼 자신을 쫓았던 무리들, 그리고 투신.

함철원을 기억해 내는 것은 시간문제일 것이다.

'먼저 쳐야 한다.'

함철원은 자신이 알고 있는 가장 빠른 도법을 생각했다.

묵월도법, 제칠초 묵염변참(墨染變斬). 아니다. 그것으론 놈의 경쾌한 보법을 따라잡을 수 없다. 묵혈환영(墨血幻影) 또한 놈의 엄밀하면서도 날카로운 검막을 뚫고 들어가기엔 턱없다.

그렇다면 남은 건 뭔가. 묵향번색(墨香蕃色)? 젠장! 이건 묵월도공의 십구초, 마지막 초식인 독공이고 묵월도의 도병에 넣어두었던 묵독(墨毒)은 이미 수년 전에 써버리고 없으니 그림의 떡이다.

'옘병할! 도무지 헤쳐 나갈 방법이 없어!'

아무리 생각해도 촌각에 만변하며 쾌검의 완성에 이른 개산초월 파산파벽을 뚫을 도공이 생각나질 않았다.

강호에서 칼밥 먹고산 세월 얼마일진대 개산초월검을 깨뜨릴 무공이 하나도 없다니… 그야말로 심장 마비 걸릴 일이다. 개구쟁이들이 막대기 하나 들고 골목대장 놀이할 때나 어울릴 법한 그 개산초월을…….

닥친 현실에 참담함을 느끼기에 앞서 심장이 두근대고 혈류의 속도가 증가했으며 입이 말라갔다. 그리고 그것이 공포에 기인한 것임을 알고 나서는 가슴이 송두리째 도려내어지는 듯한 허망함이 곧바로 찾아들었다.

'후후… 그래, 네놈 꼴리는 대로 해라. 한시도 마음 편하게 살지 못하는 이따위 삶… 이제는 지겹다.'

섬연한 진의 시선을 두고 함철원은 웃었다.

아마도 그의 일생을 관통하는 굴곡진 삶 앞에서 난생처음 사심을 섞지 않은 웃음일 것이었다.

"허허허허허……."

함철원의 얼굴에서는 표현이 불가능할 것 같았던 사람 좋은 웃음이 그치질 않았다.

진은 그런 함철원을 보며 어리둥절해할 수밖에 없었다.

세상사 고단하기 짝이 없어 자살을 시도할 요량으로 감히 살기를 내비치는가 싶더니만 곧이어 허허롭게 웃고 마니, 이놈이 드디어 맛이 갔나? 싶은 표정이었다.

진은 여전히 실실거리는 함철원을 두고 숙연연에게 물었다.

"날 본 적이 있나?"

"꼬, 꼭 봐야 아냐? 그, 그러니까… 지금 네 모습을 봤을 때 십이 년 전엔 꼭 요만했을 거라는……."

숙연연은 눈에 뜨이게 버벅대며 허리춤에 손바닥을 가져다 댔다.

진은 이내 피씩 웃고 말았다.

착각이었을 게다. 제깟 놈들이 도발이라니…….

더 이상 볼일없다는 듯 팽글 돌아서는 진이다.

오히려 숙연연과 묵진민, 그리고 함철원이 어리둥절해하는 표정이었다.

"대주, 저 녀석이 그때 그 아이인 게 확실해요?"

숙연연이 날린 전음이다.

"틀림없다. 내 눈을 속일 수는 없어."

함철원의 기억력과 직관력은 타의 추종을 불허한다. 지난 세월 동안 그의 이러한 능력 덕분에 여러 차례 위기에서 벗어날 수 있었다. 함철원이 저리 확신을 한다면 틀림이 없는 것이다.

"그렇기는 한데… 정말로 그때 일을 모르는 것 같은데요? 게다가 나이가 마흔둘이라는 것도 거짓말 같진 않고……."

"흐음……."

"……."

"아무래도 저 녀석… 기억망실증 같다."

"기억망실증?"

"만장단애에서 떨어져 내렸으니 죽지는 않았다고 해도 큰 충격은 피할 수 없었을 터. 그때의 충격으로 이전의 기억을 몽땅 잃어버린 것이지. 때문에 제 나이도 정확히 모르는 것이고. 이거 일이 생각보다 쉽게 풀리겠는데?"

"다 기억하면서 모르는 척하는 건 아닐까요?"

이번엔 묵진민이다.

'무엇 때문에?'

딱히 떠오르는 것이 없다. 그깟 만년곡 제조법 때문에? 단지 길잡이로 삼으려고?

부족을 도륙하고 아비를 죽였으며, 본인은 투신이라는 극단적인 상황으로 밀어붙였다.

놈에게 자신들이 한 짓을 돌이켜 보건대, 그 모든 것을 덮어두고 당장의 편리를 위해 모르는 척하고 있다면, 놈은 제정신이 아니거나 정말 무서운 놈일 것이다.

더군다나 썩은 동태눈은 천년신교 고수들의 살수와 폭발에서 몸을 날려 구해주었다. 또한 마취도 해주지 않고 참으라는 한마디뿐이었지만 자신의 자상을 결코 간단치 않은 솜씨로 꼼꼼하게 꿰매주었을 뿐만 아니라, 묵진민의 내상을 치료하라며 절대로 흔하게 볼 수 없는 영약을 내주기까지 했다.

틀림없다. 지랄 같은 놈의 성정으로 미루어 보아 당시의 일을 한 푼이라도 기억하고 있다면 절대로 할 수 없는 일들인 것이다.

그렇다면 이대로 밀어붙이면 된다. 온전한 기억이 없는 놈이니 뭔가 생각해 낸다고 해도 아니라고 발뺌하면 되지 않겠느냔 말이다.

오매불망 바라던 자유로 향하던 길에 거추장스럽던 장애물이 사라지자 함철원은 터져 나오는 웃음을 가눌 길이 없었다.

"크크크크."

"왜 자꾸 웃나?"

"흡!"

어느새 진이 그들을 향해 싸늘한 시선을 흘리고 있었던 것이다. 게다가 의혹마저 가득 담고 있는 시선이었다.

"수세미, 아무래도 네 웃음소리는 낯설지가 않단 말이야."

'헉!'

순식간에 얼굴이 굳는 함철원. 낯설지가 않다질 않은가? 다시는 웃지 않으리라.

"원 별 객쩍은 소릴 다 듣겠소. 사람 웃는 모양이 다 거기서 거기인 법이지, 들어본 웃음이란 건 또 뭐요?"

"그런가?"

진이 수긍한 듯한 표정을 지어 보이자 함철원은 재차 가슴을 쓸어내리며 재빨리 화제를 바꾸었다.

"비녀를 팔아 여비를 마련한다고 했소?"

진이 돌아보자 함철원이 말을 이었다.

"그 정도의 비녀라면 최소 은자 너댓 냥의 값어치가 있고, 그런 큰돈을 융통받으려면 전장(錢莊)이 있는 큰 마을로 가야 하오."

"그래서?"

"과거의 천년신교는 아니라지만 또한 개방의 그것에 미치지는 못한다지만 천년신교는 거대한 조직이오."

“계속해 봐.”

“전장이 들어선 큰 마을이라면 천년신교의 분타나 지단이 있을 가능성이 충분히 있다는 말이외다. 결국 놈들의 정보망에 걸려들 소지가 다분하다는 의미도 되는 것이고.”

“흐음…….”

“놈들의 추적권에서 확실하게 벗어났다는 확신이 없는 상태에서 사람들의 눈에 띄어 좋을 일이 없을 듯하오만.”

“그렇군. 좋은 의견 잘 들었다.”

진은 돌아섰다. 그리고 성큼성큼 걸음을 옮길 따름이다.

“어, 어딜 가는 것이오?”

“큰 마을에 가면 천년 어쩌고 하는 놈들이 있다며?”

돌아보지도 않은 채 걸음을 더욱 빨리하는 진이다.

“난 아직 그 녀석들의 대답을 듣지 못했다.”

“그, 그런…….”

오히려 찾아가겠다는 말이다.

넨장할… 미친 것인가, 아니면 세상 무서운 줄 모르는 천둥벌거숭이인가?

“어떡하죠?”

숙연연이다.

“빌어먹을! 모르겠다, 나도 모르겠어!”

함철원도 잰걸음으로 진을 쫓았다.

“같이 가욧!”

숙연연과 묵진민도 벌써 저만치 앞서 가는 진에게 따라붙었다.

남창(南昌).

봄은 따뜻하고 비가 많고, 여름에는 무더우며, 가을에는 비가 적고, 겨울에는 춥고 건조하다. 논농사를 짓기에는 이보다 더 나을 순 없는 조건을 갖추었다 말할 수 있는 것이다.

그러므로 남창에서 배를 곯는 자는 천하의 개 후레자식밖에 없다 할 정도로 먹고살 걱정이 없는 곳이기도 했다. 또한 거대한 파양호(鄱陽湖)를 끼고 있어 수로를 통한 물류의 교통도 활발한 곳이다 보니 꽤나 번성한 강남의 도시 중 하나였다.

홍건적들이 한바탕 휘몰아치기 전까진 그랬다는 말이다.

농토는 피폐해졌으며 각지에서 몰려든 유민은 넘쳐났다.

조용한 농촌 도시 남창은 무법천지 난장판으로 전락하고 말았다.

남창의 여느 객잔처럼 난잡하고 북새통인 풍류객잔의 한쪽 구석. 남루한 차림의 세 명의 객이 한자리를 차지하고 있었다.

"언제까지 이러고 있을 생각이시오?"

함철원은 내내 불안한 표정으로 진에게 물었다.

"놈들을 찾을 때까지."

환장할 노릇이었다. 세상에! 썩은 동태눈의 사부가 공야숙과 민초빈이란다. 그리고 필경 천년신교의 소행으로 보이는 일련의 사건들 끝에 그들에게 납치된 것으로 보인다 한다. 그래서 그들을 당장 내놓으라 부탁(?)하려고 꼭 그들을 만나야 하는 것이란다.

그 말대로라면 천년신교가 왜 썩은 동태눈과 그와 연관된 자신들을 미워하는지가 설명이 된다. 그리고 잡히는 날엔 결코 살아남을 수 없다는 예상을 하기에도 어렵지 않다.

과거 천년신교와 공야숙에 얽힌 피 냄새 가득한 이야기를 해줬으나

돌아오는 대답이란,

"내 알 바 아니다."

함철원은 말문이 막혀 버리고 말았다. 군사부일체라, 단연 으뜸은 스승일지니 과거의 일이야 어찌 되었든 제 스승을 납치하고 행여 몹쓸 짓이라도 했다면 제놈의 복수 행각을 막아설 수만은 없는 일이었다.

그야말로 호랑이 등에 오른 격이다. 가는 데까지 가보자니 불 보듯 뻔한 결말이고, 내리자니 당장에 목숨이 위험하다.

이렇게 된 이상 끝까지 가보는 수밖에 없다. 앗! 뜨거, 하고 당장에 내려봐야 중공산에서 이미 명명백백 증명되었다시피 함철원 혼자만의 힘으로는 천년신교의 추적을 뿌리치기는 고사하고 이겨낼 방도가 없다. 끝까지 가야 하는 외길뿐인 것이다.

함철원의 착잡한 시선이 창밖으로 향했다.

남창에 최근 수상한 동향이 있는가를 알아보라고 두 시진 전에 보냈던 묵진민은 아직 소식이 없었다. 뭔가를 발견하든 못하든 해 지기 전에는 무조건 돌아오라고 했거늘, 사위에 어둠이 내리기 시작하건만 감감무소식이다.

한순간도 이완될 겨를이 없는 팽팽한 긴장감은 그의 인생 내내 따라다녔지만 여전히 적응이 되질 않고 있다.

"후아암……."

숙연연이다. 그녀의 인피면구도 기가 막히다. 본래 가는 붓으로 그려 놓은 듯한 가녀리고 섬세한 얼굴 선을 많이 감춰 버리기는 했지만, 따분하고 무료하며 재미없어 죽겠다는 내심을 무척이나 세밀하게 표현하고 있었다.

‘넨장할…….’

지금의 상황을 걱정하고 있는 이는 오직 자신뿐이라는 사실에, 혹시 실상은 별것도 아닌 일에 자신이 너무 과민한 반응을 하는 것이 아닌가 하는 의심이 들기도 했다.

그러나 사건의 경중을 판단하고 우선순위를 부여하며 가장 효율적으로 문제를 극복해 왔던 함철원의 냉정한 이성과 탁월한 직감은 이번에도 틀리지 않았다.

우당탕탕!

문 부서지는 소리와 함께 들이닥치는 예닐곱의 사내들. 절제된 행동과 날이 서 있는 날카로운 시선을 가진, 꽤나 정련된 무사들이다. 무엇이 그리도 불편한 것인지 사내들의 얼굴에서는 엄동설한 한풍이 휘몰아치고 있었다. 누군가를 찾는 듯 사내들의 두리번거리는 시선에 잠시나마 노출되었던 객잔의 행객들은 자신도 모르게 몸을 움츠러뜨릴 지경이었다.

그리고 마침내 그들의 서늘한 시선이 멈췄다.

함철원은 사내들의 시선이 자신에게서 멈추자 화들짝 놀라며 다른 이들과 마찬가지로 몸을 움츠리며 고개를 구겨 넣었다.

물론 유난한 일을 만들지 않기 위함이므로 사내들의 서슬 퍼런 시선을 감당하지 못했던 다른 이들과는 사정이 달랐다. 함철원은 고개를 박아 넣으면서도 은밀한 시선을 사내들에게서 떼지 않았다.

‘어째…….’

해우소 다녀와 뒤 안 닦은 것마냥 찜찜하다.

사내들 중 한 명이 손가락 대신 칼을 들어 한곳을 가리켰다. 기다렸다는 듯이 사내의 칼끝에 놓인 인파가 좌우로 쫘악 갈라졌다. 함철원도 비켜서려고 했지만 그 뒤엔 오직 벽뿐이었다.

그들은 정확히 진과 함철원, 그리고 숙연연이 앉아 있는 곳을 가리키고 있는 것이다.

이쯤 되자 함철원은 여전히 아랫배에 머물러 슬그머니 요기를 자극하는 정체 모를 찜찜함이 방정맞은 불안함에서 기인한 것이라는 걸 알게 되었다.

광대뼈가 유난히 두드러지고 입술이 뒤집어져 잔인한 인상을 풍기는 자가 사내들을 이끌고 곧장 진 일행이 앉아 있는 식탁을 향해 걸어왔다.

객잔에 모인 수백의 눈길이 함철원과 진, 그리고 숙연연이 앉아 있는 식탁으로 집중되어지나 싶더니 몇 젓가락 뜨지도 않은 국수를 두고 분분히 일어서는 사람들이 생겼고, 이 같은 현상은 급속히 퍼져 나갔다.

저들은 이런 일이 선행된 후에 벌어질 일들을 이미 수없이 봐온 터라 괜스레 구경한다고 알짱대다가는 만수무강에 심대한 지장을 받는다는 사실을 익히 알고 있었다.

사내들이 다가오는 걸음의 숫자에 따라 이제는 심장까지 시큰하게 올라와 심장 박동을 증가시키고 있는 불안함의 원인이 명확한 형체를 갖추어가기 시작했다.

진은 여장을 했고, 함철원과 숙연연은 인피면구를 착용한 상태다. 그럼에도 사내들은 진 일행을 지목하는 데 한 치의 주저함도 없었다. 결국 인피면구는 그들의 눈을 속이지 못했다는 뜻이고, 다시 말하자면 변해 있는 그들의 모습에 대한 언질을 누군가에게 받았다는 뜻이다.

비로소 함철원은 아랫배를 묵직하게 자극하며 긴장의 끈을 놓지 못하게 만들었던 빌어먹을 불안의 실체를 깨달았다.

'민아…….'

묵진민은 저들에게 최소한 붙잡혔거나 최악의 경우엔… 죽었다.

어지간히 입이 무거운 녀석이거늘 이토록 저들이 이쪽을 단박에 알아볼 정도로 토설을 했다면, 살아 있더라도 지독한 고문을 당했을 게다.

고초를 당하고 있는 묵진민이 선하게 그려지자 필경 묵진민의 안위와 적지 않은 관계가 있을 사내들보다 묵진민을 사지로 몰아넣은 진에게로 원망이 쏠렸다.

이제는 어찌해야 하는가. 이리 될 공산이 컸기에 그리도 말렸거늘…….

그 순간 함철원은 봤다.

겁에 질려 부들부들 떨고 있는, 남자들의 보호 본능의 저단까지 긁어대는 가녀리기 짝이 없는 여인을…….

'저, 저 자식…….'

하마터면 무심코 주먹을 날릴 뻔했다. 소름 돋아오는 가증스러움이라니…….

그러나 그 순간 또 하나의 충격이 함철원의 뒤통수를 강하게 때려 망동을 저지했다.

여장하는 것에도 그리 게거품을 물던 놈이 저따위 거북한 짓거리를 하는 이유가 무엇인가.

달리 생각할 수 없다. 함철원이 생각한 것을 진도 이미 생각한 것이고, 결론을 내리고 행동의 방향까지 정한 것이다.

'흐음…….'

앞뒤 없이 행동하는 듯 보이나, 실상은 치밀한 구도를 잡아두고 변수를 예측하며 그 안에서 행동한다는 것인가?

만일 그렇다면, 이 모든 것을 썩은 동태눈이 예측한 방향대로라면…….

'민아를 이용했다는 말인가? 만일 그렇다면, 혹여 민아의 신변에 조금이라도 이상이 생겼다면 기필코 네놈은 내 손에 죽는다!'

함철원이 유심한 시선으로 진을 노려보고 있는 순간에 사내들은 진 일행이 앉아 있는 식탁을 빙 둘러쌌다.

"계집 둘에 노인네 하나. 네놈들이 틀림없으렷다."

광대뼈가 튀어나온 사내, 철심동이 추상(秋霜)같이 던져 놓은 한마디다.

'음?'

사내들은 진 일행의 진면목을 알고 있지 못한 듯한 어조를 내비쳤다. 객잔에 들어서자마자 곧장 그들에게 향한 것에 비한다면 분명 의외의 반응이었다. 정말로 모르는 것인가? 아니면 모른 척하는 것인가? 일단 더 지켜볼 일이다.

어느새 얘기가 되었는지, 아니면 상황의 인지 여부를 떠나 일단 동조를 하기로 했는지 숙연연은 진에게 바짝 달라붙어 역시 겁먹은 표정으로 오들오들 떨기만 할 따름이었다.

결국 함철원이 나서야 했다.

"이 무슨 행패요!"

철심동의 입가에 비틀린 미소가 걸리는가 싶더니 느닷없이 함철원의 안면에 주먹을 날렸다. 꽤나 안정되고 날카로운 권격이나 지금의 함철원이 육순은 가볍게 넘어 보이는 노인의 모습임을 감안한 것인지 내력은 담아내지 않았다. 그러므로 태양선교 내에서도 방귀 좀 뀌었다는 함철원에게는 그야말로 우스운 주먹질인 셈이었다.

그러나……

뻐억!

함철원은 철심동의 주먹에 그대로 안면을 허용하고 나뒹굴고 말았다. 함철원은 황당한 표정으로 정작 자신에게 주먹을 날린 철심동이 아닌 진을 쳐다봤다.

그가 철심동에게 일격을 당하고 꼴사납게 나뒹군 이유. 철심동의 주먹이 갑자기 위력이 강해졌다거나 참으로 변화무쌍한 탓에 손이 어지러워진 것이 아니다. 막 반격을 하려는 순간, 한줄기 부드러운 잠력이 날아들어 함철원의 손발을 묶어버린 것이었다.

함철원조차 미처 감지하지 못할 은밀한 수법. 분명히 진의 소행이다. 그러나 진은 여전히 숙연연을 마주 잡고 겁에 질린 표정일 뿐이었다.

그리고 함철원은 보았다. 사내들의 시선을 피해 식탁 밑에 숨어 있는 진의 주먹이 불끈 쥐어진 채 빙글빙글 돌아가고 있는 것을…….

저항하지 말라?

'설마……?'

이들에게 붙들려 줄 생각인 게다. 순순히 이들의 소굴로 걸어 들어갈 생각인 것이다.

그러면 안 된다.

아무런 준비도 안 됐다. 민아가 어떤 상황인지도 알아야 하고 이들이 진정 천년신교와 관계가 있는 인물인지도 확인해야 하며 이들의 세력이 얼마나 되는지도 알아야 한다. 이런 것들은 적어도 하루, 아니,

반나절은 주어져야 파악할 수 있는 일이다.

이것을 알려야 한다는 생각에 함철원이 막 입을 떼려는 찰나, 함철원은 진이 미세하게, 그러나 또박또박 그려내는 입 모양을 봤다.

주, 둥, 이, 닥, 쳐.

'빌어먹을……'

이미 결정을 내렸다. 아직 그를 잘 안다고는 할 수 없지만, 결정을 미루거나 번복하지는 않을 것이다.

어찌 보면 그가 옳다. 정체가 백일천하에 드러난 상태라면 직접 찾아가는 것이 최선일 수 있다.

'어쨌든 민아가 살아 있다면 구해내야 할 터이니……'

포기가 섞인 깊은 한숨과 참담히 구겨져 있는 함철원의 표정을 보고서야 철심동의 얼굴에 만족의 미소가 떠올랐다.

"너희들은 나와 같이 가줘야겠다."

번잡하기 짝이 없는 남창의 도심 한가운데 위치한 대규모의 장원이다. 금와전장(金瓦錢莊)이라는 곳인데, 이곳 남창에서는 가장 규모가 크고 세력이 넓은 전장답게 높다란 대문은 위세가 등등했다.

그러나 유난히 정갈하고 삼엄한 전장의 분위기가 지금 와서는 너무도 어색한 것이 되어 있었다.

전장이라면 얼마 전 유지라는 유지는 모조리 잡아 참수해 버리고 재산을 강탈해 갔던 홍건적들에게 유린되었어야 한다. 행여 횡액을 피해 냈더라도 이런 부잣집 대문 앞이라면 거지들과 그들과 사정이 다를 바 없는 유민들로 북적대는 것이 최근의 세태다.

그러나 장원에는, 아니, 장원을 둘러싼 높다란 담벼락 밑에서도 빌어먹는 똥개 한 마리조차 보이지 않았다.

그 의문은 얼마 지나지 않아서 풀 수 있었다.

장원 외벽을 비롯해 요소요소에 배치된 무인들. 찬 서리 풀풀 날리는 눈초리와 금방이라도 뽑혀져 나와 당장에 핏물을 뽑아낼 듯한 칼을 무시하고 이곳 장원에 기웃거릴 담량을 가진 자는 참으로 드물 것이니.

유일하게 사내로 인지된 탓에 혼자서만 포박당해 끌려 들어온 함철원은 장원을 들어선 순간부터 내내 황당한 표정이었다.

한때는 무림맹과 무림을 이등분해 나눠 가졌던 좌도거봉이었지만 그것은 함철원이 태어나기도 전의, 그야말로 호랑이 담배 피던 시절 이야기다. 부자는 망해도 삼 년은 간다지만 천년신교가 망해먹은 지는 이미 사십여 년 전의 일. 근근이 이어나가는 세력마저 어지간한 문파보다는 강하다고는 하지만 명실상부한 유일한 초강대 세력인 무림맹의 시선을 개의치 않고 이리 드러내 놓고 위세를 내비친다?

둘 중 하나다.

천년신교가 미쳐 돌아가고 있거나 이 장원은 천년신교의 분타가 아닌 게다. 그리고 현재의 상황으로 보아 후자일 가능성이 크다.

과하다 싶게 촘촘히 배치된 무인들에게선 천년신교의 무인들이 보여주는 통일된 모습을 찾아볼 수가 없었다.

풍기는 기도는 물론이고, 복장이나 패용한 병장기도 제각각이다. 무엇보다 이들이 천년신교의 무사들과 구분되는 점은 이렇다 할 긴장감이 엿보이지 않는다는 것이다.

일견 난잡해 보일 정도로 자유롭게 흩어져 있는 자들. 이런 무인이라면 개천에 널린 돌멩이보다도 많이 봐왔던 함철원이었다.

'낭인들이다. 여긴 대체 뭐 하는 곳이야?'

이런 자들에게 묵진민이 잡히거나 죽었다? 물론 열 손을 한 손으로 감당할 수는 없는 일이겠지만, 도망치려 든다면 묵진민의 능력은 현재로서도 충분하고도 남는다.

그런데도 사내들은 한 번에 자신들을 지목했고 거침없이 무력을 행사했다. 묵진민이 진 일행에 대한 세세한 정보를 알려주지 않고서야 그리될 수가 없는 것이다.

여기서 다시 연결 고리가 끊어진다.

뭔가 더 있다.

함철원 일행을 이끌던 사내들은 소문을 대여섯 개나 지나 거대한 전각 앞에 이르고 나서야 멈춰 섰다.

역시나 전각의 모서리에 두세 명씩 짝지어 있는 무인들, 필경 이 거대한 전각의 경비를 담당하고 있는 듯한 무인들의 시선이 함철원 일행에게 일제히 쏟아졌다. 아니, 정확히는 진과 숙연연을 향해서다.

이 할의 의아함과 팔 할의 끈적끈적하고 질펀한 음욕이 섞인 시선들이다. 이 역시 천년신교의 무인들과는 좀처럼 어울리지 않을 법한 것들이었다.

함철원은 문득 진을 쳐다봤다. 그에게서는 더 이상 토악질이 밀려오게 하는 가증스런 표정 따위는 찾아볼 수 없었다. 그 역시 번지수를 잘못 찾아든 것을 파악한 것이다.

그때 전각으로 들어갔던 철심동이 두 장한을 이끌고 다시 진 일행 앞에 나타났다.

"이 녀석들인가?"

함철원은 저도 모르게 실소를 흘리고 말았다.

키는 오 척 안팎, 머리와 몸이 목이라는 연결대 없이 곧바로 붙어 있고, 가슴과 둔부를 연결하는 허리도 찾아볼 길이 없다. 눈, 코, 입은 신체의 대부분을 구성하고 있는 비곗덩어리에 파묻혀 그 존재의 유무가 애매하고 여전히 춘삼월 봄바람은 코빼기도 구경하지 못할 겨울이건만 땀을 비질비질 흘리며 헉헉대는, 그야말로 똥돼지 한 마리가 억지가 다분한 근엄한 음성을 뱉어내니 웃음이 아니 나올 수가 없는 것이다.

"웃어?"

뒤틀린 음성.

똥돼지의 용모가 너무나 특이해서 그 옆에 선 자를 미처 보지 못했다.

똥돼지만큼이나 괴상한 용모의 장년인, 아니, 등장했을 당시엔 저리도 괴상한 용모가 아니었다. 커다란 딸기코에 양볼이 발그레한, 어디서나 볼 수 있는 술주정뱅이의 모습이었을 따름이다.

만일 홍조가 온데간데없이 어느새 짙은 암갈색으로 변하고 있는 얼굴을 봤다면 애초에 똥돼지 따위는 염두에 두지도 않았을 것이다.

'저것은?!'

철포삼류(鐵布衫類)의 외가기공에서도 절정으로 인정받으며, 공력을 끌어낼수록 피부가 오래되어 이끼가 잔뜩 낀 바위처럼 변한다고 해서 붙여진 고암신공(古巖神功)이 아니면 무엇이랴.

고암신권 촉지문을 알아보지 못하다니…….

함철원의 얼굴에서 웃음이 사라졌다.

촉지문은 사천십걸(四川十傑)의 일인(一人)이다. 콧대가 하늘 높은 줄 모르고 치솟아서 당가 성을 쓰는 놈들은 모조리 들창코라는 우스개가 떠다닐 정도로 사천을 휘어잡고 있는 당가의 영역에서 촉지문은 당당히 십걸의 일인으로 인정받을 만큼 이름난 고수인 것이다.

그런 축지문이 무슨 볼일이 있어 멀리 남창까지 흘러들어 왔는가? 그와 저 똥돼지와는 대체 무슨 관계이며, 자신들을 잡아들인 이유는 무엇인가? 등의 의문들이 이어졌지만 함철원은 이 의문들을 일단 접어둘 수밖에 없었다.

그보다 더욱 급한 일이 생긴 탓이다.

"왜? 더 웃지 않고? 보기 좋던데. 본좌가 네놈의 웃음을 찾아주도록 하지."

쉬익!

불현듯 쇄도해 오는 몇 가닥인지 모를 경풍. 과연 사천십걸(四川十傑)의 일인인 축지문임을 증명하는 선명한 권영이 사방에서 쏟아져 왔다. 포박당한 채이나 두 다리는 자유로웠기에 함철원은 풀쩍 뛰어 무서운 경기가 불어 닥치는 그 자리를 벗어나려 했다.

그러나 그것은 함철원의 의지와 생각일 뿐이었다.

퍼버벅!

축지문의 삼권이 모조리 함철원의 전신을 난타해 버리고 만 것이다.

함철원은 또다시 한줄기 잠력이 날아들어 사지육신을 옭아매는 듯한 느낌을 받았고, 불신이 담긴 눈으로 진을 일별했을 뿐이다.

함철원은 아득해지는 의식 끝에 '대체 왜?'라는 의문을 끊임없이 떠올려 봤으나 결국 그 답은 얻을 수 없었다.

"흐음……."

한편 축지문의 얼굴은 잔뜩 굳어졌다.

노인으로 분한 함철원이 들어설 때부터 축지문은 유심히 그의 모습을 지켜봤다. 오랜 시간 무공을 익힌 자는 걸음걸이부터가 사뭇 다른 법. 축지문은 함철원이 상당한 경지에 이른 고수라는 것을 알았기에 처음부터 강수를 두었다.

그러나 축지문은 구암탈명권(九嚴奪命拳)의 채 삼 권을 풀어내기도 전에 물러서야 했다. 선 삼 권(三拳)은 이를테면 양념, 구암탈명권의 정수인 후 칠 권(七拳)으로 몰아가기 위한 유인책이었을 뿐이다.

축지문이 물러서야 했던 이유는 선 삼 권을 하나도 피해내지 못하고 모조리 허용하고 만 노인에게 당황한 이유도 없지 않지만 그보다는 느닷없이 간담이 서늘해진 탓이었다.

그것은 지독한 살기였으되 분명히 쓰러진 노인에게서 비롯된 것은 아니었다.

축지문은 새삼스러운 시선으로 숙연연을 일별했다.

쓰러진 함철원을 받쳐 들고 무서운 눈으로 자신을 노려보고 있는 여인. 역시 들어설 때부터 파악한 사실, 꽤나 수련된 여고수다.

그러나 여인이 노골적으로 보내오고 있는 살기는 조금 전 자신의 간담을 서늘하게 만들었던 살기와는 질적으로 달랐다.

축지문의 시선이 이윽고 진에게 머물렀다.

"……."

가히 절색이라 할 만한 여인. 창졸간 벌어진 상황에 잔뜩 얼어버린 것으로 보이지만 또한 지금의 일들이 자신과 관계가 없는 일이니 관심 없다는 표정이라면, 그것에 더욱 가깝다.

축지문의 차가운 시선이 진에게 쏟아졌다. 시선뿐 아니라 예의 굉장한 투기도 슬슬 달아오르기 시작했으며 그에 따라 잠시 제 혈색을 찾아가던 그의 얼굴이 다시금 암갈색을 띠기 시작했다.

그러나 그뿐.

축지문은 당장 손을 써오지 않았다.

그러므로 진의 안색은 변화가 없었다.

진이 생각하기에 촉지문으로서는 망설일 이유가 없다. 찜찜하면 단 매에 쳐죽이고, 아니면 말고 식으로 처리해도 제놈에게는 손해될 것이 없는 일이다.

떠보는 것이다. 확신이 있었다면 당장 손을 써올 터. 먼저 도발하기를 기다리는 것이리라.

의문이라면 이쪽에서는 반가운 일이지만 상대의 입장에서는 다분히 귀찮은 이 같은 과정이 왜 필요하냐는 것이다.

진 역시 금와전장에 들어서는 순간부터 이곳은 천년신교와 관계가 없을 것이라 확신했다.

만일 피부가 묘하게 변하며 지금껏 보지 못한 무공을 선보인 녀석이 등장하지 않았다면 헛걸음한 대가를 금와전장은 온몸으로 치러야 했을 것이다.

일단 더 두고 보게 만든 자.

함철원에게 풀어낸 삼 초식은 진도 예상치 못한 한 수였다.

함철원이 막아낸다거나 피했다면 다음은 필경 목숨을 부지하기 어려운 사지로 내몰릴 것이라는 판단이 서자 반사적으로 지풍을 날려 함철원의 사지를 묶었고, 촉지문의 투로를 차단시킨 것이다.

겉으로 봐서는 피부가 바위처럼 단단해져 웬만한 도검으로는 생채기도 내지 못할 철포삼류의 외가기공인 듯하다. 게다가 싸움에 관해서는 꽤나 경험이 많아 보인다. 놈이 펼친 무공은 다분히 실전적인 요소가 많았던 것이다. 부딪치면 꽤나 시간이 걸려야 해결될 것이다.

당장 승부를 볼 요량이라면 못할 것도 없으나 문제는 지나오면서 본 것만 해도 기백은 될 듯한 낭인들이었다.

싸움이 벌어지고 상황이 블리하게 돌아가기라도 할라 치면 내빼면 그만이나 적지 않은 내상을 입어 졸도한 함철원과 무공 수위가 어중간한 숙연연을 데리고는 무리였다.

어느 쪽이든 좋은 결말을 얻기는 힘든 것이다.

때문에 진은 촉지문이 보내오는 살의를 덤덤히 받아내기만 했던 것이다.

진의 예상이 틀리지 않은 듯. 잠시 후 촉지문의 투기는 눈에 띄게 줄어들었고, 암갈색 피부는 다시 선홍색 주취자의 모습으로 돌아갔다.

호들갑스러운 박수 소리가 들려온 것은 그때 즈음이었다.

"호오! 과연 사천 땅을 호령하는 촉 대협이시오!"

함철원에게는 똥돼지로, 촉지문에게는 뚱땡이로, 그리고 부모가 지어준 어엿한 이름 석 자가 있는 장년인, 곽명부였다.

곽명부는 살아남았다. 살아남았을 뿐만 아니라 그의 열서 명의 부인과 나머지 식솔들과는 달리 달아난 사지육신도 없다.

홀로 야반도주를 한 것이다.

보름 동안 안양의 곽가장은 인세의 지옥이었다. 정작 잔악무도하리라 생각했던 거한과 항상 거한의 몽둥이에 매달려 있던 땅꼬마는 던져준 여자들을 탐닉하느라 두문불출이었다.

그러나 허연 탈을 쓴 계집은……

아마도 그날따라 계집이 목욕이라도 한 모양인지 아무도 들지 말라는 경고를 무시하고 멍청한 열두 번째 마누라가 잘 보여 살아보겠다고 향분을 들고 목간통에 들어갔나 보다.

한줄기 비명과 함께 그날 밤의 살육은 시작됐다. 마누라 다섯, 시비 넷, 마구(馬廐)를 담당하던 하인이 눈이 파이고 피부가 새까맣게 변하더니 이내 녹아내리는 처참한 시신으로 돌변한 것이다.

곽명부 역시 이게 무슨 일인가 싶어 현장에 나가보았다. 그리고 현장에 있었던 사람 중 유일하게 곽명부만이 살아남았다. 죽은 자들과 곽명부의 차이는 백면구 계집의 얼굴을 봤다는 것과 보지 못했다는 것뿐이었다.

그 사건으로 곽명부는 임대 기간이 끝나는 날 자신 역시 결코 살 수 없을 것이라는 확신을 했다.

백면구의 여인은 보려야 볼 수도 없었지만 거한과 땅꼬마의 얼굴은 보름 동안 내내 봐왔다. 결코 간단한 인상들이 아닌지라 그들의 얼굴은 아마도 평생 잊지 못할 것이다.

그리고 그것이 자신을 죽이리라는 것을 곽명부는 직감했다.

그래서 되도록 재산을 모두 지키면서 살아남고자 했던 애초의 계획을 수정해서 설계자와 건설에 동원된 인부들까지 은밀히 처리해 버린 후 세상에서 오직 자신만이 알고 있게 된 비밀 통로를 통해 몸뚱이만 빼낸 것이다.

그 후 곽명부는 곧장 이곳 남창으로 왔다.

대부분의 부자는 똑똑하다. 부자이기 때문에 똑똑한 것이 아니라 똑똑하기에 부자가 된 것이다. 그리고 똑똑한 부자는 절대로 한곳에만 투자하는 멍청한 짓을 하지 않는다.

이곳 남창의 금와전장은 곽명부가 투자의 위험을 줄이고 재산을 분산시키기 위해 오래전부터 준비해 놓은 곳이었다.

그러나 남창으로 몸을 피한 것만으로는 안심할 수 없었다. 그 흉악무도한 놈들이 기어이 자신을 찾아내 목을 따버리겠다고 마음먹는다면 목을 늘어뜨리고 기다리고 있을 수만은 없는 일이었다.

그래서 낭인이라는 낭인은 모조리 끌어들였고 이들로는 만족할 수가 없어 거금을 들여 멀리 사천 땅에서 이름난 고수인 촉지문을 불러들였다.

그러던 와중에 웬 수상한 녀석이 장원을 기웃거리는 것이 아닌가? 자라 보고 놀란 가슴 솥뚜껑 보고 놀란 것이든 뭐든, 일단 잡아다 족쳤고 그 일행이 있다는 사실까지 알게 된 마당에 가만둘 순 없는 노릇이었다.

일당을 모조리 잡아들였으니 이제는 아직까지 궁금해 이날 여태껏 뜬눈으로 밤을 지새우게 만들었던 몇 가지 의문들을 풀 무대가 마련되었다.

네놈들은 대체 누구이며, 평생을 아등바등 모아왔던 피 같은 돈을 포기하게 만들었던 안양에서의 그 빌어먹을 놈들과는 어떤 관계이며, 네놈들을 비롯한 그 살벌한 놈들은 무엇 때문에 이리도 나를 못살게 구느냐는 질문 등이었다.

그러다 문득, 곽명부는 그 둘을 보았다.

조금 길기는 하지만, 사실은 곽명부 자신보다 머리 하나는 더 크지만 찬 서리를 통째로 둘러친 듯한, 그래서 더욱 매력적인 엄청난 미인과 낭군을 잃은 듯한 비통함과 동시에 찾아온 분기를 숨기지 않고 촉지문에게 살기 서린 눈동자를 쏟아 붓고 있는 두 미인을.

그야말로 극명한 자기 색을 가진 두 개의 명품이었다.

그동안 곽명부를 지배해 온 불안감이 씻은 듯 사라졌다. 대신 그 자리를 차지하고 들어온 것은 불같은 욕정이었다.

촉지문은 비로소 진어게 보냈던 유심한 시선을 거두고 곽명부를 돌아본다.

"곽 대인, 이제 저 두 년을 잡아다 문초를 놓으면 알고 싶은 것들을 모조리 알게 될 것이오."

그러나 곽명부는 대답이 없다. 대신 미어터지다 못해 치켜 올라온 볼살과 흘러내린 눈두덩이 밑으로 단춧구멍만 하게 뚫린 두 눈이 찬연히 빛나고 있는 것이었다.

"곽 대인."

"아!"

촉지문이 재차 부르고 나서야 번뜩 정신을 차리는 곽명부다.

"저 수상쩍은 연놈들의 문초도 제가 담당하오리까?"

"계, 계집들이야 아는 것이 있겠습니까."

쭈뼛쭈뼛 곽명부가 촉지문의 눈치를 살폈다. 비록 고용인과 피고용인의 관계지만 낭인들은, 특히 촉지문과 같은 이름난 무림인들에게 일방적인 명령을 하기는 껄끄러웠기 때문이다.

"촉 대협만 괜찮으시다면 저 두 계집은 제가 처리하도록 하지요."

촉지문의 미간에 깊은 골이 패었다.

단춧구멍만한 좁쌀눈에서 흘러나오고 있는 질펀한 음욕이 아니 읽힐 수가 없었던 것이다.

'색마황금충(色魔黃金蟲)이라 하더니…… 내 어쩌다 저런 잡놈과 엮이게 되었는가.'

촉지문이 사천 땅을 벗어나 멀리 호광까지 이르게 된 것은 참으로 복합적인 요인이 있었다.

사천십걸.

참 좋은 말이다. 사천무림에서 잘 나가는 열 놈 중의 하나라는 것이니 이 얼마나 대단한 것인가.

그러나 내막을 알고 보면 빛 좋은 개살구에 지나지 않는다.

촉지문은 안다.

사천무림에는 결코 자신의 아래라고 볼 수 없는 고수들이 손가락 열 개와 발가락 열 개를 합친 것의 두 배도 더 된다. 그러므로 엄밀히 따지자면 자신은 얼추 사천오십걸 정도에서도 말석이 되는 것이다.

그가 사천 십대고수가 된 것은 순전히 사천을 틀어쥐고 있는 빌어먹을 당가 놈들의 개수작에서 기인한 것이다.

사천당가에서는 오 년에 한 번씩 사천무림영웅 배첩을 사천에서 활동하는 고수들에게 돌린다. 당가의 중심부로 고수들을 불러들여 연회를 베풀며 노고를 치하하곤 하는데, 날고 긴다는 숱한 고수들을 제치고 촉지문에게 그 배첩이 온 것이다.

들뜬 마음으로 당가의 연회에 참석한 촉지문은 비록 괄시와 무시가 적절히 혼합된 비아냥거림의 시선을 느끼기는 했으나 개의치 않았다.

사천무림의 지존 당가에게 인정받은 십대고수. 이 얼마나 보람차고 자부심 가질 일이냐 말이다.

내친김에 촉지문은 무림에 출도하여 숱한 싸움을 통해 얻고자 했던 최종 목적을 더 빨리 실현시켰다. 바로 사천촉가를 개가(開家)한 것이다.

그러나 촉지문은 얼마 못 가 사천에서 당가 외의 무가는 있을 수 없다는 오랜 불문율을 뼈저리게 확인해야 했다.

그가 관리하던 두 곳의 기루와 일곱 곳의 주루, 열한 개의 객잔이 하룻밤에 하나씩 정체 모를 괴한들의 습격을 받아 풍비박살 나거나, 독이

든 음식을 먹은 손님이 죽어나가거나, 아니면 놀고 먹는 부랑자였던 놈이 어느 날 갑자기 합법적으로 작성된 인수권을 들고 나타나 소유권을 주장하는 식으로 사라진 것이었다.

그렇게 순식간에 자금줄을 잃은 사천촉가는 그야말로 백일천하(百日天下)로 끝장나고 말았다. 그 어떤 곳에서도 누구의 소행인지 밝힐 만한 흔적을 발견할 수 없었다. 그러나 사천에서 칼밥 먹고 사는 이들은 한결같이, 그리고 새삼 두려운 눈으로 당가의 높은 대문을 올려다볼 따름이었다.

결국 당가는 촉지문을 미끼로 혼세를 틈타 슬슬 이완되려는 사천무림의 질서를 다잡으려 했던 것이다. 적당히 이름이 있으면서도 밟기 쉬운 녀석을 하나 골라 한껏 띄워주고는 다시 철저하게 짓뭉갬으로써 사천의 진정한 주인은 당가라는 경고를 소리없이 설파시킨 것이다.

그 길로 촉지문은 사천 땅을 떠났다.

"기필코 돌아온다. 너희 당가 놈들의 집구석을 몽땅 허물어뜨리고 그 위에 촉가의 주춧돌을 박아 넣고야 말리라."

미친 듯이 벌었다. 돈이 되는 일이라면 가리지 않았다. 그러는 사이 자신을 따르는 무리도 서른이 넘었다. 개중에는 빌어먹는 놈도 있고 협잡꾼에 모리배도 끼어 있으나 촉지문은 개의치 않았다. 무리가 많으면 큰 건수를 맡을 수 있고, 큰 건수는 당연히 큰돈이 된다. 그의 앞에는 사천당가를 무너뜨리겠다는 외길만이 놓여 있을 뿐이었다.

색마황금충이라는 지저분하고 저속하기 짝이 없는 뚱땡이와 손을 잡은 것도 그 일환이다. 무엇이 그리도 두려운 것인지 자신의 무리를 제외하고도 기백에 가까운 낭인들을 긁어모았다.

하기는 저놈이 하는 짓을 보면 적이 많을 만도 하다. 아니, 그 정도가 아니다. 험한 경험이 적지 않아 웬만한 일에는 눈도 깜빡이지 않을 만한 배포가 생겼다고 생각했건만 뚱땡이의 패악은 토악질이 치민다.

뚱땡이의 주색잡기는 도를 넘어섰다. 좀 생겼다 싶은 계집이라면 수단과 방법을 가리지 않고 잡아들여 온갖 해괴한 짓거리를 실험—놈은 육방망이질을 하는 것이 아니다. 추잡하고 해괴한 기구들을 이용해 여인들을 생체 실험한다—한다.

그리고 그 여인들은 사라졌다. 놈의 더러운 취미에 동참할 마음도 없고 그럴 권한도 없는지라 애써 시선을 두지 않았다. 그러나 그 여인들이 곽명부를 만족시키지 못한 죄로 처참하게 죽임을 당하거나 지하 뇌옥에 갇혀 있다는 정도는 이곳 전장에서 밥을 빌어먹고 있는 사람이라면 누구나 알고 있는 얘기다.

놈의 저 눈빛. 또 발동이 걸린 모양이었다.

촉지문은 남몰래 긴 한숨을 내뱉었다. 뒤통수까지 뜨끈하게 올라온 화를 집어삼키기 위함이었다.

계집일 뿐이다. 내가 굴쓸 짓을 벌이고 죽여 없애는 것도 아니질 않느냐. 나는 돈이 필요하그 곽가 놈이 그것을 가지고 있다. 촉가야… 눈 한 번 질끈 감으면 되는 일이다…….

다시 얕은 한숨을 내뱉은 촉지문이 애써 덤덤한 투로 입을 열었다.

"두 계집 모두 무공을 익혔소. 내 적절한 조치를 취해 보내 드리리다."

순간 곽명부의 얼굴이 극심한 두려움으로 물들었다.

빌어먹을 뚱땡이. 네놈은 언제고 네놈에게 죽은 처녀 원귀들에게 껍질이 벗겨지는 횡액을 당하고 말 것이다.

울화를 삼키며 촉지문이 갈을 이었다.

"걱정하지 마시오. 두 계집이 곽 대인의 처소에 들 무렵이면 순한 양이 되어 있을 것이오."

비로소 곽명부는 환하게 웃으며 예의 음란한 눈길을 진과 숙연연에 게 흘려댔다.

숙연연은 곽명부의 오른쪽 눈알을 파내 남은 왼쪽 눈에 들이밀면서 실제 네놈 눈알은 이렇게 크다는 사실을 알려주고 싶었으나 꾹 눌러 담았다.

조금 전, 진이 들릴 듯 말 듯 읊조린 말을 한번 믿어보기로 한 것이 다.

일단 조금 더 두고 보자고 했다.

넨장맞을. 저 멀리 사천 땅에서 굴러먹고 있을 촉지문이 느닷없이 나타나 함철원을 묵사발로 만들어놨는데 뭘 더 두고 봐야 하는지 모르 겠지만, 그래도 더 두고 보는 수밖에는 없기에 두고 본다.

"이 녀석은 다른 놈과 함께 뇌옥에 처넣고 두 계집은 내 숙소로 데려 와라."

촉지문이 명령하자 불 구경하는 마냥 삼삼오오 모여 있던 낭인들이 우르르 몰려와 함철원을 번쩍 들어 어디론가 사라졌고, 음탕한 눈빛을 흘리던 몇몇이 진과 숙연연에게 도검을 들이댔다. 허튼수작 말고 순순 히 따르라는 게다.

숙연연은 다시 진을 쳐다봤다. 역시나 무표정으로 미세하게 고개를 끄덕인다.

'빌어먹을 자식, 계획대로 안 되기만 해봐라.'

계획이 무엇인지도 모르지만 성공해야 한다. 처녀귀신이 될 수는 없 단 말이다.

숙연연은 순순히 낭인들을 따라나섰다.

"어차피 죽을 텐데 적선하는 셈치고 이 오라비 품에 먼저 안기는 것은 어떠냐? 크크크, 내 일찍이 경험하지 못한 무릉도원을 보여주마."

철심동이 칼의 평평한 면으로 진과 숙연연의 엉덩이를 툭 건드리며 수작을 건다.

움찔!

녀석이 갑자기 창백한 표정이 되고 말았다.

슬그머니 아랫배가 아파오고 갑작스런 요기가 방광을 압박하는 급속한 신체의 변화 때문이었다.

"왜 그러는가?"

"아, 아니… 내 잠시 다녀와야……."

급기야 해우소를 향해 달음질을 놓는 철심동이다.

철심동은 아마도 여생을 요실금이라는 병마와 다투게 될 것은 모를 것이며, 그 이유가 발가락 사이의 작은 족규음혈(足竅陰穴)이 소위 잠력이라 불리고 있는 상인지기에 의해 찢긴 이유 때문인지는 더욱 알 수 없을 것이다. 또 그 상인지기를 날려 멀쩡한 사내가 기저귀를 차고 다녀야 하는 야박한 현실을 선사한 이가 그가 엉덩이를 건드린 여장 사내라는 사실은 더 더욱 알 수 없을 것이다.

진과 숙연연은 남은 사내들에 이끌려 촉지문의 처소로 들어섰다.

촉지문의 처소는 검박하다 못해 썰렁했다. 제법 크고 널찍한 침상 위는 한 번도 눕지 않은 듯 먼지가 수북하다. 그 침상의 바닥에 어린 아이 머리통만한 봇짐이 놓여 있는데 가운데가 움푹 패어 있었다. 아마도 바닥에서 자며 저것을 베개 삼았나 보다.

진과 숙연연은 사내자식이 별 징그러운 청승을 떤다고 생각했지만 촉지문은 사천으로 돌아가는 그날까지 쉬운 잠자리와 맛난 음식을 스스로 사양하고 있었다. 나름대로의 와신상담(臥薪嘗膽)인 것이다.

촉지문은 진과 숙연연이 들어선 후에도 한참 동안이나 뒤돌아서 창밖을 바라볼 따름이다.

딱히 따로 할 말도 없는 진과 숙연연도 엉거주춤한 자세로 주위를 둘러봐야만 했다.

그렇게 다시 한참의 시간이 흐른 뒤, 촉지문은 여전히 뒤돌아보지 않은 채 입을 열었다.

"피차 소질은 없는 듯한데, 연극은 이제 그만두지."

숙연연은 아연 긴장한 표정이 되었다. 누구에게 한 말인지는 모르나 연극이라 함은 그들 모두에게 해당되는 말이었고, 상대가 자신들의 진면목을 단박에 알아봤다는 것은 그리 좋은 징조가 아닌 탓이었다.

"나는 칼을 잡은 후 수많은 전장에서 싸워왔다. 때로는 이겼으며 종종 지기도 했고, 개중에는 죽을 고비도 몇 차례 있었다."

비로소 돌아서는 촉지문이다.

"그렇게 살아오다 보니 결국 느는 게 눈치더군."

제법 웃기까지 한다.

"눈치라는 것은 감각에서 비롯된 일종의 직감인데 말이다, 이 직감이 일러주어 수체례 목숨을 구하고부터는 무공으로 연마된 육감(肉感)보다는 직감에 더욱 의존하게 되더군. 그래서 나는 대체로 내 직감을 믿는 편이다."

진의 미려한 눈썹 사이로 슬그머니 골이 파였다.

그래서 뭐가 어쨌다는 것인지 잡소리는 떨어내고 본론을 얘기하라는 것이다.

"처음의 내 직감은 널 죽이라 하더군."

순간 그 둘 사이의 공간이 팽팽히 긴장되었으므로 숙연연은 새삼 마른입을 다시며 주먹을 틀어 쥐었다.

그러나 정작 진은 좁혀졌던 미간이 다시금 펴지며 예의 편안한 신색으로 돌아가 있었다.

"지금은 그렇지 않다는 말인가?"

처음으로 진의 입이 열렸고, 그의 용모와는 어울리지 않는 묵직한 음성이 흘러나왔다. 그러므로 될 수 있는 한 입은 열지 말라고 평소에 신신당부를 해왔던 숙연연은 놀라 돌아봤다.

반면 응당 더욱 놀라야 할 촉지문은 그닥 놀라는 표정이 아니다. 아니, 이제는 소리 내어 웃기까지 한다.

"끌끌끌. 때로는 직감보다는 계산 속이 빨라야 먹고사는 데 지장이 없다는 것도 세월이 가르쳐 준 삶의 지혜라는 점이 생각나더라는 말일세."

"……."

진은 다시 입을 다물었으며 촉지문은 웃음을 그치고 숙연연을 유심한 눈으로 쳐다보았다.

"저 친구도 인피면구를 쓴 것인가?"

숙연연은 촉지문의 도무지 알아들을 수 없는 말을 두고 어리둥절한 가운데 인피면구를 착용했다는 사실을 들킨 것에 다시 한 번 놀라야 했으며, 그리고 이내 잔뜩 경계하는 표정으로 촉지문을 노려보았다.

'저 친구도' 라 함은 숙연연을 제외한 또 다른 이도 인피면구를 뒤집어쓰고 있다는 사실을 이미 알고 있다는 의미가 되는 것이며, 그가 알고 있는 또 다른 이가 함철원을 말하는 것인지 아니면 진 역시 인피면구를 착용한 것으로 알고 있는지는 알 수 없으나 결과는 다를 바가 없었다.

인피면구는 마(魔)의 상징이다.

인피면구를 얻는 과정에서의 반인륜적인 행위만을 말하는 것이 아니다. 하늘 아래 한 점 부끄럼 없는 이에겐 인피면구가 필요없는 노릇. 인피면구를 소지하거나 착용했다는 사실은, 결국 스스로 숨길 것이 많은 수상한 인물임을 자백하는 것이나 다름없는 것이다.

순순히 넘어가기는 틀렸다 생각한 숙연연은 진기를 잔뜩 끌어올리기 시작했다.

그러나 잔뜩 독아를 치켜세우고 있는 숙연연은 본체만체. 촉지문은 여전히 미소 띤 얼굴로 진을 느긋하게 바라보고 있을 따름이다.

진이 물었다.

"원하는 게 뭔가?"

"오 할."

숨 한 번 쉬지 않고 기다렸다는 듯이 답한다.

진의 표정이 굳어졌다.

"삼 할."

"사 할."

"삼 할 오 푼."

"순 도둑놈 심보가 아닌가? 너는 딸린 입이 셋뿐이지만 나는 서른이다. 좋다. 삼 할 칠 푼 오 리. 더 이상은 안 된다."

"좋아. 계약은 성립됐다."

숙연연은 어안이 벙벙한 표정이다. 이들의 이 함축적인 대사가 무슨 뜻인지 되도록 자세한 설명을 듣고 싶었지만 곧바로 이어지는 함철원의 일갈에 바람은 묻히고 말았다.

"밖에 누구 없느냐."

곧 세 사내가 들어왔다.

"계집들을 곽 대인의 처소로 끌고 가라."

이건 또 뭔 소린가?

숙연연은 도무지 궁금해서 견딜 수가 없었지만 촉지문은 다시 창문 밖으로 시선을 돌려 버렸고, 진은 예의 겁에 질린 듯한 표정으로 돌아가 있을 뿐이었다.

진과 함께 세 사내에게 끌려가면서 숙연연은 마침내 기회가 왔다고 생각했다. 촉지문이 없는 지금 이들을 제압하고 한 녀석을 족쳐 함철원이 갇혀 있는 곳을 알아내 탈출하면 되는 일이다.

그러나 혼자의 힘으로는 불가능한 일이다. 진이 세 명의 사내 중 두 명은 맡아줘야 한다.

숙연연은 다시 진을 쳐다봤다. 전음도 날려보고 옆구리를 푹푹 찔러보기도 했으나 묵묵부답, 아무런 반응이 없었다.

애간장이 녹을 대로 녹아버린 숙연연과 별다른 행동을 보이지 않던 진은 기어이 곽명부의 처소에까지 오고야 말았다.

대단히 넓은 방이었다. 그리고 대단히 께름칙하다.

그것이 단지 곽명부의 눈빛을 보아 미루어 짐작하고 있던 곽명부의 악취미 때문만은 아니었다.

온통 춘화(春畵)다. 꽃병에 상감된 그림도, 창틀의 양각 조각마저도 남녀의 추잡한 교합들로 가득하다.

숙연연은 당장에 토악질이 치밀었다. 그녀가 생각하는 사랑의 완성이 필경 변태로 조작되는 자의 방에서 저질 취미로 바뀌어 있는 것이 견딜 수가 없었던 것이다.

반면 진은 들어설 때부터 시종일관 흥미롭다는 얼굴이다. 좀 더 세밀한 관찰력을 빌자면 '이 새끼 봐라?' 정도의 표정이었다.

그때.

<u>촤르르르르.</u>

길게 드리워진 붉은 장막이 거두어지며 곽명부가… 대략 곽명부로 보이는 덩어리가 나타났다.

"날 즐겁게 해줘."

미세한 변화가 있을지언정 별반 표정의 변화가 없었던 진의 얼굴이 험악하게 일그러졌다.

비교적 비위가 좋은 진이었지만 걸친 것이라곤 치부를 절반도 가리지 못한, 필경 뒷모습은 엉덩이가 다 드러나 있을 한 줄짜리 정자(丁字) 고쟁이만 걸친 흉측한 돼지마저 아무렇지도 않게 봐줄 만큼은 아니었던 것이다.

똥 씹은 듯한 진과 숙연연의 노골적인 표정을 보았으니 곽명부의 표정이 밝을 리 없다.

그러나 그는 이미 이런 반응에 꽤 익숙했다.

"무릉도원을 두고 그런 표정은 곤란하지. 내 네년들에게 동기 부여를 해주마."

곽명부가 손뼉을 쳤다.

기기기깅.

거친 기계음과 함께 천장이 내려온다. 정확히는 천장에 매달린 넓죽한 걸레가 매달려 내려오는 것이었다.

"대주!"

숙연연이 소리치고 나서야 진은 그 걸레가 함철원인 것을 알았다.

축지문에게 일격을 당하기는 했으나 당시 겉은 멀쩡한 채로 실려 나갔으므로 아마도 또 다른 곤욕을 치른 게다.

곽명부가 자신의 오른쪽에 늘어진 줄을 잡아당겼다.

기기기깅.

또다시 거친 기계음.

"으아아아악!"

그러자 축 처져 있던 함철원의 섬뜩한 비명이 터져 나왔다. 줄을 당기자 기관이 작동하여 함철원의 사지를 묶고 있던 장치가 그의 사지육신을 잡아 늘린 것이다.

곽명부가 다시 줄을 잡아당기자 함철원의 비명은 잦아들었고 이어 죽은 듯 늘어져 버린다.

"다시 내가 줄을 당기면 이번엔 기관이 더 활발하게 작동할 거다. 십중팔구는 이 단계에서 죽지. 가끔 모진 녀석들은 이 과정을 넘기는 경우가 있기는 하더라. 그러나 다음 단계에서 저놈은 산 차로 제 팔 다리가 떨어져 나가는 것을 봐야 할 터이니, 결코 운이 좋다고 말할 수는 없는 일이지."

곽명부의 얼굴을 덮고 있는 비계들이 물결쳤다. 웃고 있는 것이다.

"저놈을 살리고 죽이고는 네년들이 하기에 달렸다."

숙연연이 잡아먹을 듯 곽명부를 노려봤다.

"대부분의 계집들이 나를 그렇게 본다. 그런 애들은 지아비나 오라비의 사지 육신이 뜯겨 나가는 것을 보고서야 땅을 치고 후회를 하지."

한두 번 겪은 일이 아니라는 게다.

"역겨운 돼지 새끼. 네놈의 멱을 따놓을 것이다!"

숙연연이 달려들었다. 이에 흠칫 놀라는 곽명부. 동시에 떠나가라

괴성을 질러댔다.

"당겨라!"

기기기깅.

"크아아악!"

다시 함철원의 모골이 송연한 비명 소리가 들리고 나서야 숙연연은 굳어졌다. 눈물을 글썽이며 갈팡질팡. 어찌해야 할 바를 모르는 것이다.

곽명부가 다시 징그럽게 웃었다.

"기관을 작동시키는 곳은 여기 말고도 두 곳이 더 있다. 내 말 한마디면 저놈은 네 토막으로 찢긴다. 어떠냐? 내 말을 따를 것이냐?"

숙연연은 진을 쳐다봤다. 여기까지 상황을 몰고 왔으니 뭔가 수가 있지 않을까 해서다.

진은 여전히 덤덤했다. 미간에 옅은 골이 패이기는 했지만 이 개 같은 상황을 앞에 둔 사람치고는 지나치게 평온한 모습이다.

"어떻게 좀 해봐, 이 빌어먹을 자식아! 이러다 사람 잡겠다!"

"시키는… 대로… 해."

진에게서 들려온 전음이 아니다.

힘없는 음성, 함철원이다. 아직 전음을 날릴 만한 기력이 함철원에게 있다는 사실에 숙연연은 기뻐 비명을 지를 뻔했다.

"쳐다보지… 마… 비명도……."

그제야 진정하는 숙연연이었다. 함철원의 전음은 이어졌다.

"기관을… 작동시킬 수 있는 다른… 한 곳을 찾아야 해… 다음엔… 정말 자신없다. 더 이상… 근골을 이완시킬 여력이 없어… 저 녀석에게… 기회를 줘."

함철원은 정신을 잃고 나서, 그리고 의식과 무의식의 경계에서야 진이 잠력을 날려 자신의 사지를 묶은 이유를 알 수 있었다.

부지불식간에 당한 기습이라 촉지문의 성명절기가 구암탈명권이라는 사실을 잠시 잊었고, 관일선 삼 권을 피했다면 이 꼴이나마 살아남지 못했다는 사실도 알게 되었다.

그 유명한 천년신교를 모르는 놈이니 멀리 사천 땅에서 굴러먹은 촉지문의 고암신공을 알 리 없다. 그런 녀석이 찰나의 순간 그토록 빠른 판단과 행동을 취해 보였으니 한 번 더 믿어보고 싶은 것이었다.

함철원의 전음을 듣고 숙연연은 다시 진을 쳐다봤다. 이제 보니 그의 오른손의 검지가 어느 곳을 가리키고 있다.

숙연연은 곽명부가 눈치채지 못하게 진이 가리킨 방향을 곁눈질했다.

격자 창문이다. 바깥 풍경이 보이는데도 이상하게 채광이 들이치지 않는다. 자세히 보니 바깥 풍경이라 믿었던 것은 정교하게 그려진 채색화다.

'밀실이야. 변태 돼지 놈. 약아빠지기까지 했구나.'

숙연연은 진을 새삼스러운 눈으로 봤다. 자신은 생각지도 못하고 있었건만 기관이 움직이는 소리를 이미 유심히 듣고 있었던 모양이다.

그렇기는 한데 왜 손가락질인가?

'설마, 전음을 모르는가?'

그리고 보니 진이 전음을 쓰는 것을 들어본 기억이 없다. 이 정도면 대체 어떤 계획을 가지고 있는 것인지 설명해 줄 때도 됐건만… 전음을 모른다면 이 또한 설명이 된다. 알려주고 싶어도 알려줄 방도가 없었던 것이다.

'갈수록 귀엽네.'

괴곽하고 힘 자랑이나 할 줄 아는 녀석인 줄로만 알았는데 제법 용의주도하기도 하고 은근히 모자란 구석도 있지 않은가?

숙연연은 저도 모르게 웃었다.

"크크크, 그래, 즐기면 되는 거야. 웃으니까 조웃찮아?"

당장 비계를 한 겹씩 깎아버리고 싶지만 참자. 한번 믿어보는 거다.

"여기서 벗을까?"

숙연연이 대뜸 하는 소리에 되려 곽명부가 놀라는 시늉이다. 그러나 이내 제사상에 놓인 돼지 머리처럼 해맑게 웃는다.

"아, 아직은 안 돼. 먼저……."

곽명부는 넙죽 엎드리더니 엉덩이를 쭈욱 내밀었다.

"날 때려줘."

동시에 얇고 검은 윤기가 촤르르 흐르는 회초리 한 마디를 건넨다.

멍청한 표정이 되고 만 숙연연이다. 내민 엉덩이와 항문 괄약근조차 마저 가리지 못한 줄 고쟁이와 고쟁이가 분단시켜 확실히 두 개임을 알려주는 늘어진 방울이 주는 압박보다 지금 저 뚱땡이가 뭔 소리를 하는 것인가가 더욱 궁금할 수밖에 없는 일이다.

진 역시 이것만은 진정 의외다라는 표정이었다.

숙연연은 회초리를 받아 들고 재차 확인했다.

"정말 때려?"

"그래, 아주 세게."

"아주 세게? 그러면 많이 아플 텐데?"

"아훙! 고통이야말로 오락의 극치. 걱정 말고 때려줘. 적당히 하면 천장에 매달린 놈은 죽어."

그렇다는 데야…….

찰싹!

제법 매운 소리가 울렸다.

"그래! 바로 그거야! 계속해!"

찰싹! 찰싹!

"아흥!"

"더 해줘?"

"그래그래, 너무 좋아."

찰싹!

철썩!

촤악!

짝…….

소리는 변해갔다. 숙연연이 회초리에 내력을 밀어넣은 양만큼.

쫙! 쫙!

"자, 잠깐. 아야! 으악! 으아악!"

그리고 곽명부의 환희에 찬 교성도 차츰 변해갔다.

돼지에 멱따는 소리로…….

급기야 곽명부의 엉덩이로 짐작되는 살들이 걸레가 되기에 이르자 현재의 살이 찢어지는 고통이 자신만의 성생활에서 익숙한, 이른바 오락의 극치가 아닐뿐더러 뭔가 잘못됐다는 것을 깨달을 수밖에 없는 곽명부였다.

그때다.

이곳에서는 들릴 리가 없는 사내의 목소리가 들린 것은.

"입 막아!"

비로소 진의 말문이 트였고 동시에 소극적이던 행동이 과감해졌다.

진도 이런 경우까지는 예상치 못했다. 날래게 움직인다면 곽명부의 입을 먼저 막을 수 있을 것이나 사람 목숨을 두고 확률 경기를 할 수는 없는 노릇. 잘못되면 함철원은 네 토막이 날 수도 있는 것이다.

해서 남은 한 곳의 기관 통제 장치의 위치를 파악하려 한 것인데 스스로 멱을 쥐어줄 줄이야…….

숙연연이 아무리 느려도 저 거리라면 함철원의 입 정도는 막을 수 있다.

진의 믿음대로 천장에 매달린 함철원의 포박을 풀어 내려놓을 때까지 곽명부는 아무 말도 할 수 없었다. 숙연연은 입을 막는 가장 확실하고 편한 수단으로 수혈이나 아혈을 짚는 대신 아무런 생각이 들지 않을 만큼 두들겨 패고 있는 것이었다.

그사이 진은 함철원의 상세를 살폈다. 꽤나 몰매를 맞기는 하였으나 근골의 손상은 없었다. 형틀에 매이기 전에 이미 사지 육신을 최대한 이완시켜 놓았던 모양이다. 진이 몇 군데 혈을 짚어 내리자 함철원이 서서히 눈을 떴다.

"덕분에 평생 받을 몽둥이찜질… 잘 받게 해줘서 고맙다고 해야 하나……."

다시 한 번 구명을 받은 셈이나 따지고 보면 순전히 진의 고집이 파생한 결과다. 이번만큼은 털끝만큼도 고맙지가 않았다.

"돈 벌기가 쉬운 일이 아니지."

돈을 벌어? 이건 또 무슨 소린가 싶어 물어보려 했으나 함철원은 뜻을 이룰 수가 없었다.

우당탕탕!

뭔가를 때려 부수는 소리와 함께.

"너 잘 걸렸다, 빌어먹을 노무 시끼! 감히 내 엉덩이를 쳐?"

"아, 안 돼! 거기만은 제발! 우아악!"

숙연연이 밀실로 뛰어들었고, 그곳에서 기관을 작동하고 있었던 사내가 하필이면 숙연연과 진의 엉덩이를 건드렸던 철심동이었던 것이다.

철심동은 이제 요실금을 걱정할 필요가 없다. 요실금을 유발할 수 있는 기관이 완전히 파괴되었으므로.

진은 숙연연의 분노 섞인 일갈과 더불어 미묘한 화음을 이루는 곡소리를 듣고 고개를 절레절레 흔들더니 곽명부에게로 다가갔다.

빈대떡처럼 퍼져 있는 곽명부. 진의 눈살이 찌푸려졌다.

진은 소매를 손바닥만하게 찢어내더니 적나라하게 드러나 있는 곽명부의 국부를 살포시 덮었다.

"한결 낫군."

그리고 뺨을 올려붙였다.

"까불지 말고 일어나."

죽은 듯 꿈쩍도 않는 곽명부.

"돼지 불알을 무슨 약으로 쓴다더라?"

작은 헝겊 조각이 채 가리지 못한, 축 늘어져 있는 곽명부의 쌍방울을 발로 툭툭 건드리는 진이다.

벌떡!

"대애애애~인 살려주십시오."

곽명부는 잠시 혼절하기는 했으나 정신을 잃지는 않았다. 이내 정신을 차렸을 땐 천장에 매달린 놈은 풀려나 있었고, 자신을 두들겨 패던 계집은 밀실에 뛰어들어 기관 작동 장치를 박살 내고 있는 중이었다.

정신을 잃은 척, 폭풍이 지나가기를 바랐으나 그런 수작이 먹힐 리 없다.

"안양에서의 일은 제가 잘못했습니다. 더 많은 여자를 댈 터이니……."

"안양?"

진이 곽명부의 말을 끊었다. 불현듯 뭔가 구린 냄새를 맡은 것이다.

"계속해 봐."

"네?"

"안양에서 내가 너한테 뭘 했지?"

비로소 곽명부는 갈비 눈을 뜨고 진을 유심히 쳐다봤다. 여전히 꿈자리를 뒤숭숭하게 만드는 괴한들의 영상이 걷히고 진의 본모습이 드러났다.

"백, 백련교에서 나오신 분들이 아닙니까?"

곽명부는 세 괴한의 정체를 알지 못했지만 그의 수하들이 입고 있던 복장이 백련교 교도들의 제식복식과 비슷하다는 정보를 남창에 와서 파악해 놓은 것이었다.

곽명부는 안양에서 있었던 일들을 비교적 소상하게 진에게 말해 주기 시작했다.

"…그래서 그믐날 밤에 그들은 중공산으로 향했고, 저는 이곳으로 도망쳐 온 것입니다요."

진은 생각에 빠졌다.

곽명부가 사내들이 중공산으로 움직였다는 시점이 사단이 나기 전날 밤이다. 게다가 사내들이 입고 있었다는 복색도 진에게 협봉검을 들이댄 녀석들과 일치한다.

의심의 여지가 없다. 바로 그들이다.

곽명부의 말을 듣고 있던 함철원의 얼굴은 도무지 믿을 수 없다는 표정이었다.

백련교라니… 비록 교주인 한산동이 처형되었다고는 하나 곽자홍 등이 그의 아들 임아를 데리고 미리 몸을 피해 아직도 건재하게 조직을 유지하고 있으며, 각지에서 연호를 천명하고 세력을 일으키고 있는 바로 그 백련교 말고 또 다른 백련교가 있던가?

'천년신교에 백련교라… 똥 밟았네.'

똥도 아주 큰 똥이다. 게다가 엄청나게 무섭기까지 한 똥이다.

확실히 잘못 탄 배다.

'어디서부터 뭐가 잘못되었는가……'

도무지 길이 보이지 않은 암담함에 함철원의 한숨이 더욱 커지고 있을 동안에 진은 곽명부를 재차 추궁했다.

"놈들이 뭘 만들지는 않았나? 예를 들어 공중을 붕붕 떠다니는……."

무슨 말을 하는지 도무지 모르겠다는 멀뚱한 표정.

"예를 들어 사기를 잔뜩 붙여놓은 거대한 연이라든가."

산채에서 괴한들을 죽인 비행체를 묻는 것이다. 이동 중에 다른 사람들의 눈에 뜨이지 않으려면 가까운 곳에서 만들어 사용했을 터. 가장 유력한 곳이 곽가장이라 생각한 것이다.

한동안 골똘히 생각하던 곽명부가 뭔가 생각난 듯 손가락을 튕겼다.

"그러고 보니……."

"그래, 뭔가 만들었지? 그게 뭐지?"

"놈들은 보름 동안 아무도 나가지 못하게 하고, 아무도 들이지 못하게 했습니다. 그리고 뒤채 공터에서 천막을 치고 뭔가를 만들었는데, 거기에는 거대한 항아리가 어림잡아 백여 동이가 있었습니다."

"옳거니!"

"그런데 참으로 이상한 점은 그 항아리들의 주둥이가 없었다는 것입니다."

뭔가 더 이어질 말이 있어야 함에도 곽명부는 거기까지만 말하고, 참으로 신기하고 이상한 항아리들이었다는 말만 되풀이하고 있었다.

곽명부도 더는 아는 바가 없는 것이다. 괜한 호기심에 목숨이 달아날 수도 있는 일이니 더 이상 그 앞에서 알짱거릴 수는 없었던 것이다.

실망스럽지만 여기까지만 해도 꽤나 큰 수확이었다.

천년신교와 백련교.

빌어먹을 무슨 놈의 교회들이 하라는 기도는 안 하고 칼부림에 쌈박질을 하는지는 모르겠지만─진이 종교에 대해 아는 전부다─이 녀석들이 사부들과 연화의 실종과 관계가 있는 것만은 분명해 보였다.

그리고 입구가 없다는 항아리 백여 독. 즉, 밀봉을 했다는 것인데 필경 공기와 접촉되어서는 안 되는 물건이 담겨서일 게다.

화약? 그러나 백여 동이나 된다면 너무 많은 양이다. 중공산에서도 그만한 양의 화약이 사용된 흔적은 발견하지 못했다. 역시 뭔가 다른 것이 있다.

여전히 미궁 속이나 뜻하지 않은 우연으로 한 발자국 더 들어갔다.

적당한 행운만 따라준다면 머지않아 적들의 실체를 밝혀낼 수 있을 것이고, 사부들의 행적도 파악할 수 있을 것이라는 예감이 강하게 밀려왔다.

비교적 만족해하는 진의 표정을 보고 곽명부는 희망에 부풀어 있었다.

곽명부도 안다. 지금껏 자신의 유희가 일반인들의 입장에서는 이해하기 쉽지 않을 것이다. 그러나 틀림없이 무림고수로 짐작되는 목소리가 이상한 계집의 표정이 그리 야멸차지는 않지 않은가.

'살 수 있다. 또 살 수 있겠어. 어찌 난 이리도 운이 좋던가. 크크크.'

소리없이 키득대던 곽명부는 이내 소스라치게 놀라고 말았다.

어느새 밀실 청소(?)를 마치고 돌아온 또 다른 계집이 안광에 살얼음을 덕지덕지 붙인 채 무섭게 쏘아보고 있는 것이었다.

"이 새끼는 변태 중에서도 상변태일세. 지금 웃음이 나오냐?"

숙연연의 주먹이 곽명부의… 그쯤이면 아마도 턱이라 판단되는 곳을 격타했다.

떼굴떼굴 굴러가는 곽명부를 향해 다시 숙연연이 몸을 날리려는 찰나, 진이 막아섰다.

"좀 참아라. 아직 놈에게 볼일이 남았다."

"참아? 저놈이 한 짓을 돌라? 저런 놈을 살려두면 여자들에게 또 몹쓸 짓을 할 거란 말이야."

여자로서의 공분이다. 가족을 볼모로 잡고 추잡한 성욕을 채우려는 작자, 절대로 용서할 수가 없는 일이었다.

"저놈을 봐라."

"……?"

"저놈이 이런 짓을 할 수 있었던 이유가 저놈이 잘생겨서일까?"

숙연연이 어이없는 표정으로 진을 쳐다본다.

장난하냐?

“그럼 미래가 창창한 전도유망한 인재여서일까?”

“도대체 무슨 소리가 하고 싶은 거야?”

“몇 대 패는 것보다 나은 방법이 있다는 것을 알려주려는 거다.”

진은 바닥에 누워 와들와들 떨고 있는 곽명부에게 다가가 쪼그리고 앉았다.

“형이 배가 좀 고프다.”

번쩍 빛을 발하는 곽명부의 눈. 이제야 말이 통한다는 의미의 눈빛이었다.

“그, 극진히 대접을…….”

“그리고 형이 좀 멀리 가야 하는데 다리가 좀 아프다.”

“천하의 준마를…….”

“그리고 형은 잠자리가 불편하면 잠을 설친다.”

“……?”

“그리고 형은 옷이 불편하면 괜히 신경질이 나고 그런다.”

“……!?”

“네 생각엔 어찌하면 좋겠냐?”

“제, 제가 장기 저리로 자금을 좀 융통시켜 드리면…….”

“역시 말이 통하는 친구군.”

진은 활짝 웃으며 이번에는 숙연연에게 물었다.

“이 친구가 돈을 빌려주겠다는데? 우리가 얼마나 필요하지?”

그제야 진의 의도를 파악한 숙연연이었다.

그깟 옥비녀 팔아봐야 한 달 치 밥값도 안 나온다. 진은 금와전장이 천년신교와 전혀 관계가 없다는 사실을 안 순간부터 홀랑 벗겨 먹을 생각을 했던 것이다. 그리고 일전에 했던 말도 이해가 된다. 제놈 주제에 돈이 없으면 무슨 재주로 이런 몹쓸 일을 벌일 수 있겠는가?

숙연연이 짐짓 생각하는 척 턱을 짚더니 이내 입을 열었다.

"적어도 은자로 만 냥은 있어야 되지 싶은데?"

곽명부의 얼굴에 순식간에 희색이 스쳐 갔다.

은자 만 냥이면 곽가장을 잃은 지금 시점에서는 꽤나 큰돈이지만 남은 돈을 바탕으로 삼 년이면 충당할 수 있는 금액이다.

과연 계집의 소갈딱지라더니, 제딴에는 큰돈이라고 부른 모양인데 겨우 은자 만 냥이라니…….

그러나 곽명부는 내심을 숨기기 위해 화들짝 놀라는 표정을 지어 보였다.

"그, 그렇게 큰돈은 저게……."

"금 만 냥!"

곽명부는 말을 마치지 못하고 입을 쩍 벌린 채 필경 자신이 잘못 들었을 것으로 짐작되는 음성이 흘러나온 방향으로 고개를 돌렸다.

비틀비틀 일어서고 있는 함철원이다.

"내 치료비는 왜 빼나? 보시다시피 골병이 들어놔서 늙어 죽을 때까지 지속적인 치료를 받아야 해. 그리고 정신적 치료 보상도 받아야지. 금 만 냥으로 해."

진이 만족한 표정으로 곽명부를 쳐다봤다.

"들었나? 금 만 냥이란다. 지금 당장 준비하도록. 될 수 있으면 쓰기 편하게 소액권으로 부탁해. 그리고 대출 기간은 넉넉히 해줘. 한 칠백 년쯤이면 부담이 없겠다."

"치, 칠백 년?"

"그렇지? 좀 짧지? 그럼 딱 떨어지게 천 년 어때?"

안 갚겠다는 얘기다.

날도둑놈들. 숫제 팔자를 고쳐 보겠다는 수작이 아닌가?

"제, 제겐 그만한 돈이 없습니다. 가진 것을 다 팔아도……."

"안양 대부호 곽가장. 안양과 죽평 일대에 소유한 기루가 열두 곳, 주루가 삼십 군데, 객점, 포목점, 기타 점포가 총 백여든한 곳. 그 외 부동산과 전당포, 전장 소유. 총 자산 규모 금 만 팔천사백 냥. 곽가장 과 안양 일대의 재산을 빼면 대략 만 냥이 나오는군."

더욱 놀란 표정의 곽명부다. 자신도 정확히 파악하지 못하는 자신의 재산 내역이 함철원의 입에서 줄줄 새 나오고 있는 것이니 놀라지 않 을 수 없었다.

"마을을 옮길 때면 그 마을에서 가장 큰 부호를 파악하는 것이 습관 이거든?"

습관이라면 습관이지만 삶의 방편이었다. 도주 자금을 마련하려면 무슨 일이든 해야 하고, 확실히 돈을 받기 위해서는 되도록 부잣집에서 허드렛일이라도 해야 했던 것이다.

"그, 그럼 절더러 굶어 죽으라는……."

"그게 싫으면 지금 당장 맞아 죽던가."

당장에 세 방향에서 살기가 쏟아져 왔다. 진의 살기도 결코 감당하 지 못할 것이거늘 함철원과 숙연연도 손을 보탠 것이다.

비 맞은 강아지처럼… 비 맞은 새끼 돼지처럼 곽명부는 떨어댔다.

"아, 알겠습니다. 제발 목숨만은……."

곽명부는 당장 팔 수 있는 모든 것을 팔아 어음을 마련했다. 이것이 한 시진이다. 그리고 어음을 소액권으로 바꾸는 데 다시 한 시진이 걸렸다.

그래서 마련된 돈은 원조정이 강제하였으나 신용도가 낮은 교초(交鈔) 따위가 아니라 중원 어디서나 신용을 인정받을 수 있는 은성전장의 수결이 들어간 금 오천 냥의 어음이었다. 나머지는 빠른 처분이 어려운 부동산인지라 진은 이쯤에서 만족해야 했다.

만족? 진은 일반 농민이 천오백 년 동안 안 쓰고 안 입어야 벌 수 있는 돈을 벌어들였으며, 수중에 동전 한 푼 없었던 상거지에서 단숨에 일약 중원 오백위 안에 드는 대부호가 됐다.

곽명부는 손까지 흔들어가며 진 일행을 배웅해야 했다.

괜찮다. 어렵게 모은 재산이 홀랑 털리기는 했지만 부동산이 남아 있으니 이것을 팔아 재기할 토대를 만들면 되는 일이다.

그러나 그것은 곽명부의 꿈이었다.

어찌 다시 돈을 벌 것인가를 두고 머리를 싸매고 있던 차에 촉지문이 들이닥친 것이다.

"우리 임금을 계산해 주셔야겠소."

발끈한 곽명부다.

"네놈이 한 것이 무어 있다고 임금 타령을 하는 것이냐?"

당장에 촉지문의 얼굴이 암갈색으로 변해갔다.

"나와 내 동료들은 네놈이 이 빌어먹을 전장의 호위를 맡아달라고 해서 맡았다. 그래서 그 녀석에게 되도록 네놈을 살려주는 쪽으로 결론을 보라고 충고도 해주었다. 그리고 보시다시피 네놈은 살아 있고 이 전장도 기왓장 하나 부서진 것이 없다."

그런 충고한 적 없다. 촉지문은 진이 여장한 사내임을 단박에 알아봤고 자신과 손을 섞을 수 있을 정도의 고수라는 것도 파악했다.

계약한 바에 따르면 곽명부를 위해하거나 위해할 가능성이 있으므로 피를 다투는 혈전을 감행해야 했으나… 그러기 싫었다.

아무리 빌어먹는 낭인 나부랭이가 되었다지만 단매에 쳐죽여도 시원찮을 변태 돼지를 위해서 무공을 팔기는 죽기보다 싫었다. 그렇다고 계약한 것이 있는데 손수 피를 묻힐 수는 없는 노릇.

때마침 진 일행이 나타났다.

진 역시 촉지문의 묘한 기류를 읽었고, 피차 이해가 맞아 손 안 대고 코를 푼 것이다.

"나는 내 맡은 바 임무를 다했다고 생각하니 대가를 받아야겠다."

당장 내놓지 않으면 비계를 한 꺼풀씩 벗겨놓겠다는 으름장도 잊지 않은 촉지문이다.

그제야 더 이상 부리는 자와 부림을 당하는 입장이 아니라는 것을 알게 된 곽명부는 겁에 질렸다.

"하, 하나 저는 이제 빈털터리올시다."

"나는 비교적 욕심이 없는 사람이다. 그러니 이것으로 만족을 하겠다."

촉지문이 쓸어간 것은 남은 집과 땅 문서들이었다.

자그마치 금 오천 냥의 가치가 있는 것이며, 진과의 협상에서 결론을 맺은 삼 할 칠 푼 오 리를 한참이나 상회하는 금액이었다.

되는대로 문서들을 소맷춤에 우겨 넣으며 막 문지방을 넘어서려는 촉지문이 어이가 없어 입만 뻐끔거리고 있는 곽명부에게 사형 선고를 내렸다.

"참! 뇌옥에 갇혀 있던 여자들은 풀어줬다. 아무래도 네 녀석이 그 아이들의 밥값을 앞으로 감당하지 못할 듯해서 말이지. 내가 지금의 네놈의 사정을 조목조목 잘 설명해 주었더니 울며불며 집으로 뛰어가 더구나. 그것이 대략 한 시진쯤 되었으니 내 생각엔 그 아이들이 가족들을 데리고 다시 오기 전에 너는 조금 서둘러야 할 게다. 이 기회에 달리기 열심히 해서 살 좀 빼도록 해라."

곽명부의 얼굴이 하얗게 질렸다.

자신의 세계를 이해하지 못하는 그녀들의 가족들은 아마도 진정 껍질을 벗기려 들 것이다.

곽명부는 살을 빼기보다는 살아남기 위해서 앞으로 정말 열심히 뛰어다녀야 할 것이었다.

히죽히죽 숙연연은 묘한 미소와 함께 진을 힐끔거렸다.

막무가내 천둥벌거숭이인 줄로만 알았건만 알고 보니 제법 치밀하고 머리 쓸 줄도 아는 녀석이 아닌가?

일류를 상회하는 무공을 지녔고 미남인데다 피부도 깨끗하다. 그리고 이제는 부자이기까지 하다. 이만하면 신랑 삼아도 되겠다고 생각하고 있는 것이었다.

그러나 진은 굉장히 부담스러운 숙연연의 눈길을 외면하고 있었다. 뭔가 골똘히 생각하는 모습이었다. 아니, 그것보다는 개운치 않다는 표정이다.

그리고 번뜩!

"아차!"

역시나 뭔가 찜찜한 표정이던 함철원도 진의 탄성과 동시에 손가락을 튕겼다.

"그래! 뭔가 두고온 것 같더라니."

“왜 그래요, 대주?”

숙연연이 물었지만 진은 바람처럼 사라진 후였다. 그것은 함철원도 마찬가지였다.

“대체 왜들 저러는 거야?”

제2장

우연은 필연의 위선일 뿐

끝도 없이 펼쳐진 광활한 황무지. 한때는 초록이 가득한 평야였다 하나 십여 년 동안이나 이어진 폭염과 홍수로 인해 싹이 틀 틈이 없었으니 옛 모습은 찾아볼 수 없었다.

그 황무지 복판. 주위와 다름없이 모래와 마른 흙뿐이건만 네 필의 말은 단단한 땅을 딛는 마냥 수월하게 움직이고 있었다.

번드르르한 행색. 주체할 수 없는 돈으로 제일 먼저 새 옷과 몽고마부터 뽑고 본 진 일행이었다. 현재 지닌 돈이라면 더욱 그럴싸한 행색을 갖출 수도 있었으나 한가하게 장이나 보러 다닐 수는 없었다.

그러나 숙연연의 말처럼 비단 장배자 한 벌 뽑아 입고 준마를 타고 돌아다니는 것보다는 오히려 훨씬 자연스러운 여행객의 모습이었다.

이제는 부족한 것이 없는 부자가 되었음에도 묵진민은 시종일관 시무뚝한 표정이었다.

기분이 좋을 리 없다.

오래전 음양대 시절에도 그랬다.

언젠가 일석점호를 하는데 극심한 변비로 인해 그때까지 해우소에서 끙끙대고 있었던 묵진민이 빠지고 없었는데도 아무도 알아차리지 못했고, 결국 처음부터 대원들의 숫자를 잘못 센 것으로 가닥이 잡히기에 이르렀다. 반 시진 후 묵진민이 창백한 얼굴로 막사에 들어섰을 땐 이 년 동안이나 부대끼고 살았던 당시 당번 사관이 '웬 못 보던 놈이냐!?' 라며 칼을 뽑았을 정도였다.

금와전장에서도 그렇다.

지나치다 싶은 삼엄한 경계 태세가 의심스러워 좀 더 깊이 들어갔다가 촉지문에게 붙들려 여자들과 뇌옥에 갇히고 말았다.

한참 후에 다시 촉지문이 돌아오더니 이번에는 여자들과 자신을 풀어주는 것이었다.

예상대로 동료들이 구하러 왔고 성공한 것이라 생각했다.

그러나 묵진민은 개미 새끼 한 마리도 보이지 않는 휑한 금와전장 대청 복판에서 한동안 멍청히 서 있어야 했고, 얼마 후에는 들이닥친 성난 군중들에게 몰매까지 맞아야 했다.

여인들이 나서서 묵진민은 곽명부가 아닐뿐더러 자신들과 같이 뇌옥에 갇혀 있던 사람이라는 것을 확인시켜 주고 나서야 겸연쩍은 헛기침 소리를 사과 대신 받았을 뿐이다.

그때 진과 함철원이 돌아왔다.

그럼 그렇지. 일을 확실히 마무리하려고 잠시 자리를 비운 것이야. 예전 음양대 시절의 팔십 명도 아니고, 십이 년 전 도망 나온 여덟 명

일 때에는 그럴 수도 있지만 지금은 네 명뿐이잖아? 나를 잊었을 리가
없어.

휙!

진과 함철원은 바람처럼 묵진민 곁을 스쳐 대청 안으로 들어갔다.

그, 그래, 사람들과 섞여 있으니 날 보지 못했을 거야.

휙!

진은 한 손에 세영검을, 함철원은 인피면구가 든 봇짐을 한 손에 들
고 다시 바람처럼 묵진민 곁을 스쳐 문 밖으로 사라졌다.

…….

묵진민은 또 잊혀진 것이다.

"아직도 화났니? 사내자식이 뭐 그까짓 일로 그리 토라지고 그래?
옷도 한 벌 뽑아줬잖아. 그만 화 풀어, 응?"

이것도 위로라고 하는 숙연연이다.

묵진민으로서는 울컥하지 않을 수 없었다.

그까짓 일이라니…….

당해본 사람만이 안다.

차라리 집단 따돌림이라면 소심한 성격을 고쳐 보겠노라고 다짐이
라도 해보겠다.

도무지 있어도 있는 줄 모르겠고, 없어도 없는 줄 모르겠다는 무존
재감이라니… 그야말로 환장할 노릇이었다.

"연이 말이 맞다. 결국 널 찾으러 갔고 이렇게 찾았지 않느냐?"

"뭘 찾으러 왔습니까? 제가 불러 세우지 않았으면 그대로 천축까지
라도 갔을 거면서… 씨이―"

먼산만 바라보는 함철원이다. 아닌 게 아니라 언젠가는 보름 동안

이나 묵진민을 홀리고 왔다는 사실조차 모른 적이 있기는 했던 것이다.

참 묘한 놈이다. 과묵하거나 조용한 성격이라 할 수도 없거늘 번번이 존재를 잊고는 한다. 녀석이 불쑥 말을 걸어오면 깜짝깜짝 놀란 경우도 한두 번이 아니었다.

별다른 노력을 하지 않아도 잠행의 능력을 타고났으니 그것도 매력이라면 매력이다, 라는 말로 다독거렸지만 '얼어죽을……' 이라는 토라짐만 되돌아올 따름이었다.

내버려 두면 저 단순한 놈은 언제 그랬냐는 듯 또 해죽거릴 것이니 함철원도 더는 애쓰지 않는다.

대신 현재 시점에서 더욱 중요하고도 궁금한 것을 진에게 물었다.

"이번 목적지는 또 어디요?"

"사부를 뵙고 도움을 청해야 한다."

함철원의 얼굴에 의아함이 그려졌다. 사부들이 실종됐다고 저 난리를 치고 있으니 그들을 말한 것을 아닐 터이고.

"사부가 또 있소?"

"나도 그닥 내키지는 않다."

"공야숙과 민초빈… 험험. 마황불패와 검극여제가 사부였으면, 이번엔 생신 장삼봉이나 신검 영호성 정도는 되오?"

그래도 제놈에게는 사부일 터인데 동네 강아지마냥 부르기가 뭐했던 모양인지 헛기침으로 존칭을 바꿔서 묻는 표정이 장난스럽다.

그런데 정작 진은 새삼스레 함철원의 식견에 다시 한 번 놀랍다는 표정을 지어 보이는 것이 아닌가?

"저, 정말 장삼봉과 영호성이 사부라는 말이오?"

"장삼봉이란 놈은 모르겠고 영호 할배가 내 삼 사부가 맞기는 하다."

숫제 기겁을 하는 함철원과 숙연연, 그리고 묵진민이다.

무당파의 개파 조사이자 작금 무림에서 가장 배분이 높으며, 무공은 선인지경에 이르렀다는 생신 장삼봉의 이름 뒤에 '놈'을 붙여 말하는 자도 처음 보거니와 더불어 장삼봉과 그리 다를 바가 없는 무시무시한 고수이자 장삼봉과 친구먹고 있는 신검 영호성이 사부라 말하는 것이니 기가 아니 막힐 수 없는 것이다.

실없이 한번 웃자고 하는 소리는 아닌 듯하다. 진의 말이 사실이라면 자신들은 무림에서 최고의 배경을 가진 녀석이랑 동행하고 있는 것이리라.

"대주, 저 말이 사실일까요?"

숙연연이 어안이 벙벙해 있는 함철원에게 전음을 날렸다.

"나는 행동하기에 앞서 계획을 세웠고, 되도록 계획 안에서 움직였으며, 대부분의 내 의도는 성공했다."

뜬금없는 소리다.

"그런데 저놈은… 하나부터 열까지 내 예측에서 벗어나는구나. 도무지 계획이란 것을 세워볼 겨를도 없이 뭔가가 터지고 마니… 사실이냐고? 이제는 나도 모르겠다. 저 녀석을 만난 그 순간부터… 나는 뭐가 뭔지 하나도 모르겠다."

"내가 살던 곳에서는……."

난데없이 진이 끼어들어 음산한 음성을 벌여놓았으므로 화들짝 놀라는 숙연연과 함철원이다.

"사람 앞에다 두고 뒷공론하는 짓거리는 남녀를 불문하고 썩 좋은 대접을 받지 못하는데, 특히 나는 그런 못된 짓거리는 매로 다스려야 한다고 믿는 쪽이다.”

또다시 경악하는 숙연연과 묵진민, 그리고 함철원이다.

대체 무슨 소린가? 설마 숙연연과 주고받은 전음입밀을 듣기라도 한 듯이 말하고 있지 않은가 말이다. 더군다나 전음을 모르는 녀석이?

아닐 것이다.

전음입밀이란 일종의 음공(音功)이다. 성대를 최소한으로 사용하고 거기서 발생하는 미약한 음파를 내력에 실어 듣기를 바라는 자의 귀에 흘려보내는 것이다. 그러므로 전음을 전달하는 자는 반드시 대화 상대를 쳐다보아야 해서 삼자의 의심을 살 수 있지만 그 내용은 절대로 들을 수가 없다는 것이 중론이다. 또한 최소한 십 년 내공이 쌓인 후라야 비로소 가부(可否)를 전달할 정도의 초보 수준의 전음을 사용할 수 있으니 그리 간단한 수법이 아닌 것이다.

“무, 무슨 뒷공론을 했다 그러오?”

섬연을 머금고 쏟아지는 진의 시선. 개수작 부리지 말라는 의도가 분명히 담겨 있었다.

확실하다.

전음을 엿들은 것이다.

종종 등선지경의 고수들이 그런 경우가 있다고 흘려들은 경우가 있기는 했지만, 그것은 물색 모르는 호사가들의 입방아에서나 가능한 이야기인 줄로만 알았다.

그렇다면 저 썩은 동태눈이 진정 초절정의 반열에 들어선 절세고수란 말인가?

‘그럴 리 없다. 녀석의 무공은 분명 놀라운 수준이지만 그 정도는 절대로 아니야.’

그러나 함철원의 확신은 그의 바람일 뿐이었다.

"내 예정에는 없었으므로 너희가 이 길로 갈 길을 간다고 해도 나는 말리지 않을 것이다. 너희들이 어떠한 의도와 과거를 가지고 나와의 동행을 고집하는 것인지에 관해서는 일단 불문에 두자. 그러나 너희들이 앞으로도 계속 나와 동행을 원한다면 앞으로 발생할 일에 대해서만큼은 내가 아는 것과 너희가 아는 것이 달라서는 안 된다. 이 점 분명히 숙지하도록."

되도록 짧고 함축적인 말로 의사를 표현하던 진이 심각한 어조와 표정으로 장문을 늘어놓으니 함철원들은 잠시 꿀 먹은 벙어리일 수밖에 없었다.

말없이 그렇게 터벅터벅 걷기만 하는 네 필의 기마.

한참 동안 어색한 시간이 흐른 뒤 함철원이 말을 부려 진의 기마 옆으로 붙었다.

옆에 붙어서도 다시 약간의 시간을 흘려보낸 뒤 함철원이 어렵게 말문을 열었다.

"지금까지… 우리가 한 말들을… 모두 들었던 것이오?"

대답하지 않는 진이다.

기실 처음 그들 간에 오간 것이 전음인지도 몰랐고 그저 벌레가 날아다니는 앵앵거리는 소음 수준일 뿐이었기에 특별히 관심을 두지 않았다. 그러던 중에 금오전장에서 숙연연이 입을 벌리지도 않고 말을 하는 것을 보고서야 그것이 언젠가 들었던 전음입밀의 수법이라는 것을 알았다. 그러나 전음과 같은 초보적인(?) 수법을 뛰어넘어 오십여 장 떨어진 곳에서도 의사를 전달할 수 있는 심언(心言)이라는 도가의 의사 소통 방식을 익힌 진으로서는 관심 밖일 수밖에 없었던 것이다.

그들의 전음을 어찌해서 들을 수 있는 것인지는 자신도 몰랐다. 진이 생각하기에는 단지 함철원들이 칠칠치 못하게 실수를 했기에 자신이 들을 수 있었다 생각할 따름이었다.

그러므로 함철원이 어떤 과거와 의도를 가지고 자신에게 무슨 수작을 부릴 것인지도 진은 알지 못하는 것이다.

그러나 함철원은 진의 침묵을 긍정으로 받아들였고 이내 긴 한숨을 내뱉었다.

모든 것을 들키고 말았다고 생각할 수밖에 없는 일이었다.

"그래서… 앞으로 우릴 어찌할 작정이오?"

묵묵부답이다. 대신 진이 고삐를 당겨 말을 멈추었으므로 함철원은 재차 용기를 내어 물었다.

"다 알고 있었다면서 우리를 그냥 둔 이유가……."

함철원에게는 다행히도 그의 실언은 이어질 수 없었다.

"이곳은 섬서로 가는 길 중에 산에 가로막혀 있지 않아 가장 빠른 길임에도 불구하고 좀처럼 이용하는 이가 없다고 하지 않았나?"

진이 뜬금없는 질문으로 함철원의 말을 끊었기 때문이다.

함철원은 엉겁결에 대답했다.

"그, 그렇소만……."

"그 이유가 오대산을 타고 넘어오는 돌풍 덕에 기후가 미친년 널뛰듯 한 탓이고?"

"기후도 기후지만 예고없이 불어 닥치는 돌풍과 돌풍이 몰고 오는 황토분이 하늘과 해를 가리고 지형을 모두 바꾸어놓으니 십중팔구는 길을 잃고 마오. 그러나 오래전 자갈을 깔아놓은 관도가 황토 아래 숨어 있기에 그 길만 잘 찾아내 따라가면 나흘 정도면 충분히 통과할 수 있소.”

“당신은 이미 수차례 이 길을 지나온 경험이 있기에 어려울지언정 충분히 돌파할 수 있다 장담한 것이고?”

“대체 무슨 말을 하고 싶은 것이오?”

대답 대신 진의 고개가 뒤로 돌아갔으므로 함철원도 무턱대고 뒤를 돌아보았다.

“아무래도 당신만큼이나 이 험로에 대해 잘 아는 사람이 또 있나 보 군.”

그제야 함철원은 멀리서 다가오는 먼지구름을 볼 수 있었다.

그것은 이 평원에서는 개울가 자갈만큼이나 자주 볼 수 있는 먼지구름이었을 뿐인데, 진의 갈을 듣고 나니 한 무리의 기마일 수도 있겠다는 생각이 들 뿐인 막연한 장면이었다.

그리고 차츰 먼지구름이 가까워져 오며 어지러운 말발굽 소리가 아련히 들려오면서 진의 말이 틀림없다는 것을 증명해 주고 있었다.

함철원이 돌아보았을 때에는 아련한 먼지구름일 뿐이었으므로 이미 한참이나 전에 그것을 간파한 진의 신기막측한 능력을 경탄해하면서도 마냥 신기해할 수만은 없었다.

이목을 피하기 위해 어려운 길을 택한 것이었다. 그러니 굉장한 속도로 다가오는 저치들은 결코 반가운 객이 아닐 것이다.

그러나 사막에 가까운 황량한 벌판이다. 기마까지 있는 마당에 몸을 숨길 만한 마땅한 장소가 없는 데다가 그렇다고 도망을 벌이자니 공연한 의심을 살 수도 있는 일이었다.

“어머! 이 길로 다니는 사람이 우리 말고도 또 있나 보네?”

자신을 제외한 다른 이들은 모두 알고 있을뿐더러 눈에 보이는 뻔한 사실을 보고도 환기해 주는 숙연연의 주책에 함철원은 혀를 끌끌 차댄다.

"환영 연회라도 베풀어주게? 도대체 너는 우리의 상황을 알고는 있는 것이냐? 얼른 인피면구나 착용해!"

숙연연은 입을 삐쭉 내밀며 나름의 소극적인 반항을 해보지만 손은 어느새 짐을 뒤져 인피면구를 빼내 들고 있었다.

그러나 함철원들은 일제히 동작을 멈추어야 했다.

"그건 이제 치우는 것이 좋겠다. 들키면 쓸데없는 의심만 살 뿐이니."

촉지문의 경우만 해도 숙연연과 함철원의 인피면구를 알아봤다. 그가 알아봤으니 다른 사람도 알아볼 수 있는 가능성은 얼마든지 있는 것이다.

"해서 어쩌자는 말이오?"

"결단과 포기는 빠를수록 좋다. 경험에서 얻은 산 진리니 믿어도 돼."

함철원의 입가에서 조소가 새어 나온다.

마흔둘이라고 주장하고는 있지만 십이 년 전 코흘리개―물론 일반적인 코흘리개는 아니었다―인 상태를 직접 목도한 함철원으로서는 곧이곧대로 믿을 수 없는 일이었다. 잘생겼다기보다는 곱다는 표현이 더욱 어울릴 법한 진의 용모와 '경험'이라는 세월에 녹아든 지혜의 총체는 도무지 어울리지 않았기 때문이다.

그러나 터무니없는 소리 지껄이지도 말라며 반박할 수도 없었다.

확실히 지금까지의 진의 판단은 정확했으며, 신속했고, 적절했다. 그 때문에 수차례 구명을 받지 않았던가.

함철원은 이미 무리의 지휘권은 진에게 넘어갔음을 시인하지 않을 수 없었다. 그리고 그 사실에 불쾌한 감이 적지 않았으므로 함철원은 여전히 퉁명스럽다.

"그래서 어쩌겠다는 것이오? 우리는 저들이 누군지 모르오. 행여 적일 수도 있다는 말이오."

"천년신교의 졸개들은 아니야. 그들을 잘 안다고 할 수는 없지만 적어도 저리 요란하게 돌아다닐 놈들은 아니라는 정도는 알지."

진의 말이 전적으로 맞았으므로 함철원은 달리 반박할 거리를 찾지 못했다.

"웃어, 웃자구. 웃는 얼굴에 침 못 뱉는다잖아?"

진은 이미 활짝 웃으며 멀리 다가오는 먼지구름을 향해 손까지 흔들어대고 있었다.

숙연연은 속도 좋게 저있겠다며 깔깔거리며 진을 따라 요란하게 손을 흔들어댔고 묵진민도 슬그머니 함철원의 눈치를 보더니 이내 진과 숙연연을 따라 하기 시작했다.

함철원은 한숨을 포옥 내쉬었다.

개인적으로는 불문곡직 살인멸구하는 길이 최선이라 생각하고 있었으나 그 말을 꺼낼 자신이 없었다.

'그래, 저들 틈에 끼어 이동한다면 오히려 이목을 피할 수 있을지도……'

선택과 포기는 빠를수록 좋다.

진이 경험으로 채득했다는 삶의 방식이 어느새 자신에게 스며들었다는 사실을 함철원은 알지 못했다.

결국 함철원 역시 어색하게 웃으며 손을 흔들어대기 시작했다.

그러나 함철원의 어색한 미소는 서서히 사라져 갔으며 흐느적거리던 손도 차츰 굳어져 갔다.

차츰 가까워져 오는 물체가 마차 같다는 생각이 듦과 동시에 그 마차의 형상이 그저 낯설지만은 않다는, 불분명하고 혼재된 기억이 신호를 보내왔기 때문이었다.

"대주, 이거 어째……."

묵진민은 말끝을 흐렸다.

급격히 가까워지는 마차의 형상을 묵진민 역시 알아본 것은 아니었다. 그가 말끝을 흐리는 불안한 기색을 내비친 이유는 순전히 '급격히 가까워지는 마차' 자체에 있었다.

그렇다. 너무 빠르다.

지금쯤이면 이쪽을 이미 봤을 터인데도 속도를 줄이지 않고 있었다.

지천이 모래와 마른 흙 벌판으로 보이나 자갈이 깔려 마소가 발이 빠지지 않고 통과할 수 있는 길은 좌우 폭이 고작 아홉 자 정도인 진 일행이 서 있는 곳뿐이다.

또한 여전히 속도를 줄이지 않고 무섭게 짓쳐 오는 마차 한 대가 달려온 그 길이기도 했다.

마차가 속도를 줄이지 않는다면, 기마가 모래 수렁에 빠지는 곤욕을 감수하면서도 진 일행이 비켜서지 않는다면 충돌할 수밖에 없는 상황인 것이다.

진의 안색은 이미 차갑게 굳어져 있었다.

남다른 시력인 바, 분명히 마부석에 앉아 있는 마부는 그들 일행을 보았으며 그럼에도 불구하고 마차를 이끌고 있는 기마에 더욱 무섭게 채찍질을 해대는 것을 보았기 때문이다.

숙연연도 뭔가 잘못되어 가고 있다는 사실을 눈치챘는지 더는 촐싹대지 않고 슬슬 고삐를 움켜쥐며 긴장한 기색이 역력했다.

마침내 시야에 선명히 들어온 거대한 마차. 이 거대한 마차를 이끌고 있는 네 필의 기마 역시 준마라는 말로는 부족할 듯, 실로 위용이라 할 만한 웅장함이었다.

마차를 확인한 함철원의 눈에 경악이 곁들여졌다.

"사, 사두번차(四頭飜車)?"

함철원의 말을 듣고서 묵진민의 얼굴에도 '설마…' 가 떠올랐으며 숙연연에게서는 '그게 뭐냐?' 는 의문이 떠올랐다.

그러나 숙연연은 자신의 의문을 풀어줄 시간이 없다는 사실 정도는 알 정도로 영민하다.

사두번차는 멈추려 한다 하여도 이제는 충돌을 피할 수 없을 정도의 거리에까지 와 있는 것이었다.

"다들 피해!"

함철원의 다급한 경호성이 있기도 전에 이미 숙연연은 달을 돌려 달아나기 시작했고, 묵진민은 말의 허벅지까지 묻혀 버리는 갓길로 말을 빼낸 후였다.

함철원도 말을 돌려 달아나려다 이미 탄력받은 상태인데다 천하의 명마인 오운개설(五雲蓋雪)이, 그것도 네 필이나 이끄는 사두번차임을 생각하기에 이르렀고, 미련없이 말을 갓길로 빼버렸다.

그리고 보았다.

그때까지도 오연히 서 있는 진의 모습을…….

"저런!"

다급한 마음에 말 배를 찼으나 말은 이미 모래늪지에 빠져 바둥거릴 따름이었다.

그러는 사이 이미 사두번차는 진의 코앞까지 이르러 있었다.

"까아악!"

역시 갓길로 말을 빼낸 숙연연이 사두번차에 처참히 뭉개져 나뒹구는 진의 모습을 미리 상상하고 비명을 질러댔다.

그리고 그것은 여기 있는 누구나 예상할 수밖에 없는 현실이기도 했다.

제아무리 하늘을 나는 재주가 있어도 피하기엔 이미 늦었다.

그 희생양이 진이 될 것은 틀림없는 사실이다. 함철원은 차마 그 장면을 보지 못하고 눈을 질끈 감아버렸다. 자신이 이리도 안타까워하는 이유가 순전히 그가 죽음으로써 저당 잡힌 자유가 부도가 났다는 사실 때문만은 아니라는 사실을 함철원이 미처 깨닫기도 전에 사두번차는 진의 기마가 서 있던 자리를 이미 지나치고 있었다.

예상했던 굉장한 충돌음은 없었다.

화선지가 먹물을 빨아들이듯 사두번차는 진의 초라한 몽고마를 소리없이 빨아들였으며 짓뭉개고 지나쳐 간 것이었다.

숙연연은 다시 한 번 비명을 지르며 진이 서 있었던 자리로 울며불며 뛰어갔다.

그것은 함철원도 마찬가지였으되 자신도 근원을 알지 못하는 분노와 함께였다.

먼지구름이 걷히지 않은 사위는 한 치 앞을 볼 수가 없다.

"까아아악!"

또다시 들려오는 숙연연의 비명.

함철원은 심장이 덜컥 내려앉았다.

숙연연이 오열하고 있는 앞에는 진이 타고 있던 몽고마가 상상했던 것보다 훨씬 처참한 상태로 널브러져 있었던 것이다.

"그 녀석? 녀석의 시체는 어디 있느냐?"

자신이 찾아보면 될 일을 정신을 놓고 울고 있는 숙연연을 다그치는 함철원이다.

그조차도 진의 허무한 죽음을 믿고 싶지 않았기 때문이다.

그제야 함철원은 가슴에서 올라오는 울컥한 덩어리와 한쪽 가슴이 휑하게 비어버린 것 같은 허탈함이 단지 자유를 찾아줄 녀석이 죽었다는 이유 때문이 아니라는 것을 깨달았다.

그것은 스스로도 어리둥절한 결과였는데, 결론을 내리기도 전에 진의 시신을 확인해야 한다는 절차를 잊어버릴 만큼 함철원은 당황하고 있었다.

그때였다.

잔뜩 잠겨 있는, 그러면서도 음산하기 이를 때 없는 음성이 채 가라앉지 않은 먼지구름을 뚫고 나온 것은……

"멈추지 않는군. 정말… 멈추지 않았어……."

숙연연은 앙탈 부리다 전병을 쥐어준 아기처럼 울음을 뚝 그치고 주위를 두리번거렸다.

마침내 먼지구름이 모두 가라앉았고 숙연연의 큰 눈이 더욱 커졌다.

길 한복판에 양반다리를 낀 채 퍼더버리고 앉아 있는 이.

진이었다.

옷은 엉망으로 찢겨 허연 어깨살과 허벅지 살이 군데군데 드러나 있었고 곱게 빗어 올렸던 머리는 산발이었으나 특별한 상처는 보이지 않는다.

숙연연이 뾰족하게 일갈하며 진에게 달려들었다.

"이 나쁜 자식아!"

한 대 쥐어박기라도 할 듯 달려드는 숙연연. 그러나 막상 진의 앞에 서서는 멈칫하더니 다시금 닭똥 같은 눈물을 주르륵 흘리는 것이었다.

"죽은 줄 알았잖아. 진짜 죽어버린 줄로만……."

숙연연은 진의 가슴에 얼굴을 파묻고 흐느껴 울었다.

함철원은 그 장면을 보고 다시금 당황했으며, 뒤이어 온 묵진민의 얼굴은 빠르게 굳어졌다.

진 역시 숙연연의 돌발적인 행동에 적잖이 당황했지만 숙연연을 밀쳐 낸다거나 하는 멍청한 짓은 하지 않았다.

"나는 이런 일로는 죽지 않는다. 그랬다면 이미 오래전에 죽어야 했겠지."

숙연연은 촉촉이 젖어 있는 눈을 들어올렸다.

"아무리 그렇더라도 다신 그런 무모한 짓은 하지 마. 누군가 내 앞에서 죽는 건… 더는 싫어."

진은 숙연연의 등을 토닥이는 것으로 대답을 대신했다.

그 모습이 한 쌍의 연인을 연상시키는 것이었기에 함철원은 마침내 혼돈에 빠지고 말았다.

저들이 저리 가까워질 만한 시간이 있었는가에 대한 의문이 들었고, 결코 그럴 만한 여유가 없었다는 결론을 도출했으며, 다시 둘의 모습을 보면서 인지부조화가 일어난 것이다.

한쪽은 안도의 한숨을, 한쪽은 달래느라, 또 한쪽은 혼란에 빠져 있었기에 누구도 묵진민이 아랫입술을 피가 배어 나오도록 깨물고 있다는 사실을 눈여겨보지 않았다.

숙연연이 진정되자 함철원이 물었다.

"대체 어쩌자고 그런 짓을 한 것이오?"

함철원은 한바탕 잔소리를 더 늘어놓으려다 입을 다물었다.

슬그머니 빛을 발하는가 싶더니 이내 선명히 빛나는 자녹의 불덩이.

더불어 대기를 부글부글 끓게 하는 지독한 투기.

할 말을 잃을 수밖에 없었다.

"하늘만이 사람의 목숨을 다룰 수 있기에 천명(天命)이라 한다지?"

안겨 있던 숙연연도 흠칫 놀라고 마는 지독한 살의가 담겨 있다.

"하늘만이 사람의 목숨을 취할 수 있다는 것, 믿기 힘들긴 하지. 그러나 사람이 사람을 죽일 땐 반드시 이유가 있어야 한다. 민족의 배신자, 국가의 공적, 그리고 가족을 죽인 자… 그중에서 길을 막고 웃으며 손을 흔들어줬다는 것은 죽을 이유가 될 성싶지는 않은데… 그렇지 않나?"

진이 물었으므로 함철원이 엉겁결에 대답했다.

"그, 그렇소……."

"주저하지 않더군. 갈등하는 기색조차 없었어……."

마침내 진의 안광에서 두 개의 도깨비불이 튀어나왔을 때, 함철원은 수라나찰이 실존한다면 바로 그 모습일 것이라고 생각했다.

"난 그놈에게 그 이유를 꼭 듣고 싶다."

함철원은 수라나찰이 자신의 말을 수렁에서 꺼내 타고 횅하니 사라져 버릴 때까지도 멍청히 그 모습을 바라보고만 있었다.

그러다 문득 그가 뒤쫓아간 것이 사두번차라는 것이 생각났고 머리 속에 한 가지 단어가 떠올랐다.

좆됐다!

"마, 말려야 해. 당장!"

"대주, 왜 그래요?"

숙연연이 물었으나 함철원은 모래 구덩이에 빠져 허우적대고 있는 숙연연의 말고삐만 허둥지둥 당겨댈 뿐이었다.

"대주!"

숙연연이 재차 묻자 대답은 함철원 쪽이 아닌 등 뒤에서 들려왔다.

"사두번차. 천하제일 남궁세가 소가주의 전용 마차지."

숙연연이 의문과 불안이 뒤섞인 표정으로 묵진민을 돌아봤다.

"서, 설마……."

"맞아. 방금 그 녀석이 쫓아간 것이 바로 남궁세가 소가주인 뇌룡검(雷龍劍) 남궁천상의 전용 마차인 사두번차야."

마침내 하얗게 질려 버린 숙연연이다.

중원 천하에서 가장 막강한 영향력을 행사하고 있는 상단이 어디냐고 묻는다면.

절정고수 정도는 널리고 널린 곳이기에 기합이 잔뜩 들어간 채 허드렛일부터 시작해야 한다는 무시무시한 무인 집단이 어디냐고 묻는다면.

몽골의 조정이 들어섰음에도 위축됨 없이 버젓이 무력을 양성하고 세력을 확장하는 한인의 무리가 누구냐고 묻는다면.

바로 남궁세가를 말하면 되는 것이다.

그렇기에 몽골의 조정에 협력하고 지금의 권세를 누린다는 설이 제법 설득력을 얻고 있지만 누구도 입 밖으로 이런 말을 내뱉지 못한다. 간혹 모진 팔자를 비관하여 자살을 소원하는 자가 값싼 세 치 혀를 굴려보기는 했으나 그런 자들은 백이면 백, 그날 해가 지기 전에 소원을 성취했다.

이런 남궁세가를 이끌어온 남궁무연이 바로 현 가주다.

현 무림맹주인 북검제 백비운. 그가 이름없는 백운세가의 가주로서 무림맹주의 자리까지 오를 수 있었던 이유는 본인이 잘난 탓도 없지 않으나, 남궁무연이 수많은 무림군웅들의 추천을 굳이 고사하며 백비운을 추천한 이유가 가장 크다 할 수 있다.

그럼에도 백비운과 남궁무연의 사이는 그리 좋다고 할 수 없는데, 그 이유가 두 사람이 서로에 대한 막연한 경쟁심을 가지고 있기 때문이라는 소문이 그중 하나였다.

또 다른 소문은 백비운이 난세를 통해 구축하고자 했던 무림맹군(武林盟軍)의 의도가 사전에 원 조정에 발각되어 시도조차 하지 못하고 와해된 이유가 무림맹의 거대 조직화를 경계한 남궁세가가 발고를 하여 그렇다는 소문이 그것이었다.

전자는 칼 위에 진정한 무도(武道)가 있다고 믿는 순진한 작자들이고, 후자는 그나마 세상 돌아가는 모양새를 파악하고 있는 자들이었으므로 두 소문은 얼마간이나마 사실에 가까운 내용이라 할 수 있었다.

그리고 무림의 정세에 좀 더 깊이 있는 식견을 가진 자는 남궁세가가 무림맹과의 힘 겨루기에서 밀리지 않고 있다는 사실 정도는 알 수 있을 것이다. 여기에 냉철한 판단력과 정확한 정보를 취합할 수 있는 자는 남궁세가는 이미 무림맹 따위는 적수로도 생각하지 않고 있으며, 무림의 정신적 영도 자격을 수행하는 천년사찰 소림의 권위까지도 넘보고 있다는 사실까지도 알 수 있을 것이었다.

지금의 남궁세가는 가히 천하제일가라는 가문의 간판이 무색하지 않을 정도의 위세를 떨치고 있는 것이다.

남궁 성을 쓰는 모래알처럼 많은 일족 중에 남궁무연과 황보세가의 둘째 여식 사이에 태어난 적통 셋째 아들이 바로 남궁천상이다.

후기지수(後起之秀) 중 단연 군계일학(群鷄一鶴)라는 말은 그가 약관을 넘기며 이미 떼어낸 꼬리표다.

채 서른이 되지 않았건만 그는 이미 절정고수의 반열에 들어서 있는 것이다.

호부(虎父) 아래 견자(犬子) 없다는 옛말을 증명이라도 하듯 그는 모든 방면에 뛰어난 재능을 보였고 용모 또한 출중했으며 성정까지 올곧아, 그가 나타나면 반경 오십 리 안의 처자란 처자는 모조리 상사병에 걸려 실신한다는 소문이 떠다닐 정도였다.

바로 이러한 남궁천상만이 타고 다닐 수 있는 마차가 사두번차다.

한 마리가 그 무게만큼의 금값이라는 오운개설 네 마리가 이끄는 움직이는 작은 궁(宮).

지금 진이 반드시 낯짝을 봐야겠다며 쌍심지를 켜고 쫓아간 자가 바로 남궁천상이란 말이다.

"안 돼!"

어디서 그런 힘이 쏟아났는지 함철원이 한참 동안 실랑이를 하면서도 모래 구덩이에서 빼내지 못했던 말을 숙연연은 단박에 뽑아내 버리는 것이었다.

그리고 함철원이 뭐라 할 사이도 없이 숙연연은 빼낸 말을 타고 진을 뒤쫓아 갔다.

"민아! 어서 말을 가져와!"

함철원이 다급하게 소리쳤지만 묵진민의 동작은 굼뜨기만 했다. 그것은 마치 의도적인 것처럼 보였는데, 함철원은 자신의 맘이 급하기에 그리 보이는 것이라 생각했다.

함철원이 재빨리 묵진민의 뒤에 올라탔다.

"서둘러라!"

그러나 묵진민은 말 배를 차지 않았으며 고삐를 움켜쥐지도 않았다.

"넌 또 왜 그러느냐?"

"서두를 이유가 없잖아요. 놈은 남궁천상이라도 쉽게 당하거나 하지 않을 테고, 설령 그가 남궁천상의 뇌룡검에 반쪽이 난다고 해도 우리가 간다고 달라질 것은 없으니……."

묵진민은 퉁명스러웠으며 냉담했다.

함철원으로서는 갑자기 묵진민이 왜 이러는 것인지 알 까닭이 없었으나 그의 심경이 변한 이유를 알아내기 위해 대화할 시간은 더 더욱 없었다.

"녀석이 남궁천상을 죽여도 우리는 죽고, 남궁천상이 녀석을 죽여도 우린 죽는다. 너는 진정 그것을 모른단 말이냐?"

비로소 의아한 눈으로 함철원을 돌아보는 묵진민이다.

"남궁천상이 무서운 것이 아니라 그의 가문이 무서운 것이다. 남궁천상이 죽으면 세상을 뒤집어서라도 흉수를 찾아 사돈에 팔촌까지 오체분시할 것이다. 또한 녀석이 죽으면 우리는 천년신교 놈들에게 잡혀 죽는다. 너는 남궁세가와 천년신교를 감당할 자신이 있느냐?"

고개를 끄덕이지만 여전히 심드렁한 묵진민. 도무지 관심이 없다는 표정이다.

"인석아! 연이도 위험해! 어서 말을 몰지 못할꼬!"

그때서야 번개 맞은 마냥 번쩍 정신을 차리는 묵진민이다.

“비, 빌어먹을! 꽉 잡으쇼.”

묵진민은 말 창자가 끊어질 정도로 말 배를 차대기 시작했다.

사두번차를 이끄는 네 필의 말이 오운개설이라고는 하나 마차 자체의 무게가 있는지라 항간의 소문처럼 땅 위를 날아다니는 정도는 아니었다. 날아다니기는커녕 지구력과 생존력이 우수하지만 결코 준족이라 할 수 없는 진의 몽고마에게도 마침내 따라잡혔으니 소문이라는 것이 얼마나 믿을 것이 못 되는가를 여실히 보여주는 대목이었다.

단지 거대한 흑색 마차가 질주하는 모습은 그 위용이 대단해서 절로 위압감을 느끼게 하고 있었다.

그러나 소문이고 위용이고 간에 눈이 뒤집혀 있는 진에게는 우선이 아니었다. 심지어 진은 마차 안에 누가 타고 있는지도 관심이 없었다.

단지 마부석에 앉아 있는 빌어먹을 마부 놈에게만 볼일이 있을 뿐이었다.

몽고마는 숨이 목구멍까지 차 오르면서도 배를 통해 전해오는 고통을 잊기 위한 몸부림으로 더욱 힘차게 달렸으며, 마침내는 사두번차의 옆에 바짝 붙었다.

마부는 그러한 사실을 모르는지, 오직 그것만이 필생의 사명인 양 여전히 채찍을 부지런히 휘두르고 있을 따름이었다.

“딱 한 마디만 들으면 된다.”

진은 나직하게 말했으나 세찬 맞바람 소리와 말발굽 소리가 만들어 낸 소음 속에서도 마부의 귓바퀴에 한 자도 빠뜨리지 않고 파고들었다.

마부는 그제야 고개를 돌려 바짝 옆을 따르고 있는 진을 쳐다보며 경악에 가까운 표정을 지어 보였다.

"미안하다는 한마디만 ……!"

쉬이익!

진은 말을 잇지 못했다. 날카로운 소성을 내며 급작스럽게 날아드는 검은 빗살을 피해야 했기 때문이다.

허리를 뒤로 꺾어 말 위로 누워버린 진의 바로 위로 검은 빗살이 아슬아슬하게 비켜갔다. 마부의 편책(鞭策:말채찍)이었다.

쉬쉬쉭!

허리를 베고 지나갔던 편책이 이해할 수 없는 경로를 보이며 변화를 일으켰다. 어느새 불안하게 누워 있는 진을 향해 수직으로 떨어지고 있었던 것이다. 진은 세영검을 뽑아 들고 편책에 맞받아 나갔다.

하나 빗살의 투로는 또다시 이해되지 못할 변화를 보여왔다. 진의 목을 노리던 빗살이 뱀처럼 휘어지더니 진의 허리를 감겨드는 것이었다. 꼿꼿하던 편책이 어느새 편과 같이 부드러운 움직임을 보인 것이다. 처음의 수법보다 깊고 그 변화도 무쌍하니, 이제는 단순히 숙이는 동작만으로는 맞서지 못할 상황이 되고 말았다.

별수없이 굴레를 박차고 도약하는 진. 도약과 동시에 편책의 기괴한 투로를 틀어막기 위한 엄밀한 검막을 펼쳐 낸다.

그러나 칼끝에 걸리는 것이 없다.

애초에 편책이 노리는 것은 도약한 진이 아니었던 것. 이 사실을 깨닫기 무섭게 다시금 꼬챙이처럼 꼿꼿이 세워진 편책은 몽고마의 앞다리를 거세게 격타하고 말았다.

히이이잉.

뭔가가 부러지는 소리에 이어진 구슬픈 울음소리와 함께 제 속도를 이기지 못한 몽고마는 패대기쳐지고도 한참이나 나뒹굴었다.

지면에 착지한 진은 넘어져 울고 있는 말을 향해 뛰어갔다. 힘없이 부러진 앞다리는 상처라고 볼 수도 없을 지경이었다. 날카로운 돌부리에라도 걸렸는지 몽고마의 복부는 길게 찢어져 내장이 흘러내릴 만큼 큰 상처를 입은 것이다.

가망이 없다. 다리가 부러진 말은 다시는 일어서지 못하는 것도 그러하거니와 복부의 상처는 진이 알고 있는 어떠한 방법으로도 회생이 불가할 정도로 깊었다.

세영검을 뽑아 드는 진.

"미안하구나. 그놈을 네 길동무로 붙여주마."

일검에 말의 목은 깨끗하게 잘려 나갔다.

휘이~익.

그리고 불어대는 휘파람.

"……."

머리가 잘린 말의 시체를 두고 휘파람을 불어대는 실없는 놈이 되기 시작하는 진이다.

"이 빌어먹을 똥개 새끼! 꼭 필요할 땐 안 보이는구나."

진은 귀랑을 불렀던 것이다.

마저 완쾌가 안 된 상태기에 한 번쯤은 돌보아줘야 하는 쪽은 진이었다.

그러므로 성치 않은 몸을 이끌고 힘겹게 진 일행을 따르다가 환자에게는 그야말로 죽으라는 것이나 다름없는 황무지로 들어서자 귀랑은 다른 길을 통해 미리 오대산에서 기다리며 몸을 돌보고 있었던 것이다.

귀랑은 언뜻 바람에 실려오는 휘파람 소리를 듣기는 했으나 애써 외면한 채 치료 목적의 온천욕을 계속 즐길 따름이었다.

진의 신형이 튕기듯 쏘아져 갔다.

그야말로 한줄기 뇌전과 같은 굉장한 속도의 경신공부를 보여주는 것이었으나 사람의 발로 사두번차를 따라잡는다는 것은 실로 요원한 일이었다.

진은 이를 악물고 내력을 더욱 크게 일으켜 몸을 가벼이 하였으나 먼지구름은 시간이 갈수록 더욱 멀어질 따름이었다.

불현듯 진이 멈춰 섰다. 성질대로 무작정 뛰다가는 탈진만 하고 결국은 저 빌어먹을 마차를 놓치고 말 것이라는 사실을 모를 만큼 멍청하지는 않은 것이다.

상황을 냉정하게 바라보면 필경 차선책이 보이는 법.

마차 바퀴가 남긴 깊은 고랑 위로 진의 차가운 시선이 쏟아졌다.

숙연연은 목이 잘리고 배가 터져 나간 말을 보며 얼굴을 잔뜩 찌푸렸다. 말의 처참한 사체 때문이 아니라 필경 한바탕 싸움의 흔적인 말의 사체가 의미하는 바 때문이었다.

"처음부터 말을 노린 거야. 진은 이성을 잃었어."

숙연연은 틀렸다. 진은 좀처럼 이성을 상실하는 법이 없으며 그것은 지금도 마찬가지였다.

단지 참을 수 없을 만큼 화가 나 있을 뿐이었다.

엄연히 이성을 상실한 것과 참을 수 없는 분노를 간직한 상태는 다르지만 업어치나 매치나 다를 것이 무어냐고 묻는 부류가 반드시 있기 마련이고 숙연연이 바로 이 부류였다.

"빨리 막아야 해!"

선명한 골이 파인 바퀴 자국을 따라 숙연연이 말을 급하게 몰아갔다.

“벌써 한바탕했군.”

함철원은 말에서 내려 말의 사체를 살펴봤다.

그는 숙연연에 비해 많은 정보를 알아냈는데, 마부가 말을 노렸다는 것과 진은 말의 목을 베어 고통을 끝내주는 아량을 베풀었으며 필경 바퀴 자국을 따라가고 있을 것이라는 비교적 상세한 것들이었다.

“잘하면 한 식경 내에 연이가 녀석을 따라잡을 수 있겠구나.”

함철원은 그나마 다행이라며 안도의 한숨을 내쉬었지만 묵진민의 얼굴은 더욱 무거워졌다.

그때였다.

휘이이잉.

휘감아 도는 한줄기 바람.

문득 동쪽 하늘을 바라보던 함철원의 얼굴이 하얗게 질리기 시작했다.

“마, 맙소사!”

함철원은 재빨리 묵진민의 기마 뒤에 올라탔다.

“달려! 녀석과 연이를… 아니, 연이라도 따라잡아야 해!”

“왜, 왜 그래요, 대주?”

묵진민은 질문을 던지면서도 이미 말 배를 힘껏 차고 있었다. 함철원의 표정을 보고 그것이 무엇이든 굉장히 불안한 것임을 직감했던 탓이다.

그리고 묵진민은 보았다.

동쪽 지평선 너머 하늘과 땅을 통째로 집어삼키며 다가오는 거대한 암흑을…….

쿠구구구…….

이건 바람이 아니다.

바람 소리가 이럴 수는 없는 일이다.

폭풍도 아니다.

폭풍이 생살을 뜯어내는 듯한 고통을 직접 전해줄 리는 없다.

태풍 또한 아니다.

태풍일지언정 태양마저 집어삼키지는 않는다.

그렇다.

이것이 함철원이 말한 모래폭풍인 것이다.

비로소 이해가 된다. 섬서에 이르는 가장 빠른 길임에도 아무도 이곳을 지나치지 않는 이유를…….

이런 위력임에 소용이 있을 리 없건만 없는 것보다는 나을 것임에 죽은 말에 두고 온 피풍의가 아쉽기만 하다.

진은 있는 대로 상의를 끌어올려 얼굴을 가렸으며 한 치 앞을 볼 수 없는 길을 나가기 위해 천근추(千斤墜)의 내력을 발밑으로 쏟아 부으며 한 발 한 발 겨우겨우 떼나갔다.

사두번차가 남긴 바퀴 자국은 사라진 지 오래다.

아마도 바퀴 자국이 사라진 즈음해서 모래 밑에 숨어 있는 관도 역시 잃은 듯하다.

진은 모래폭풍을 벗어나야 한다는 일념 하에 무작정 걷고 있는 것이었다.

함철원과 묵진민은 모래가 들어가지 않도록 말의 눈과 입을 탕건으로 가리고 뉘었다. 그리고 말의 배 밑에 생긴 공간에 피풍의를 입은 채로 웅크리고 누워 모래폭풍이 지나가기만을 바랐다.

태양선교 시절에는 이목을 피하기 위해 꽤나 애용했던 길이었으므로 함철원은 모래폭풍이 오면 그 자리에서 절대 움직이지 않아야 하고, 모래폭풍이 온전히 물러간 후에 완전히 바뀌어 버린 지형은 무시하고 태양과 나침반을 이용해 관도를 찾아야 한다는 것을 알고 있었다.

그렇지 않으면 모래 밑에 숨은 관도는 절대로 찾지 못하며 무릎까지 푹푹 빠지는 모래밭에서 결국 탈진해 죽을 수밖에 없다는 사실 또한 잘 알고 있었다.

문제는 진과 숙연연은 그 사실을 모른다는 것이었다.

아니, 진은 일신에 지닌 무위가 있으니 운이 좋으면 살아남을 수도 있을 것이다.

그러나 숙연연은…….

영민하지만 촐싹대고 방정맞은 품성이 재능을 모조리 깎아 먹는 연이는 살 수 없을 것이다. 아니, 반드시 죽는다고 봐야 한다.

'그 자리에 꼼짝도 말고 있어야 한다. 제발 움직이지 마라. 내 기필코 너를 찾아갈 것이다.'

우어어어어…….

성난 짐승의 포효 같기도 하고 장강 둑이 무너지며 수천만 근의 물이 한꺼번에 쏟아지며 내는 소리 같기도 한 엄청난 굉음이 우렁우렁 울려 퍼졌다.

'몇 년 새 빌어먹을 놈의 폭풍이 더욱 무시무시해졌구나.'

그러나 함철원이 들은 굉음이 자신과 등을 맞대고 웅크리고 있으며 숙연연의 안위가 걱정되어 애간장이 녹아들고 있는 한 슬픈 남자의 울음소리였다는 것을 그는 알지 못했다.

모래폭풍은 잦아들었다.

잠시 잠깐이었지만 지옥 구경이라도 한 기분이다.

모래폭풍이 오기 전에도 사방이 모래와 가는 진흙이었고 지금도 다를 바가 없으니 언제 모래폭풍이 지나갔나 싶게 평온할 따름이다.

유난히 길었던 해는 어느새 저물어갔다.

저무는가 싶더니 금세 어둠이 밀려들었다.

진은 걸음을 멈추고 주위를 살폈다.

해가 완전히 지고 나면 더욱 방향을 가늠하기 어려울 것이므로 함철 원들을 기다리는 편이 나을 것이고, 그러기 위해서 왔던 길을 돌아가 보려는 것이었다.

그러다 문득.

"음?"

진은 눈을 잔뜩 찌푸렸다. 주위를 훑어보는 중에 뭔가를 본 듯하였고 이제는 그 뭔가가 정확히 무엇인지를 알아보기 위해 안력을 돋우는 것이었다.

"불빛?"

어두운 하늘에 흐릿한 별빛보다 미약한 빛이었지만 분경히 불빛이었다.

왕래가 적은 데다가 사막에 가까운 벌판. 이런 곳에서 불빛이 보인다는 것은 다분히 수상한 일이었지만 반가운 마음이 앞선다.

진은 불빛을 향해 신형을 날렸다. 거리가 가까워지자 불빛의 정체는 드러나기 시작했다.

연등이다. 그리고 연등에는 선명한 두 글자가 쓰여 있었다.

객잔(客棧).

일견해도 제법 규모가 있어 보이는 대형 목조 건물이 벌판 한복판에 덩그러니 들어서 있는 것이었다.

진이 중원의 사정에 밝다 말할 수 없지만 그렇다 해도 사막 한가운데 객잔이 들어서 있다는 사실은 쉬이 납득이 가지 않는 것이었다. 더군다나 근방이 황폐해지면서 사람의 왕래가 끊이지 않았다던가?

마침내 지척에 이르자 객잔의 진면목이 드러났다.

규모는 상당하지만 당장에라도 무너질 듯하여 처녀귀신이 입에 칼 물고 귀곡성(鬼哭聲)을 흘리고 나타나면 딱 어울릴 듯한 오싹하고 을씨년스러운 분위기.

그러나 내건 연등으로 보나 내부에서 흘러나오는 가느다란 불빛으로 보나 분명히 사람의 흔적은 느껴진다.

무엇보다 그것이 있었다.

번들거리는 짙은 흑색의 차체, 매 모서리마다 살아 움직일 듯 조각된 용 · 봉의 조각, 창틀과 문의 손잡이를 타고 넘는 찬란한 금 도금.

바로 그 빌어먹을 사두번차였다.

진의 두 눈에서 다시 불똥이 튀었다.

사두번차는 비어 있으므로 여기에 타고 있던 녀석은 객잔 안에 있을 것이다.

새삼 '참을 수 없는 분노' 가 솟구쳐 올랐다.

문을 박차고 객잔 안에 들어서려는데……

박차야 할 문이 없다.

"……."

외곽을 빙 둘러보았으나 아무리 봐도 사람이 출입할 만한 구조물이 보이지 않았다. 그것이 모래폭풍을 막기 위한 생활의 지혜에서 나온 구조임을 진은 알 수 없었던 것이다.

그렇다고 분노를 이어가야 하는 마당에 '저기요! 여기 어떻게 들어가요?' 하기엔 겸연쩍다.

참으로 난감하여 뒷짐을 진 채 헛기침만 날리는 진이었다.

그리고 다행히, 참으로 다행히도 객잔 안에서 인기척이 들리며 사람의 목소리까지 흘러나와 '이리 오너라' 라도 해야 하는 것 아닌가 하던 진의 선택의 폭을 좁혀주었다.

"또 누가 왔는가 벼?"

객잔의 외벽이 들썩이는가 싶더니 이내 외벽을 형성하고 있던 판자 틈새로 사람의 손가락으로 보이는 열 개의 물체가 나타나더니 벽이 열렸고, 마침내는 남루한 신색의 노인이 나타났다.

헐렁한 도포를 뒤집어쓰고 성근 수염이 듬성듬성, 매부리코는 벌겋고 코 위에 덩그렇게 올라온 사마귀가 굉장히 해학적인 분위기를 풍기는 노인이었다. 해학적이라는 것을 제외하고는 술독에 빠져 사는 촌로의 모습일 뿐이었다.

그러나 수상한 위치에 있으며 문도 없는 객잔에서 나타난 노인이었으니 진은 긴장을 늦추지 않았다.

"뭐여? 객잔에 왔으면 들어와서 발 닦고 잠이나 잘 것이지, 시방 눈싸움이라도 하자는 겨?"

하며 노인은 눈을 부비고 없던 쌍꺼풀이 진 눈으로 진을 사정없이 노려보는 것이었다.

"……."

모습뿐 아니라 하는 짓도 해학적이다. 쓸데없는 승부욕을 드러내는 것을 보면 어린아이 같은 면도 있었는데, 그 또한 노인과는 매우 어울리는 것이어서 진은 저도 모르게 피씩 웃고 말았다.

"음마? 눈싸움하자던 놈이 웃어? 별 실없는 놈 다 보겠네."

노인은 진이 알아들을 수 없는 욕을 구시렁대며 다시 판자를 들어 입구를 막으려고 하였다.

진은 화들짝 놀라 재빨리 몸을 날려 판자를 잡은 노인의 손을 막았다.

"성미도 급하시오."

진의 동작이 그야말로 전광석화와 같았으므로 노인은 귀신이라도 본 듯한 눈으로 진을 멀뚱히 쳐다볼 뿐 대답을 하지 못했다.

"하루 묵었으면 하는데 방은 있습니까?"

노인은 여전히 놀란 눈을 동그랗게 뜨고 고개만 세차게 끄덕거릴 따름이었다.

들어선 객잔은 매캐한 먼지 냄새와 정체를 알 수 없는 텁텁한 냄새가 가득했다. 한동안 사람이 드나들지 않은 분위기였는데 그것은 오히려 자연스러운 것이었다. 만일 인적이 드문 사막의 한복판에 있는 객잔이 깨끗했다면 오히려 더욱 의심스러웠을 것이다.

그리고 진의 신경을 집중시키는 것은 음산한 객잔의 분위기가 아니었다.

"어휴! 이게 돼지 우리지 무슨 객잔이야! 이런 곳에 하루만 묵었다간 없는 병도 생기겠네."

그나마 네 다리가 온전히 붙어 있는 몇 안 되는 식탁을 차지하고 앉아 있는 남녀와 혼자서 다리 하나가 반쯤 부러진 작은 식탁 하나를 차지하고 있는 사내.

남녀는 객잔과는 도무지 어울리지 않은 화려한 비단옷을 차려입고 있었으며 혼자 떨어져 있는 사내도 남녀의 일행으로 보였으나 감히 남녀의 얼굴을 마주치지 못하고 있으므로 아마도 시종쯤 되는 모양이었다.

"오라버니, 다른 곳으로 가면 안 되나요? 어떻게 이런 곳에서 자요? 취아의 병세에도 좋지 않을 거란 말이에요."

필경 금실로 수를 놓았을 화려한 적배자를 입은 여인은 줄기차게 비위생적인 객잔의 환경에 불만을 토로했다.

"백 리 안에는 객잔이 없을뿐더러 취아에게 더 이상의 강행군은 무리다. 오늘 하룻밤만 참아보려무나."

적배자 여인의 맞은편에 앉아 있던 기생오라비의 목소리는 온화했지만 범상치 않은 위엄이 실려 있었다.

적배자 여인은 입을 씰룩거렸지만 더 이상 구시렁대지는 않았다. 성별과 성정은 차이가 큰 듯해 보이지만 오라버니라 부르는 것도 그렇고, 외모 역시 닮은 구석이 많았으므로 그들은 친남매간이리라.

그러나 진은 그들 남매를 처음부터 눈여겨보지 않았으며 관심도 없었다. 그의 관심은 비단옷 남매와 겸상하지 못하고 외따로 떨어져 있는 중년의 사내였다.

바로 그 녀석이다.

그 빌어먹을 마부 놈.

주춤했던 분노가 다시금 지펴졌다.

성큼성큼 마부에게 다가가는 진.

마부는 처음 진이 들어섰을 땐 별반 관심이 없는 듯 힐끔대다가 진이 자신에게 똑바로 걸어오자 의아한 표정을 지어 보였다. 차츰 진이 어디서 많이 본 놈이라는 생각이 들었던 것인지 고개를 갸웃거렸으며, 마침내 진의 행색을 보고 기억이 났던지 경악한 표정을 지어 보였다.

마부는 식탁 위에 있던 편책을 집어 들려 했다. 그러나 그는 편책의 손잡이도 잡지 못하고 굳어졌다.

한줄기 찬란한 백선이 그의 목에 서늘한 한기를 뿜어대고 있었기 때문이다.

"밖에 있는 똥차 몰던 놈. 네놈이 틀림없으렷다."

마부의 반응으로 이미 확인했으므로 궁금해서 물은 것은 아니다. 그러므로 대답을 기다리지도 않았다.

"정말 걱정 많이 했다."

말과는 달리 걱정은 묻어 있지 않다. 대신 걸린 비틀린 미소.

"너를 다시 만나지 못하면 어쩌나 하고 말이다."

마부의 안색이 급속히 창백해졌다. 지척에 멈춰져 아직 마부의 목덜미를 파고들지 않은 세영검임에도 혈조(血漕:피고랑)를 타고 이미 선혈 몇 방울이 맺히기 시작한 것이다.

그러나 그 피는 분명히 마부의 피였다.

멸혈검경(滅血劍勁). 무명(武名)에서 이르는 것처럼 검을 통한 발경의 수법이다. 피부를 찢지 않으면서도 내부의 경락에 충격을 주고 모공으로 피를 뽑아내 버리는 화산파의 비기가 또한 멸혈검경이다.

그러나 죽고 사는 전장에서 피나 뽑아내는 한가한 상황이 올 리도 없거니와 명문정파를 자처한 화산파와는 어울리지 않은 사이한 검법이었기에 소리 소문 없이 실전되어 강호에는 일절 모습을 비추지 않았던 무공이기도 했다.

민초빈은 멸혈검경을 의료의 필요에 의해 진에게 전수했다. 당뇨가 심하거나 괴혈병에 걸린 병자들의 경우 상처가 쉬이 낫지 않는다. 이들이 발목을 삐거나 무거운 것에 짓눌려 죽은 피가 뭉치는 경우에는 멸혈검경이 매우 유용한 치료술이 되는 것이다.

같은 물이라도 독사가 먹으면 독이 되고 소가 먹으면 으유가 된다 하였던가? 멸혈검경은 진의 손에 들어오고 나서 자신을 약 올린 자를 고문하는 수법으로 변모한 것이었다.

마부는 굵은 땀방울을 비 오듯 쏟아내며 퍼렇게 변한 입술만 파르르 떨고 있을 뿐 손가락 하나 꿈적이지 않았다.

그럼에도 진은 세영검의 뒷매기[柄頭]에 손바닥을 가져다 댔다. 여차하면 그대로 박아 넣겠다는 의지의 표현이다.

"다시 생각해 봐라."

진의 말이 끝나기가 무섭게 한 무더기의 빛무리가 진에게 쏟아져 내렸다.

채재쟁!

쏟아진 빛무리는 진에 이트지 못하고 부산하게 떨어져 내렸다.

그러나 마부를 향한 세영검은 여전히 예의 냉기를 풀풀 풍기며 겨누어져 있었다.

그때까지도 비교적 차분한 신색이던 기생오라비의 눈이 커졌다.

마부의 목에 겨눠진 칼이 검막을 펼쳐 빛무리를 털어내고 다시금 마부의 목에 겨눠진 장면. 오직 그만이 보았던 것이다.

"가증스런! 사술을 부리는구나!"

"련아!"

백의사내의 만류에도 적배자 여인이 앉은 자세 그대로 도약하여 진에게 달려들었다. 그녀의 손에는 어느새 미려한 광채를 발하는 장검이 들려 있었다.

진이 잘 생각하라는 대상은 마부가 아니라 적배자 여인이었던 것이다.

적배자 여인의 투로는 세세하고 엄밀했다. 공세와 수세가 구분이 되지 않아 공세인 듯하다가 어느새 수세로 바뀌고, 수세인 듯하다가 다시 거센 공세로 이어지는 아름다운 솜씨였다.

그렇다. 아름다운 무공일 뿐 인마를 격살할 수 있는 실전 요소는 너무나 부족하다.

진은 마부의 얼굴에 일장을 뻗어 날려 버렸으며, 적배자 여인을 맞아 시종일관 여유있게 막아냈다.

그러나 살수는 쓰지 않는다.

그녀와는 특별히 원수진 일도 없거니와 진이 진정 염두에 두고 있었던 이는 백색 비단옷을 빼입고 앉아 있는 기생오라비였던 탓이다.

분명히 볼일은 마부에게 있었으나 기생오라비가 여간 신경에 거슬리는 것이 아니었다.

마부에게 다가갈 때도, 그의 목에 칼을 들이댈 때에도 기생오라비의 기도는 차분하기만 했다.

차라리 적배자 여인처럼 잔뜩 경계를 하거나 적의를 드러냈다면 이리도 거슬리지는 않았을 것이다.

짖는 개는 똥개다. 자신의 두려움을 극복하기 위해 짖는 것이다. 명견은 가만히 지켜보다가 틈을 보이면 그대로 달려들어 목덜미를 물어뜯는 법.

의도적으로 살기를 풀었음에도 망동하지 않는다.

이 정도의 평정. 위험하다.

진은 적배자 여인의 날카로운 공세를 여유롭게 막아내면서 틈틈이 기생오라비의 움직임을 살폈다.

여전히 기생오라비는 남의 집 불 구경하는 사람처럼 여유롭기만 하다.

'베어야 하나?'

마부에게 화가 많이 나 있기는 했지만 그렇다 하여 살생의 의도는 없었다. 적당히 안 죽을 만큼만 패주어 못된 버르장머리를 고쳐 주려 했을 뿐이었다.

그러나 마부가 기생오라비와 관계가 있는 사람이라면 이제는 그와의 충돌도 감안해야 하는 일이다.

기생오라비를 끌어내기 위해서는 적배자 여인의 피가 약간은 필요하리라.

결정했다. 벤다.

진의 아미를 찔러오던 적배자 여인의 검이 돌연 변화를 일으켜 발목을 쓸어온다. 낮은 브드러운 도약으로 검세를 흘리는가 싶더니 일검을 쳐 내리는 진.

비로소 선보이는 공세가 칼밥 먹는 이라면 누구나 펼쳐 낼 수 있는 태산압정이다.

그러나 이 한 수는 태산압정이 아니었다.

무가의 적손으로 쾌어나 젓가락보다 검을 먼저 잡은 적배자 여인은 하늘이 무너지는 압력을 느꼈으며 감히 피할 엄두도 내지 못하는 태산 압정 따위는 본 적이 없었다.

피할 수 없다.

적배자 여인은 본능적으로 장검을 들어올려 막으려 했다.

벌떡 일어서는 기생오라비의 안색이 비로소 일변하며 감정이 드러났으되 그것은 후회와 안타까움, 그리고 다급함이었다.

그러나 적배자 여인의 장검을 그대로 부수어 버릴 듯 떨어지던 세영검은 홀연히 사라져 버렸다.

당장의 위협이 사라졌음에도 적배자 여인은 하얗게 질려 다급히 검막을 펼쳐 내며 물러났다.

흔들, 요동치는 세영검. 유유히 검막을 헤쳐 나간다. 개산초월검의 확장식 사류검이다.

검막을 완전히 뚫고 들어간 흐느적거리는 검기가 적배자 여인의 손목을 끊어놓으려 할 때였다.

푸아악!

세영검을 막아선 거력(巨力). 넉 자는 넘어 보이는 거대한 쌍수장검과 세영검은 검봉을 마주한 채 멈춰져 있는 것이었다.

말할 것도 없이 기생오라비다.

푸르륵.

진의 앞섶이 뜯겨져 나갔다.

"손속에 사정을 두어주서서 감사하오."

찌이익.

기생오라비의 백색 비단 장포가 어깻죽지부터 잘려져 떨어졌다.

"천만에."

적배자 여인은 죽었다 깨어나도 모를 터이지만 진과 기생오라비는 안다.

죽을 뻔했다.

진의 삼 검(三劍)과 기생오라비는 일 검(一劍)이 격돌한 것은 그야말로 찰나.

극쾌를 머금은 삼 검은 기생오라비의 어깨 안쪽 기호혈(氣戶穴)을 부숴 버리려 했으며, 거력을 품은 일 검은 진의 가슴을 통째로 갈라놓으려 했다.

먼저 검을 거둔 쪽은 기생오라비, 남궁천상이었다.

그의 철부지 여동생, 남궁영을 죽일 기회가 두 번이나 있었음에도 그러지 않았다는 사실을 안 때문인가?

검을 거두면 상대의 쾌검이 오른쪽 가슴을 벌집으로 만들어 버릴 수 있는 일방적인 손해를 입는 것임에도 남궁천상은 왠지 그런 일은 일어나지 않을 것이라는 생각을 했으며 실제로도 그랬다.

단지 자신보다 어려 보이는 외모에도 불구하고 비슷한 경지에 이르러 있는 무인이 있다는 것에 대한 호기심인지, 나타날 적의 호쾌한—오히려 '폭급한' 이 어울리는 것이지만……—모습과 이후 버릇없이 굴던 동생에게 손속에 사정을 두었던 너그러운 성정을 동경한 때문인지는 남궁천상 스스로도 알지 못했다.

분명한 것은 다짜고짜 길 총사를 공격한 사내에게 적대감이 들지 않는다는 것이었다.

만난 지는 일각이 채 지나지 않았고, 그나마 서로에게 칼을 겨누었으며 형식적인 한마디만 나누었을 뿐.

그런 것이 생길 만한 시간과 여유가 없었음에도 남궁천상은 눈앞의 사내에게 호감이 갔다.

아직도 저려오는 팔을 부여잡고 있는 남궁영은 분한 기색을 감추지 않으면서도 놀란 눈을 뎅그렇게 뜨고 있었다.

그녀는 사두번차에 치여 나뒹군 탓에 본래 남루한 옷을 걸치고 있던 진의 앞섶이 더욱 너덜거리는 것은 미처 알아차리지 못했다.

아니, 알았다 해도 그녀의 경악은 여전했을 것이다.

지금껏 그녀의 오라비 남궁천상의 소맷자락 끝이라도 칼집이 난 경우를 본 적이 없었다.

뇌룡검객 남궁천상. 당장이라도 남궁가를 이끈다 해도 손색이 없는 재원이며, 위아래로 십 년 터울에서는 적수를 찾을 수 없는 절정고수.

그런 오라버니가 소맷자락은커녕 어깨 아름이 동그랗게 잘려 나가 있는 것이었다.

더군다나 서로 나눈 대화를 미루어 보건대 사정을 둔 이가 저 포악한 거지 놈이란 소리니 그녀로서는 기도 차지 않는 일인 것이다.

남궁천상은 예의 온화한 표정으로 돌아가 있었으며 역시나 잔잔한 목소리로 말했다.

"사정이 있는 듯하온데, 아무리 어려운 일이라도 차근히 대화를 나누다 보면 피차 좋은 쪽으로 해결을 볼 수 있지 않겠는지요."

묘한 녀석이다.

주는 것 없이 미운 녀석이 있는 반면, 까닭없이 믿음이 가는 녀석이 있는데 놈은 후자 쪽이었다.

실상 마부 놈은 일장을 얻어맞고 저만치 구겨졌으니 일단 모자라나마 볼일은 봤다.

그리고 이제는 실속을 차려야 할 때였다.

"내 말은 어쩔 건가?"

"……?"

기생오라비는 의아한 눈빛을 보냈다. 저간의 상황에 대해 전혀 모르는 듯. 아마도 마차에 타고 있지는 않았던 모양이다.

남궁천상은 고개를 남궁영의 부축을 받아 비실비실 겨우 일어서고 있는 마부, 길초삼에게 측은의 시선을 던졌다.

"부, 분란을 일으켜서 송구할 따름이옵니다."

"사죄의 방향이 제가 맞습니까?"

연장자에 대한 예는 갖추었지만 지엄하다. 그리고 남궁천상에게는 그것이 당연한 것처럼 자연스러웠다.

길초삼은 다분히 불편한 기색이었으나 재차 남궁천상의 잔잔하면서도 엄한 눈길을 일별하고 얕은 한숨을 내쉬었다.

"시급을 다투는 급박한 사정으로 인해 약간의 오해가 있었던 점에 대해 심심한 유감의 뜻을 전하는 바이오."

마지못한 사과다. 아니, 사과라고 볼 수도 없는 망발이다.

진의 입가에 미소가 걸렸다.

그러나 그의 눈은 깊이 침잠되어 있었으므로 전체적으로는 매우 음산한 분위기가 연출되었다.

"그래, 그렇게 나와야지. 좋은 자세다."

고오오오오……

끓어오르는 대기, 아니, 사위는 시리도록 얼어붙어 버린다.

극성의 옥녀심공과 태양공의 발현.

일러 음양신공(陰陽神功)의 분노였다.

"뭐?"

한참을 달리던 묵진민과 학철원은 아연실색했다.

심장을 내려앉게 하는 지독한 살기.

처음엔 근방에 살수들이라도 숨어 있는 줄 알았다.

그리고 이내 살기가 친숙하다는 느낌을 받았는데 살기가 친숙하다는 것은 일반적인 경우는 아니었고, 함철원은 곧 그 이유에 대해 알아냈다.

"놈이다!"

틀림없다. 이 정도까지는 아니었지만 이것은 이미 몇 차례 겪어봤던 진의 기세다.

당장에 걱정이 치민다.

자신보다 강하며, 자신보다 냉정한 녀석임은 분명하지만 놈은 세상을 모른다.

지금껏 남궁천상이 죽든지 진이 죽든지, 라는 두 가지 가정을 하였으나 이제는 하나의 가정만 보인다.

이 정도라면, 서쪽 하늘을 물들이고 있는 이 정도의 살기라면… 남궁천상은 감당하지 못한다.

'죽이면 안 돼. 남궁세가를 건드리면……'

천년신교에 남궁세가까지……

그 다음은 생각하기도 싫다.

"민아, 서둘러야 한다."

"넨장할 자식!"

묵진민과 함철원을 태운 기마는 관도를 벗어나 북쪽으로 내달리기 시작했다.

길초삼과 남궁영은 저도 모르게 털썩 주저앉아 버렸으며 남궁천상마저 주춤주춤 물러서게 만드는 무서운 기세.

곧 남궁천상은 자신의 추태를 깨닫곤 더 이상 물러서지는 않았으나 영원히 지워지지 않을 듯한 부드럽고 희미한 미소는 더 이상 그의 얼굴에 머물러 있지 못했다.

'이, 이건 설마!?'

착각이었다.

손속을 부딪쳐 본 바, 진의 성취는 놀라운 정도이나 남궁천상 자신이 마음만 모질게 먹는다면 충분히 제압할 수 있을 것이라 생각했다.

그래서 지금까지 늘 그래 왔듯 여유를 잃지 않았다.

그러나 이것은……

남궁세가에서 남궁 성을 쓰지 않으면서도 총사의 직책까지 오른 인재인 길초삼은 물론, 자존심이라면 천하 둘째가라면 서러울 지경인 남궁영이 고통스러운 표정으로 비 맞은 강아지처럼 떨어대고 있다. 창궁대연신공(蒼穹大衍神功)이 팔성에 이르러 있는 자신조차도 살갗이 저며오며 원활하던 진기가 까닭없이 요동치기 시작한다.

그저 살기가 아니다.

단지 살기뿐이라면 이리도 막막하지는 않을 것이다.

이건 분명히 상인지기다.

세상에… 상인지기라니.

자신있게 말할 수 있건대, 천하제일가 남궁세가의 가주인 남궁천상 자신의 아비 남궁무연조차 최근에야 이런 경지를 봤다.

삼 년의 폐관수련을 끝내고 나서야 이를 수 있었던, 칼을 든 자라면 누구나 바라 마지않는 심오한 경지가 바로 상인지기란 말이다.

본격적으로 칼을 섞는다면 이백 초 내에 제압할 수 있으리라 생각했건만… 지금은 칼을 들어 겨눌 엄두조차 나지 않는다.

가슴이 커다랗게 울어댄다.

진다. 필패(必敗)다.

그러나 싸워보고 싶다.

언제나 냉혈(冷血)이 흐르는 이성은 칼을 잡을 생각일랑 꿈에도 하지 말라고 경고하지만, 뜨거운 심장은 싸워보라 한다. 숨이 턱에 걸리고 심장이 터질 듯하며 마침내 피를 뿌리며 차가운 대지에 몸을 누이는 한이 있더라도 싸워보라 한다.

천하제일가의 소가주로서 언제나 견지해야 했던 권위와 위엄이 몸에 깊이 배어버린 남궁천상은 불같이 일어나는 철부지 호승심이 생소하기만 했다.

그러나 왠지 기분은 나쁘지 않다.

아니, 좋다. 지금껏 위선적인 아량과 작위적인 호의만이 강자의 미덕이라 믿었던, 우물 안 개구리에 지나지 않았던 자신이 얼마나 초라하고 우스운 놈이었는가.

순간의 돈오(頓悟). 허탈하고 허무하기만 하지만 아무렴 어떤가.

그저 이 사내.

기묘한 빛을 발하는 날카로운 눈빛을 자신에게 쏘아내고 있는 남자와 한바탕 칼을 섞어보고 싶을 따름이다.

스르릉.

용이라고는 이빨 한 줄 새겨 넣은 적 없지만 그가 지녔다 하여 뇌룡검(雷龍劍)이 되어버린 거검. 이전엔 애검(愛劍)일 따름이었지만 죽음을 생각하고 뽑아 든 지금은 평생의 지기(知己)다.

"한 수 가르침을 주시길 바라오."

여전히 가공할 살기를 피워내고 있는 진. 그러나 내심으로는 남궁천상에 대해 적잖이 놀라고 있었다.

웬 넓적한 널빤지를 검이라고 휘두르는데 녀석의 팔을 잘라 버리려 할 때 이 거대한 검이 기묘한 투로를 그리며 가슴을 파고드는 거검의 변화에 놀랐고, 출수와 갈무리가 군더더기없이 빠르고 경쾌한 것이 꽤나 인상적이었다.

그리고 지금, 진신진력을 모두 뽑아내자 금방이라도 베에 하며 울어 버릴 것 같이 흔들리던 녀석이 어느새 안정을 되찾고 제법 튼실한 투기를 비추고 있는 것에 다시 한 번 놀라고 있는 것이었다.

재수없게 생긴 녀석이긴 하지만 썩 싫지만도 않은 녀석이기도 하다.

좋다. 최선을 다해 싸워준다.

살기는 거두어졌고, 대신 자리한 투기.

두 남자의 시선이 허공에 얽혔다.

오라.

간닷!

우당탕탕!

일촉즉발(一觸卽發)의 상황에서 갑자기 울려 퍼지는, 뭔가 우악스레 부서지는 소리였다.

"이 나쁜 놈아아!"

벽을 부수고 들어온 웬 거지가 비명에 가까운 괴성을 질러댔다.

그것은 인간의 귀가 들을 수 있는 범위를 벗어난 고주파의 음색이었는데 진은 언뜻 여인의 것인 것 같다는 생각을 했다.

그리고 어디서 많이 본 듯도 한 거지다.

"죽어버린 줄로만 알았는데… 난… 길도 잃고… 물도 없고… 배도

고프고… 자꾸 뭔가가 부스럭대며 쫓아오는 것 같고… 난 무서워 죽는
줄 알았는데… 객잔에서 뒹굴고 있어? 빌어먹을 썩은 동태눈 자식아!"

그렇다. 거지는 숙연연이었던 것이다.

그녀는 진의 행적을 좇다가 모래폭풍을 만났다. 길을 잃었던 것은
당연지사.

날은 저물어갔고 멀리서 짐승의 울음소리가 들려왔다. 명색이 무인
이지만, 웬만한 맹수 따위로부터 자신을 보호할 능력 정도는 충분히 있
었지만 처음으로 혼자가 된 그녀는 너무나 무서웠다.

그 와중에 말이 이유없이 쓰러지더니 다시는 일어나지 못했다. 식수
는 이미 바닥이 났고 목구멍은 깔깔해져 갔으며 입술은 말라비틀어졌
다.

막무가내로 움직이기를 두 시진.

그녀는 멀리 불빛을 보았고, 마지막 힘을 쥐어짜 달려왔다.

이윽고 발견한 객잔. 그리고 객잔 앞에 세워져 있는 사두번차.

동시에 그녀로서는 생전 처음 느껴보는 막대한, 그러나 익숙한 기세
가 객잔 안에서 비롯되었다.

진이 누구를 쫓아갔는지, 지금 누구와 싸우기에 저런 무시무시한 기
세를 흘리고 있는지는 이미 잊었다.

그저 이 개고생을 시킨—개고생을 강요한 사람은 없으며, 순전히 숙연연
스스로의 경솔한 노파심으로 인한 선택이었음을 그녀 자신은 인정하지 않았
다—빌어먹을 자식의 싸대기라도 한 대 올려주고 싶을 따름이다.

넨장할 집구석이 문도 뵈지 않는다.

울화통이 치미는 김에 벽을 부숴 버리고 들어서니 보이는 두 녀석.

체구가 장대하고 척 봐도 있는 집 자식이라는 생각이 들 만한 허우

대 멀쩡한 녀석과 멍청한 눈으로 자신을 바라보고 있는……

썩은 동태눈.

"약속했잖아, 죽지 않겠다고… 그래 놓고… 하루도 안 지나서 또…….”

기어이 울먹이고 마는 숙연연이다.

진은 어리둥절할 뿐이었다.

실상 진이 따로 떨어져 나온 이유 중에는 함철원들을 떼놓을 심산도 조금은 있었다.

사부들과 연화마저 행방이 묘연한 지금 외톨박이나 다름없음에 방자가 있어서 나쁠 것이 없지만, 비록 함철원의 오지랖 넓은 중원의 정보가 탐이 나기는 하지만 동료라면 사양이다.

가시밭이 뻔한 험로다.

운세 따위는 믿고 싶지 않지만… 지금껏 자신과 얽힌 사람들은 행복하지 못했다. 넘어온 세계에서나 이곳 중원에서나…….

천하에 재수없는 놈이 자신임을 이제는 인정하지 않을 수 없는 것이다.

함철원과 묵진민도 자신이 조금만 늦었어도 천년신교 놈들에게 죽임을 당하고 말았을 것이다. 그러나 다음은 기약할 수 없다.

천년신교의 추적권을 벗어났다고 생각되는 지금, 동료로서의 정이 생기기 전인 지금이 그들에게 기회를 준 것이었다.

그런데 저 지경이 되면서까지 자신을 찾아 나섰다니…….

사람의 인연이지만 그 인연을 엮어주는 것은 하늘이라 했던가?

한편으로는 착잡하지 않을 수 없었다.

일단 고생이 막심했었던 것 같으니 달래주려는데…….

느닷없이 대략 발바닥으로 보이는 형상이 느닷없이 눈앞에 나타났다.

퍽!

진의 생각대로 그것은 발바닥이었다. 여성다움이라는 것을 배워볼 기회가 없었던 숙연연이 진을 향한 불만과 투정을 '날라 이단 옆차기'라는 비교적 과격한 동작을 빌어 표현한 것이다.

주르륵.

쌍코피다.

이 장면을 처음부터 끝까지 두 눈으로 목도하고 있었던 남궁천상은 정신이 혼미할 지경이었다.

그 압도적인 압력. 죽음을 담보로 싸워야 한다는 비장함을 선사해 준 남자였다.

그가…… 느닷없이 나타난 웬 거지 계집의 발길질에 얼굴을 얻어맞고 쌍코피가 터졌다.

이것을 어찌 해석해야 하는가?

보기에는 내력도 담겨 있지 않은 뻔한 발길질이었지만, 실상은 발경과 갈무리가 자신조차 알아차릴 수 없이 쾌속하기 짝이 없는 천고의 절기였단 말인가?

그렇다면 거지 몰골의 저 여인은 대체 어떤 경지에 있는 무인이란 말인가?

세상에는 도대체 얼마나 많은 기인이사가 존재한단 말인가?

아아… 짧은 시간 동안에 너무 많은 일이 일어났다.

남궁천상은 맥이 풀려 버리고 말았다.

"오라버니……."

남궁영이다.

"오라비는 괜찮다."

남궁천상은 쓰게 웃었다. 남궁천상의 그런 웃음조차도 남궁영은 처음 보는 것이었기에 진과 숙연연을 돌아보는 그녀의 눈은 한편으로는 겁에 질려 있으면서도 또 한편으로 치욕과 질시, 그리고 경멸의 기색이 서려 있었다.

남궁세가의 깃발 아래 감히 시선조차 들어올린 자를 본 적이 없었던 그녀에게 오늘은 단지 운 나쁜 날만은 아니었던 것이다.

남궁영의 시선에 무엇이 담겨 있든 말든, 숙연연은 쉿소리를 흘리는 날카로운 주먹을 두 방이나 더 날렸지만 진은 이것조차 막지 않았다.

"또 그러면 죽여 버릴 거야!"

다시 자신을 혼자 남겨두고 먼저 죽으면 죽여 버릴 거라는, 도무지 논리를 찾아볼 수 없는 달을 끝으로 숙연연은 진정되었다.

그러다 문득,

"근데 저 기생오라비는 누구야?"

남궁천상을 이르며 묻는 것이다.

"나도 몰라."

정말 모른다. 마부 놈이야 자신을 깔아뭉개려 했고 말을 죽인 놈이지만, 남궁천상은 객잔에 들어와서 처음 본 놈인 것이다.

얼굴이 터질듯 벌겋게 상기된 남궁영. 그녀는 지금 분노로 기절하기 직전이었다.

기생오라비라니… 남궁천상이 기생오라비라면 남궁영은 기생이 되는 것이다. 게다가 사두번차의 주인이 누구냐며 들어오자마자 시비를 걸어온 녀석이 막상 마차 주인이 누군지도 모른다니…….

남궁세가를 능멸하기로 작정한 연놈들이다.

이렇게 된 이상 죽기를 각오하고 가문의 명예를 지켜야 한다.

남궁영이 진기를 있는 대로 끌어올리고 막 검을 뽑아 들려는 순간이었다.

긴 손가락을 가진 하얗고 큰 손이 그녀의 손을 막았다.

남궁천상이다.

"오라버니……."

"선후를 따져 본 후에도 늦지 않을 것이다. 저들의 도발이 단지 본 가문을 능멸하려는 것이라면 죽기를 각오하고 싸워 응징해야 할 것이나, 만일 저들의 분노가 이유가 있는 것이라면 오히려 본 가문의 이름에 먹칠을 하는 것이다. 경거망동 말거라."

이때 비실비실 다가온 길초삼. 그의 눈은 붉게 달아올라 있었다.

"소가주, 죽여주십시오."

남궁세가의 총사. 자신의 젊음과 열정과 인생을 바친 가문이 남궁세가다. 남궁천상은 분명 별것 아닌 일이라고 할 것이지만 길초삼에게는 스스로 목숨을 끊어버리고 싶을 정도로 오늘의 일은 치욕적이었던 것이다.

그 모습이 참으로 비감이 서려 있었지만 남궁천상의 눈길은 냉정할 따름이었다.

"죽을 짓을 하긴 하셨습니까?"

중인들의 시선이 일제히 길초삼에게 쏟아졌다.

다른 사람은 알 바 아니다. 단지 소가주는… 가주의 재능과 가모의 너그러운 인품을 이어받아 장차 천하제일가를 반석에 올려놓을 더할 나위 없는 그릇으로 성장한 소가주의 시선만은 똑바로 받을 자신이 없다.

"시, 실은……."

남궁 남매는 개봉에서의 행사차 길을 나섰다. 그런데 평소 드러내기를 탐탁지 않아 하는 남궁천상의 고집 때문에 사두번차는 물론, 호위마저 대동하지 않았던 것이다.

이런 저런 이유로 약속된 시간에 늦어질 듯하자 지름길을 택해 이제는 사막이 되어버린 안가평야를 건너기로 했고, 이 과정에서 가뜩이나 허약 체질이던 막내 남궁취가 앓아누워 버린 것이었다.

남궁천상은 급히 가문에 전갈을 띄워 의원과 이동할 마차를 요청했고 의원이자 남궁취를 업어 키우다시피 했던 총사 길초삼이 직접 사두번차를 이끌고 온 것이었다.

그 와중에 진 일행을 만났다. 엄밀히 말하면 깔고 지나갔지만, 당시의 길초삼에게는 사경을 헤매고 있을 남궁취의 얼굴이 아른거려서 눈에 보이는 것이 없었다.

그리고 버티고 섰던 녀석은 진이었다. 그토록 요란하게 달렸으니 귀가 뚫렸다면, 그리고 제 목숨 소중한 줄 아는 제정신을 가진 사람이라면 당연히 비켜 섰을 것이고 놈도 그럴 줄 알았다.

놈이 쓸데없는 오기로 버티고 설 줄 무슨 재주로 미리 알았겠는가.

어차피 세우기에도 늦은 상황. 길초삼은 그대로 돌진해 버린 것이었다.

절대로 피할 여유가 없었으므로 당연히 죽은 줄로만 알았던 녀석이 말을 타고 쫓아온 것을 보고는 심장 마비 걸릴 만큼 놀라야 했다.

그러나 앓아누워 있는 남궁취가 눈에 밟혀 놈을 상대할 겨를이 없었다. 그래도 두 번이나 죽일 수는 없는 노릇이라 말만 죽였으니 그만하면 아량을 베풀었다고 길초삼은 합리화하고 있었다.

다행히 지금은 위층에서 안정을 취하고 있는 남궁취의 병세는 가벼운 고뿔 증상일 뿐이어서 한시름 놓았으며, 그 일은 까맣게 잊고 있었다.

아주 오래전, 지독한 가뭄과 홍수로 이 땅이 황폐해지기 전부터 이곳에 자리하고 있었던 이곳 태평객잔까지 놈이 쫓아오지 않았다면 길초삼은 이, 삼 년 후면 그런 일이 있었는지조차 기억해 내지도 못했을 것이다.

"어머! 저거 닭튀김이야?"

길초삼의 장황하고도 상세한 설명 속에 자신이 기생오라비라고 불렀던 남자가 그 위세 등등한 남궁세가의 소가주라는 노골적인 암시가 있었음에도 숙연연은 갓 튀겨낸 오계분(烏鷄粉)을 보며 군침을 흘릴 따름이다.

남궁이고 나발이고 반나절 동안 모래폭풍과 싸우고 뙤약볕을 걸었으며 물 한 모금 마시지 못한 숙연연의 시선에 오계분이 들어온 순간, 길초삼의 장황하고 지리한 설명 따위는 귀에 들어오지 않았던 것이다.

숙연연은 먹이를 발견한 맹수처럼 오계분에 뛰어들더니 게걸스럽게 먹어대기 시작했다.

한쪽은 비통하여, 다른 한쪽은 재겨야 하나 한 번 봐주고 넘어가야 하나를 갈등하는 가운데 제법 비장한 기운이 흐르고 있건만.

숙연연만은 따로 떼놓은 그림처럼 엉뚱하고 제멋대로다.

오계분 한 마리를 모조리 먹어치운 숙연연은 젓가락을 다시 소채 그릇으로 향했으며 백주 호리병을 나발 불며 중간중간에 트림까지 해대는 것이었다.

고개를 절레절레 흔들어댈 따름인 진. 다른 중인들도 황당하다는 표정이 한가득이다.

역시나 어이없는 표정으로 멍한 남궁천상.

"크흡……."

그가 갑자기 고개를 숙이며 어깨를 움찔거렸다.

중인들의 시선이 이번에는 남궁천상에게로 쏟아졌다.

"크흐… 하하하하하!"

별안간 크게 웃어 젖히는 남궁천상이다.

남궁영은 화들짝 놀라고 말았는데 그것은 갑자기 남궁천상이 대소를 터뜨린 탓도 있지만 무엇보다 좀처럼 소리 내어 웃지 않던, 아니, 그녀는 단 한 번도 본 적이 없었건만 눈물까지 빼가며 웃는 오라비의 모습이 생소한 이유가 가장 컸다.

그리고 남궁천상의 터무니없이 큰 웃음은 어색했던 분위기를 사뭇 부드럽게 바꾸는 데 결정적인 역할을 했다.

진 역시 슬쩍 미소가 걸리는가 싶더니 이내 따라 웃기 시작한 것이다.

입 안 가득 소채를 집어넣어 볼이 잔뜩 부풀어 있는 채로 큰 눈만 말똥거리는 숙연연.

"어무 어무 어무무(뭐야! 왜 날 보고 웃어)?"

그 모습이 우스꽝스럽기도 하고 한편으론 귀여운 구석도 있어 결국 남궁영과 길초삼마저 자지러져 버렸다.

"우 쑤우……(우 씨이……)."

둘러앉은 삼남 이녀(三男二女)의 분위기는 사뭇 누그러져 있었다.

길초삼이 다시 예를 갖춰 진에게 사과를 하자 진이 받아들인 것이다.

그리고 이번에도 숙연연은 개밥에 도토리다.

배를 채우고 이성이 돌아온 후 비로소 분위기를 파악한 것이었다.

자신은 진을 좇았다. 그리고 진이 쫓아간 것이 바로 사두번차였다. 그러므로 지금 눈앞에 앉아서 자신에게 유심한 시선을 흘리고 있는 잘생긴 청년이 바로 그 사두번차의 주인인 것이다. 지랄맞게도 별 생각 없이 기생오라비라고 했던 녀석이 하필이면 사두번차의 주인인 남궁천상임을 비로소 인지한 것이다.

숙연연은 잔뜩 움츠린 채 진 옆에 바짝 붙었다.

함철원에게 들었을 당시에는 불이라도 내뿜는 괴물인 줄로만 알았는데 막상 실제로 보니 듣던 것과는 많이 다르다. 그러나 어찌 되었든 천하제일가의 소가주씩이나 되는 대단한 인물임은 틀림없는 사실이었다.

행여 응징을 하겠다고 나선다면 그녀를 보호해 줄 사람은 진밖에 없는 것이었다.

그때 남궁천상의 안색이 찰나간 핼쑥해졌는데 숙연연은 그 모습을 놓치지 않았다. 그리고 더 무서워졌다.

그래서 더욱 진에게 들러붙는 숙연연이다.

다시금 잠시 잠깐 싸늘한 기색이 도는 남궁천상.

숫제 진의 등 뒤로 파묻히는 숙연연.

"사과는 잘 받았는데, 내 말은 어쩔 건가?"

넋을 빼놓고 있다가 기척에 놀란 사람처럼 의아한 표정의 남궁천상이다.

"예?"

"저 친구가 죽인 내 말은 어쩔 것이냐 물었소."

"아! 말… 그렇지요. 당연히 보상해 드려야겠지요."

"어떻게?"

이곳은 벌판 한복판의 객잔이었다. 말을 살 만한 곳이 없을 뿐 아니라 다른 이들도 말은 중요한 교통수단인지라 팔려 하지는 않을 터였다.

"무한(武漢)에 마시장이 섭니다."

"무한? 거기가 어디지?"

무한은 호광에서도 제법 큰 도시다. 대륙의 중심부에 위치한 데다 천연의 수로가 거미줄처럼 얽혀 있어 물자의 이동이 용이해 상업이 성한 곳이기도 했다. 무엇보다 무한에는 그 유명한 황학루(黃鶴樓)가 있지 않느냔 말이다.

그러한 무한을 모르는 것이 의아하긴 했으나 모른다는 데야…….

"동호(東湖)를 넘어 칠십 리만 가면 되오이다."

"동호? 그건 또 어디에 있는데?"

"……."

이번에는 남궁천상뿐만 아니라 남궁영과 길초삼, 심지어 숙연연까지 어이없다는 표정으로 진을 돌아보았다.

"뭐야? 너 정말 그 산에서 이때까지 나와본 적이 없는 거야?"

이때까지라고는 할 수 없지만 중원에 온 이후의 시간은 대부분 중공산에서 보냈으니 그렇다고 볼 수도 있다.

"사부들과 같이 살았다면서 들은 말도 없어?"

절레절레.

"동정호, 동호, 서호, 악양루, 적벽부… 몰라?"

도리도리.

숙연연은 그 외에도 중원인이라면, 아니, 귀머거리가 아니라면 누구나 한 번쯤은 들어봤음 직한 천하 명승지를 나열했으나 진은 눈만 끔뻑거릴 따름이었다.

진이 중국에 대해 아는 것이라곤 삼국지, 대륙에서 쫓겨난 국민당, 모택동, 급성장하고 있는 가짜 사회주의 국가, 부풀려 얘기하기를 좋아하는 뻥쟁이들, 인류가 사용하는 거의 대부분을 자신들이 창조했거나 아예 자기 것이라고 우기는 정신이상자들, 엄청난 인구와 영토를 지닌 거대 시장으로 기회의 땅이면서 동시에 인류의 가용 자원을 몽땅 빨아들이는 블랙홀 같은 골치 아픈 국가 정도다.

이렇듯 대부분은 부정적인 것들이었는데, 이는 그는 군인이었고 군에서는 호전적인 군대를 가진 중국을 잠재적인 적성 국가로 보고 병사들을 교육시키고 있었던 탓이다. 그렇다보니 진은 중국의 유구찬란한 역사와 명승이니 고적이니 따위는 돌아볼 겨를이 없었다.

중인들은 한동안 멍한 표정이었으나 숙연연의 말마따나 평생을 산속에서 살아왔고 그 누구에게도 들은 적이 없다면 동호를 모를 수도 있다는 사실을 인정하는 분위기였다.

"이곳에서 북쪽으로 백십 리만 가면 되오이다."

"그럼 합쳐서 백팔십 리 길이군. 거기까진 어떻게 가야 하지? 걷기에는 좀 멀지 않나?"

"무한까지는 저희 사두번차를 이용하시면 되는 일입니다."

다시 움찔거리는 숙연연. 지금 겸상하고 있는 상대가 누군지 새삼

실감하고 위축되는 것이다.

그러나 진은 그저 고가를 끄덕일 따름이다.

"하하하! 오해에서 비롯된 만남이 이렇듯 길벗으로 이어지게 되었으니 또한 인연이 아니겠습니까? 그러고 보니 인사가 늦었습니다. 저는 남궁성에 이름은 천상이라 합니다."

남궁천상은 새삼스레 포권을 취해 보였다.

"나는 현진이라 한다."

진 역시 가벼운 목례로 화답했다.

그때다.

"천박한… 감히 오라버니가 누군지 알고!"

분기를 이기지 못하고 부들부들 떨고 있는 남궁영이다.

천하제일세가의 소가주가 먼저 예를 보였다. 그것만으로도 충분히 치욕적이거늘 출신 성분과 사문도 밝히지도 않고 제가 상전이라도 되는 양 시종일관 반말지거리와 목례뿐이라니…….

"어허, 영아야!"

이번만큼은 누그러지지 않는다. 이런 모욕을 당하고도 가만히 있는 남궁천상에게도 불만이 적지 않은 것이다.

"이 녀석이! 어서 사죄드리지 못할꼬!"

"오라버니는… 나빠요. 처음부터… 마차와 호위를 붙였다면 우리 취아는… 취아는 앓아눕지 않았을 거예요. 이따위 녀석과도 만나지 않았을 것이고, 이런 모욕은… 모두 오라버니 때문이에요!"

남궁영은 눈물을 뿌리며 이층으로 뛰어올라 가버린다.

남궁천상은 남궁영을 따라나설 듯 벌떡 일어섰으나 결국 어두운 얼굴로 맥없이 다시 앉을 뿐이었다.

진 정도의 고수를 만난 일, 그의 성정이 호방하고 거친 면이 없지 않았으나 남궁천상은 안계를 높이는 기회였음에 결코 모욕이라고 생각하지 않고 있었다. 그러므로 남궁천상은 남궁영이 느끼는 치욕감 따위는 안중에 없었다.

그러나 막내, 남궁취를 무탈하게 보호하지 못한 것에 대한 책임은 통감하고 있었다. 평생 가문의 담 안에서만 살아왔던 두 여동생이 이번 기회에 바깥 세상 구경을 하고 싶다는 이유로 강짜를 놓은 결과 때문이기도 했지만, 남궁천상은 온전히 자신의 부덕이라 생각하고 있는 것이었다.

진 역시 뻘쭘하다.

남궁세가? 진은 남궁천상이 남궁 어쩌고 할 때부터 가수 남궁옥분 씨가 생각났고 남궁옥분 씨가 부른 노래가 뭐가 있었더라… 하며 잠시 고민해 봤을 뿐이다.

듣자 하니 행세깨나 하는 집안의 자손들인가 본데 그래서 뭐 어쩌자는 말인가. 로마에 가서는 로마법을 따르라지만 이미 자유민주주의 국가에서 머리가 굵어진 진이었다.

월급 주는 직속 사장도 아니고 사부도 아닌데 단지 귀한 집 자손이라는 이유로 알아서 기어주라는 것은 최소한 진에게는 어림없는 소리였던 것이다.

그때였다.

"꺄아아악!"

모골이 송연한 외마디 비명.

진이 벌떡 일어서기도 전, 남궁천상과 길초삼은 이미 이층 계단으로 몸을 날리고 있었다.

객잔에 묵은 사람은 그들뿐이다. 그리고 이층의 객방에 있는 이는 오직 남궁영과 남궁취뿐인 것이다.

진과 숙연연도 몸을 날려 남궁천상의 뒤를 따랐다.

제3장

인연은 엉킨 실타래와 같고

객방 안에는 창백한 안색을 하고 거친 숨을 몰아붙이고 있는 열서너 살 정도의 여자 아이와 눈물 범벅인 채 어쩔 줄 몰라 하는 남궁영이 있었다.

남궁천상들이 들이닥치자 남궁영은 다시 비명에 가까운 소리를 질러댔다.

"오라버니! 취아가… 취아가 이상해요!"

하얗게 질린 길초삼이 급히 뛰어들어 남궁취를 진맥하려 한다. 손목을 잡은 길초삼이 화들짝,

"마, 맙소사……."

"길 총사, 무슨 일이오? 취아가 왜 저러는 것이냔 말이오!?"

좀처럼 평정을 잃지 않았던 남궁천상의 목소리가 잔뜩 커져 있었다.

그러나 길초삼은 답하지 않는다. 그는 당황한 기색이 역력하여 남궁

취의 이마와 맥을 짚을 따름이다.

"길 총사!"

그제야 돌아보는 길초삼. 그의 얼굴은 참담히 일그러졌으며 암담한 기운마저 감돌았는데, 그 표정은 보는 이를 여간 불안하게 하는 것이 아니었다.

"소, 소가주… 소인을… 소인을 죽여주십시오! 크으으윽."

별안간 목놓아 울어버리는 길초삼이다.

앞뒤 설명이 없었으므로 남궁천상과 남궁영은 더욱 불안해하지 않을 수 없었다.

"대체 취아의 병명이 구엇이건데……."

"열 발작. 비장(脾臟)과 간장(肝臟) 부위에 종창(腫脹)… 학질(瘧疾)이군."

어느새 남궁취를 진맥하고 있던 진이었다.

"닥쳐! 천박한 주둥이로 무슨 망발이냐! 당장 내 동생에게서 손 떼지 못해!"

남궁영은 발작을 일으켰다. 제정신일 수가 없다. 학질이라니… 십중팔구는 죽고, 살아난다 해도 정신을 놓아버린다는 그 학질이라니…….

그럴 리 없다. 학질은 여름에만 도는 병이다. 이제 겨우 눈이 녹기 시작하는 초봄. 학질일 리가 없다.

그러나 진은 아랑곳하지 않고 남궁취를 살피는 손을 멈추지 않았으며 기어이 눈꺼풀을 들어올리며 눈동자의 상태를 확인한다.

"소혈관(巢血管)에 악종이 괴이기 시작했어. 곧 연화소(軟化巢)가 발생할 거야. 서둘러야 해."

서둘러야 한다니. 그럼 학질을 치료할 방도라도 있다는 말이던가?

길초삼 자신의 의학적 지식과 경험으로는 불가한 일이다. 학질에 걸리면 지독한 발열과 빈혈 증세가 주기적으로 반복되다가 결국 정신을 잃고 대부분은 죽고 만다.

더군다나 남궁취는 남궁가의 피를 물려받은 자손들 중 매우 특이한 경우로, 허약 체질이다. 무공을 익히기는 했지만 어디까지나 제 건강을 돌보는 수준일 뿐이었다.

"서둘러!"

진이 다급성을 치며 품에서 흑색 환단을 남궁취의 입에 밀어 넣었다.

"뭐, 뭘 먹이는 것이오?"

"해열제. 잠시 동안이겠지만 열을 내려 장기의 손상을 막아줄 거야."

도무지 믿을 수 없는 자. 게다가 내력도 알지 못한 자에게 남궁취를 맡겨야 하나를 놓고 길초삼은 갈등했다.

그러나 갈등은 길 수 없었다.

"당신 의원이라고 했지? 어서 나가서 쑥을 구할 수 있나 알아봐. 남궁천상이라고 했나? 당신은 깨끗하고 차가운 물을 되도록 많이 가져오도록."

거침없이 이어지는 주문, 아니, 명령이었다.

이에 남궁영의 얼굴은 다시 험악하게 일그러졌다.

"너, 너 따위가……."

진의 차가운 시선이 남궁영으로 향했다.

"꼬마, 네 이름이 뭐라고?"

남궁영은 진의 시선을 마주치는 순간 말문이 막혀 버리고 말았다.

그의 시선. 오라버니 남궁천상의 시선이 엄격하다면 그의 눈에서는 오한이 드는 날이 엿보인다.

적이라면 간담이 서늘할 터이고, 친구라면 한없이 신뢰할 수 있을 것만 같은, 차가운 이성이 자리한 묘한 빛깔의 눈이었다.

그래서 남궁영은 가만히 대답한다.

"나, 남궁영……."

"그래, 남궁영. 너는 이걸 물에 풀어라. 환단 상태로는 삼키기 어려울 것이니 걸쭉하게 만들어야 한다."

진이 숨 가쁘게 말을 쏟아냈음에도 남궁 남매와 길초삼은 여전히 머뭇거리고 있었다.

그를 믿어도 되는지 아직 정하지 못한 것이다.

"길어야 한 시진. 더 짧아질 수도 있다. 동생이라고 하던데 이대로 죽일 셈인가?"

"자신있소?"

남궁천상의 목소리는 잠겨 있었다.

"없어."

"젠장! 말이라도 자신있다고 하면 안 되오? 길 총사, 영아, 서둘러라!"

말 끝나기가 무섭게 믐을 날리는 남궁천상이다. 어리둥절한 길초삼과 남궁영. 남궁천상의 입에서 상소리가 나온 것을 처음 들은 것이다.

"어서!"

이미 사라지고 없는 남궁천상의 육합전성이 울려 퍼지자 그제야 각자 맡은 일을 향해 분분히 믐을 날리는 남궁영과 길초삼이었다.

"난 뭘 해야 해?"

숙연연이다.

"밖에 숨어서 눈치 보고 있는 두 녀석에게 아까부터 보이지 않은 노인네를 잡아오라고 해."

"엥?"

숙연연은 잠시 '밖에 숨어서 눈치 보고 있는 두 녀석' 이 도대체 누구를 말하는 것인가를 궁금했고, 이내 함철원과 묵진민이 생각났으며, 진은 그들이 밖에 숨어 있는지 어떻게 알았는지도 궁금했으며, 보이지 않은 노인네가 누구인지 되도록 설명을 듣고 싶었다.

그러나 진은 남궁취의 이마에 장심을 대고 눈을 지그시 감고 있었으므로 물어볼 엄두가 나지 않았다.

멀리 객잔이 보이는 말라죽은 잣나무의 높은 가지 위.

"어쩌죠?"

묵진민은 객잔 앞에 번드르르한 사두번차를 보며 함철원에게 걱정스러운 투의 질문을 던졌다.

답이 없는 함철원이다.

정확히는 답해 줄 말이 없기 때문이었다.

심장을 벌렁대게 하던 살기는 깨끗이 사라졌다. 아마도 싸움의 결판은 이미 난 것이리라.

그러나 누가 이겼는지는 안의 분위기를 살필 수가 없으니 알 수 없다.

행여 남궁세가의 소가주가 소문처럼 뇌룡이 울부짖는 듯한 거검을 휘둘러 썩은 동태눈을 곤죽을 만들어놓았다면… 들어가서 뭘 어쩌겠는가?

실례지만 혹시 눈 색깔이 이상한 녀석을 죽이셨나요? 하고 물어?

아니면 객잔에 하룻밤 묵으러 왔는데 싸우느라 노고가 많으실 터이니 저희들은 이만 사라져 주겠습니다. 하고 튀어?

진의 무공이 결코 만만한 것이 아니었을 터이니 천하의 남궁세가의 소가주라도 고전을 면치 못했을 것이고, 마침내 승리했다 하더라도 지금은 심기가 많이 불편해 있을 공산이 크다.

지금은 때가 아니다. 천년만년 저 허름한 객잔에 머물지는 않을 터. 좀 더 지켜보면서 행동을 결정해도 늦지 않다.

"십 할."

함철원의 뜬금없는 소리에 묵진민이 의아해한다.

"놈이 이겼거나 남궁가의 소가주가 이겼거나 오 할의 가능성이지만 목숨을 걸기에는 터무니없이 낮은 확률이다. 우리가 살아남을 확률이 십 할이 되어야 움직인다. 잔말 말고 계속 지켜봐!"

함철원은 나뭇가지 위로 벌러덩 누워버렸다.

꽤나 피곤한 하루였다. 함철원은 이곳에서 밤을 보내기로 결정한 것이다.

그러나 함철원은 눈을 붙이지도 못하고 다시 일어나야 했다.

"대, 대주."

"왜?"

"저, 저기……."

객잔의 벽이 열리는가 싶더니 곧바로 그들을 향해 바람같이 달려오는 하나의 인영.

"이런! 들킨 것인가!?"

함철원은 나무에서 뛰어내리며 매어둔 말고삐를 다급히 풀었다.

“튀자!”

그러나 웬일인지 묵진민은 나무 위에서 내려오지 않았으며 거슴츠레한 눈이 환하게 밝아지는 것이었다.

“연이에요! 연이가 살아 있어요!”

“대주우우우!”

틀림없었다. 그리도 주의하라 일렀건만 옛 직함을 저리도 우렁차게 불러대는 촐싹거림.

묵진민은 감격의 눈물이라도 흘릴 지경이었으나 숙연연은 반가운 기색조차 없이 무릎을 짚으며 한참 동안 숨을 고를 뿐이었다.

“헉헉… 대주, 눈치만 보고 있지 말고 빨리 오래.”

간담이 서늘해진 함철원이다.

“누, 누가?”

“얼른 와서 웬 늙은이를 잡아오라는데?”

“아, 글쎄 누가?”

“진이.”

“진? 썩은 동태눈?”

“응.”

“우, 우리가 여기 있는 걸 알고 있어?”

“응.”

가슴이 철렁 내려앉은 함철원이다.

“그, 그럼 녀석이 이긴 거야?”

“이겨? 누굴?”

“녀석이 남궁천상인가 하는 놈하고 싸우지 않았어?”

“왜?”

숙연연은 영문을 모르겠다는 표정이다. 함철원은 기가 닥히기 시작했다.

"아니, 그럼 아까 그 엄청난 살기는 뭐야?"

"아! 그거?"

눈을 빛내는 함철원과 묵진민.

"몰라."

이어지는 숙연연의 대답으로 맥이 풀려 버렸다.

"몰라?"

"응."

답답해서 환장하겠다는 표정이다.

"내가 가니깐 둘이 잠깐 노려보다가 갑자기 막 웃더니 술 한잔하던데?"

"수, 술을 먹어? 둘이서?"

"아니, 웬 꼬마하고 어떤 아저씨랑."

"꼬마랑 아저씨? 걔네들은 누군데?"

"몰라."

"환장하겠네."

머리채를 쥐어뜯는 함철원이다. 애초에 숙연연에게 정황을 듣고자 했던 자신이 미친놈이리라.

"가자. 여기서 복장이 터져 죽느니 맞아 죽는 한이 있어도 내 눈으로 확인해야겠다."

"노인은?"

"웬 노인?"

"진이 노인을 잡아 오랬단 말이야."

“아, 글쎄 무슨 노인을 말하는 거냐고!?”

기어이 버럭 화를 내고 마는 함철원이다.

“몰라.”

“우와와와왁!”

머리를 나무 밑동에 들이받으려고 하는 함철원이다.

“저기… 대주.”

묵진민이 돌진하려던 함철원의 어깨를 잡았다.

“넌 또 왜!?”

“저쪽에…….”

묵진민이 손가락을 들어 한쪽을 가리켰다. 손가락을 따라가던 함철원의 눈이 화등잔마냥 커졌다.

급히 노새 한 마리를 부리며 둔덕을 넘어 사라지려고 하는 수상한 인영. 뒷모습만 봐도 분명히 노인이었다.

무엇 때문에 붙잡으라 한 것인지, 노인이 누구이며 무슨 잘못을 했는지도 모르지만 함철원은 본능적으로 노인이 수상하다는 낌새를 알아차렸다.

사막은 살인적인 더위의 한낮도 그렇지만 해가 지고 나서 급격하게 기온이 떨어지는 밤도 위협적이다.

게다가 지금은 초봄, 한기가 채 가시지 않는 이때, 그것도 밤에 사막으로 길을 나선다는 점만 해도 노인은 충분히 수상한 짓을 하고 있는 것이었다.

“잡아들여!”

함철원과 묵진민, 그리고 숙연연은 노인이 사라진 둔덕으로 몸을 날렸다.

"꺄아아악! 이 변태 자식아!"

남궁영의 세 번째 비명은 남궁천상이 물동이를 세 개나 짊어졌으며, 길초삼은 쑥을 구할 길이 없어 허탕을 치고, 이제는 병실이 되어버린 객방에 들어서려는 순간에 들려왔다.

그리고 그들 역시 말문이 막혀 버리고 말았다.

남궁취는 실오라기 하나 걸치지 않은 채 고슴도치처럼 온몸에 침을 빼곡이 박혀 누워 있는 것이었다.

때마침 진은 회음(會陰)에 마지막 침을 박고 있는 중이었으니 남궁영이 게거품을 물 만도 할 일이었다.

그리고 길초삼 역시 분기에 기절하기 직전이었다.

남궁취가 태어난 때는 가문이 세력을 한창 확장하기 시작한 때였다. 그녀는 결국 길초삼이 엎어 키우다시피 했는데, 남궁취가 옹알이도 하지 못할 적에도 기저귀를 가는 일 만큼은 시비들에게 맞길 정도로 영애의 옥체에 사내의 손길이 닿지 않게 하려 조심했다.

그랬거늘… 웬 빌어먹을 놈이 옷을 홀랑 벗기고 비소 근처에서 손을 놀리고 있는 것을 목도하였으니…….

"이 옘병할 놈아! 오늘 너 죽고 나 죽자!"

쾅!

어미 잃은 짐승과 같은 포효와 뭔가 부서지는 소리.

미처 말릴 사이도 없이 진에게 달려든 길초삼은 엄청난 반탄력에 튕겨 탁자를 부수며 나뒹굴고 있는 것이었다.

진이 일장을 들어 길초삼을 밀어낸 결과였다.

"무슨 짓이오?"

남궁천상이 기운을 크게 일으키며 엄중하게 물었다.

그럼에도 묵묵히 시침을 하던 진은 마지막 침을 남궁취의 두정에 박아 넣고 긴 숨을 내뱉을 뿐이다.

"내 무슨 짓을 하고 있느냐 물었소?"

진은 비로소 입을 열었으되 그것은 남궁천상에게 하는 말이 아니었다.

"의원이라 하지 않았던가?"

호되게 당하고도 분기를 삭이지 못하고 기어이 일어서려는 길초삼을 향해 되려 묻는 것이었다.

"내가 사람을 단단히 잘못 본 모양이……."

"의원이라니 내가 무슨 짓을 했는지 알겠지?"

진은 남궁천상의 말을 끊어 먹으며 이번에도 남궁천상이 아닌 길초삼에게 말하는 것이었다.

남궁천상은 진의 그러한 행동이 의도적인 것임을 짐작하고 가만히 지켜보기로 했다.

그제야 길초삼은 끓어오르는 분노를 눌러 담으며 남궁취의 상태를 제대로 보려고 최선을 다했다.

다른 짓이어서는 안 된다. 아기씨에게 저놈이 다른 짓을 한 것이어서는 안 된다.

그리고 이내 길초삼의 얼굴에 경악이 실렸다.

"이, 이것은……!"

유체대침술(留體大鍼術). 극독에 중독되었거나 역병에 걸린 환자들의 신진대사를 극도로 죽여서 죽음에 이르는 것을 늦추는 전설의 침술이다.

자그마치 만 팔백 곳의 시침을 통해 장기는 물론, 몸의 모든 활동을 억제시키는 것인데 유체대침술을 창안한 괴의(怪醫) 허허초자는 이 침술법을 통한다면 백 년 동안 늙지도 않고 죽지도 않을 수 있다고 했다.

그것을 확인할 수는 없었다. 허허초자의 이론은 윤회와 내세를 강조하는 소림의 심기를 매우 불편하게 하는 것이었고, 이후 허허초자는 세상에서 사라졌으므로…….

"유체대침술은 아니다. 완벽하게 복원된 것도 아니고 내가 완전히 체득한 것도 아니며, 난 침을 만 팔백 개씩이나 가지고 다니지도 않는다. 일단 약재가 마련될 때까지 연화소의 발생을 늦출 수는 있을 것이다."

길초삼은 멍해져 버리고 말았다.

완벽한 유체대침술은 아니라고 하지만 유체대침술을 시전하기 위해서는 방대한 의학적 지식이 있어야 함은 물론이고 막대한 진기의 손실을 감수해야 한다. 의원이자 절정고수이기도 했던 허허초자도 유체대침술을 시전하고 달포를 몸져누워야 했다지 않았던가.

그렇다면 진도 적지 않은 내력을 소진했을 터. 그러고 보니 남궁천상과 대치 중일 적에도 편안한 안색에 뽀송뽀송하기만 하던 녀석이 얼굴이 땀 범벅이 돼 있었다.

그제야 길초삼은 자신이 경솔했음을 깨닫고 부끄러움을 느꼈으며, 남궁취가 알몸인 이유도 납득이 가게 되었다. 유체대침술은 만 개의 침을 각기 다른 깊이로 박아 넣어야 하는 정밀한 작업이다. 그것은 옷을 모두 벗기지 않고는 할 수 없는 일인 것이다.

길초삼은 차마 남궁취의 알몸을 보지는 못하고 고개를 돌린 채 진맥을 해보았다.

아니나 다를까, 맥은 숨 다섯 번 내쉴 동안에 한 번씩 느리게 뛰고 있었다.

"왜… 어째서 미리 말하지 않은 것이오."

"그랬다면, 피차 믿을 만한 입장도 아니었는데 당신과 당신의 작은 주인이 수락을 했을까? 그러는 사이 이 아이는 서서히 죽어갈 테고… 선택의 여지가 없었어."

그때까지도 반신반의하던 길초삼은 이제 완전히 믿게 되었다.

'살릴 수 있을지도… 아기씨를 살릴 수 있게 될지도 모른다.'

"그건 그렇고… 역시 쑥은 구하지 못했나 보군."

번뜩 정신을 차린 길초삼은 난망한 표정을 지어 보였다.

"그, 그렇소이다. 이 황무지에서는 쑥은커녕 풀 한 포기도 찾을 수가 없으니…….'

언제 그랬냐 싶게 고분고분해진, 아니, 어느 면에서는 존경의 기색까지 보이는 길초삼이었다.

잠시 어리둥절한 표정이던 남궁천상은 다시금 예의 희미한 미소를 지어 보였다. 자신의 눈이 틀리지 않았음에 내심 만족해하는 것이다.

"아무래도 그 문제는 내 동료들이 해결한 것 같군."

길초삼과 남궁천상이 그게 무슨 소리냐고 묻기도 전에 아래층에서 시끌벅적한 소란이 들려왔다.

"이 똥물에 튀겨 죽일 놈들 보소! 이 손 놓지 못혀! 놓으란 말이여!"

"노인네가 왜 이렇게 드센 거야!? 바동거리지 말고 가만히 좀 있어요. 누가 잠깐만 보자고 했다니깐!"

당연히 숙연연이다.

이윽고 계단 올라오는 소리와 함께 일단의 무리들이 올라섰다.

경기 수준으로 발악하는 객잔의 주인의 팔다리를 하나씩 붙들고 있는 함철원과 묵진민, 그리고 아무것도 하지 않으면서도 목소리만 큰 숙연연이었다.

올라선 함철원은 눈이 휘둥그레졌다.

녀석이 반가운 사람을 만난 것마냥 웃어 보이고 있는 것이다.

그리고 그 옆에 있는, 진보다 머리 하나는 더 붙어 있는 마냥 거구이면서도 전혀 우락부락해 보이지 않는 말쑥한 청년 역시 웃고 있었다.

반나절 전에 마차로 깔아뭉개 죽이려 하고, 불똥을 튀기며 뒤쫓아가던 녀석들치고는 너무나 부드러운 인상들이 아니냔 말이다.

'저 녀석은 남궁천상이 틀림없어 보이는데, 설마 연이 말처럼 정말로 둘이서 친구라도 먹었단 말인가?

그쯤에서 함철원은 사고를 정지시켜야 했다.

"저, 저것이 뭐시여……."

발작하던 노인이 어느새 잠잠해졌으며 붙잡은 손이 느슨해진 틈을 타 후닥닥 객방으로 뛰어들어 간 것이었다.

"저, 저……."

말릴 사이도 없었다. 노인은 남궁취를 빙글빙글 돌며 불신 서린 눈을 휘두르고 있었다.

"아닐 거. 아닐 것이여. 유체소침술이리가 없구먼. 그럼 이것은 뭐시여, 이 유체소침술 비스무리한 이것은 대체 뭐시냔 말이여."

비 맞은 중처럼 중얼거리는 노인은 제정신이 아니게 보였다.

"역시 당신은 의원이 맞군요."

노인을 처음 보았을 때 진은 까닭 모를 친근함을 느꼈는데 객잔에 들어서면서 그 이유를 알았다.

먼지 냄새와 섞인 매캐한 약초 냄새. 중공산에서 십 년을 넘게 맡아 온 바로 그 냄새였던 것이다.

그제야 진에게 시선을 돌리는 노인이다.

"이것 말이여… 유체소침술 아니제? 맞제?"

딴소리다. 그럼에도 진은 조용히 고개를 끄덕여 노인의 의문을 풀어 주었다.

순식간에 안색을 굳히는 노인. 흐리멍덩하던 두 눈에서는 광채가 뿜 아져 나왔다. 무인의 정기라고는 할 수 없지만 그것은 분명히 노인이 살아온 세월보다 훨씬 깊은 총기였다.

"이런 건… 유체소침술은 어디서 배웠느냐?"

노인을 더욱 해학적으로 몰아갔던 산동 사투리마저 사라짐으로써 노인은 처음 만났을 때와는 전혀 다른 사람이 되어 있었다.

"재주가 미련하여 스승님이 가진 반의 반조차 배우지 못했지요."

"네 이놈! 노부를 기망하려는 것이냐? 네놈에게 유체소침술을 가르 친 자의 이름을 대란 말이다!"

진의 한차례 눈썹이 꿈틀거렸지만 그것은 지독히 찰나간이었고 여 유로운 미소는 여전했다.

그러나 대답은 없었다. 진의 입은 지렛대를 들이대도 절대로 열 수 없을 만큼 굳건히 닫혀 있을 따름이다.

대신 노인의 입이 열렸다.

"내가 의원인 사실을 알았다니 더 숨기고 말 것도 없겠구나. 나는 멸문한 의가당의 마지막 생존자인 마초자라 한다. 너는 의가당을 아느 냐?"

안다. 사부 민초빈이 화산 어쩌고 하는 곳에 보내진 이유가 본가인의가당이 멸문한 때문이라고 했다. 그렇다면 노인은 사부와 관계가 있는 사람인가?

"유체대침술의 일부를 발췌, 유체소침술로 복원한 곳이 의가당이라는 것도 아느냐?"

슬슬 지워지기 시작하는 미소. 그것은 진의 의지와는 관계가 없었던 것이라 다시 애써 웃어 보이려고 하자 되려 그것이 어색한 것 같아 그만두고 말았다.

마초자의 말은 이어졌다.

"그리고 그 일을 해낸 이가 당시 겨우 열한 살에 불과했던 여자 아이였다는 것도 아느냐?"

마침내 진의 얼굴이 완전히 굳어졌다. 그리고 마초자의 눈가는 젖어들고 있었는데, 그것은 슬픔보다는 억울한 분노에 기인된 것임을 누구라도 알 수 있는 것이었다.

"의가당은 하루아침에 몰살당했다. 하룻밤 사이에… 모두 죽었어. 흉수가 누구인지도 모른 채… 누구에게 복수를 해야 하는지도 모른 채 두 아이만 살아남았다. 나와 민씨 성을 쓰는 그 아이만……."

"그만!"

마초자와 진 사이에 흐르던 미묘한 기운에 자신도 모르게 몰입하여 주시하고 있었던 중인들은 느닷없는 진의 고함에 심장 마비 걸릴 만큼 놀라고 말았다.

"그만… 듣고자 합니다. 제가 굳이 듣고 있을 이유가 없는 비사인 듯하군요."

아니, 더 듣고 싶다. 다른 누가 아닌 사부의 과거라면 알고 싶다.

그러나 들어서는 안 된다는 느낌이 든다. 아니, 확신이다.

마초자는 진이 워낙 단호했기에 더 이상 말을 하지는 않았지만 무섭게 타오르는 눈은 여전히 진을 직시하고 있었다. 이런 눈길이라면 피해본 적이 없었지만 진은 눈을 마주치지 못하고 고개를 돌려 버린다.

"결자해지(結者解之). 고의든 아니든 수습을 하셔야 할 겁니다."

아무런 설명 없는 진의 말에 마초자는 눈길을 비로소 거두었고, 이내 안타까운 시선으로 남궁취를 일별했다.

"학질은… 아직 약을 찾지 못했다."

그때까지 둘을 지켜보고만 있던 남궁천상이 뭔가 이상한 것을 느꼈는지 그제야 끼어들었다.

"결자해지라니… 고의라는 것은 무엇이고, 수습이라 함은 무엇을 일러 말함이오?"

"학질은 치사율이 높은 위험한 질병이기는 하지만 발병은 매우 제한적인 환경에서만 가능하지."

진은 말을 아끼고 마초자에게 눈길을 주었는데 마치 마초자에게 기회를 주는 듯한 모양새였다.

마초자의 고개가 떨어졌고 이내 그의 침통한 목소리가 들려왔다.

"학질을 옮기는 학질모기는… 겨울에 살 수 없다네."

"설마……."

길초삼이다. 그 역시 진과 마초자의 대화를 유심히 듣고 있었고 의가당이라는 말이 나오자 기겁을 했다.

의술을 배운 자라면 의가당을 모를 수가 없다. 현재 알려진 대부분의 의술은 바로 의가당의 의술에서 기인한 것이니 그렇다. 그럼에도 의원들은 의가당에게 존경이나 동경을 보내지는 않는다.

집도의. 그들은 치료를 한답시고 산사람의 배를 갈랐다. 심지어 사람을 잡아다 생체 실험을 한다는 소문도 파다 했다 하니 기술은 있되 사람과 유학이 없는 의술 따위에게 찬사를 보낼 수 없었던 것이다.

그래서 의가당의 멸문은 언제고 일어나고야 말 일이었다는 생각이 지배적이었다는 것이다.

"겨울에도 계속 연구를 해야 했기에 낮은 온도에서도 내성이 있는 학질모기를… 내가 배양에 성공시켰지."

"이런 때려죽일!"

더 들을 것도 없다. 치료법을 개발한답시고 학질모기를 들여와 배양 했다가 겨울에도 살 수 있는 변종이 나왔고, 그 모기에 남궁취가 물린 것이리라.

길초삼이 당장이라도 마초자의 목을 비틀어놓을 듯 달려들려 했으 나 진이 막아섰다.

"병자의 회복이 우선이오."

길초삼은 분을 삭이지 못했다.

"못 들으셨소? 저 빌어먹을 늙은이가 치료법을 개발하지 못했다 하 지 않았소! 이것 놓으시오. 내 저 늙은이의 껍질을 벗겨놓을 것이오!"

"분명히 들었소. 그러나 치료법은 있소이다."

다시금 일제히 진에게 집중되는 시선. 그중에서도 단연 마초자의 눈 빛이 강렬했다.

"지, 지금 치료법이 있다 하였느냐?"

"그러나 저 혼자서는 할 수 없는 일. 도와주셔야 하는 일입니다."

진은 마초자에게 극진한 공대를 보였는데 그것은 마초자가 사부의 본문 사람이라는 이유였다.

"무엇을 하면 되느냐?"

“제가 알기로 쑥의 냄새가 강했습니다. 맞습니까?”

진의 의도를 파악하지 못해 마초자가 의아해한다.

“쑥뜸의 재료로 다북쑥속(屬)을 추출해 놓았느니라.”

“청오수의 냄새도 있더군요.”

“청오수는 탕을 내는 데 가장 중요한 물이란 것을 모르느냐?”

“그럼 됐습니다. 길 총사라 하는 양반, 손 좀 빌립시다.”

그렇게 진의 마초자와 길초삼을 불러놓고 머리를 맞대며 모의작당을 하는데, 다른 이들은 전혀 알아들을 수 없는 소리였으므로 나머지 사람들은 서로의 얼굴을 보며 겸연쩍게 웃는 일밖에는 할 수 없었다.

그중에서는 특히 남궁천상이 숙연연을 보며 연신 의미있는 웃음을 지어 보였는데, 숙연연은 잔뜩 주눅이 든 어색한 미소로 마주하는 것이었다.

그리고 묵진민은 그 둘을 불안한 시선으로 번갈아 보며 점점 얼굴이 일그러졌는데 대충 ‘이건 또 뭐야?’ 라는 표정이었다.

그러기를 한참 후,

“시간이 많지 않습니다. 언제까지나 유체소침술로 병의 진행을 막고 있을 수는 없는 노릇. 약 조제를 서둘러 주시길.”

“알겠네.”

“알았소이다.”

금방이라도 드잡이질을 할 것 같던 길초삼과 마초자가 서둘러 뛰어가는 것을 보고 진이 함철원과 남궁천상, 그리고 묵진민을 일별했다.

“당신들은 마분을 구해오도록. 잘 마른 것이되 손으로 부서질 만큼은 아니어야 하고 습기가 남아 있어서도 안 돼.”

“마, 마분? 말똥을 말하는 것이오?”

"소똥도 괜찮고."

발끈하는 남궁영이다.

"오라버니가 어떤 분인데 그딴 천박한 일을……."

그러나 진의 명령은 이어졌다.

"그리고 연이와 꼬마는 날 도와줘야겠다."

"자꾸 꼬마라고 할 거야! 당신 정말 치도곤을 당하고 싶어!?"

눈 하나 깜빡이지 않는다.

"약재가 완성되면 이를 투여하기 위해 유체소침술을 풀어야 한다. 네 대단한 오라비가 가지 않으면 너라도 가서 말똥을 구해 와야 할 것이고, 침은 내가 뽑아야겠지. 그것도 나쁘지는 않다."

남궁영은 하얗게 질렸다.

또다시 낯선 사내의 손이 동생의 회음을 향해 뻗어가는 모습…….

"안 돼!"

이렇게 각자의 임무는 모두 정해졌다.

객방은 반으로 갈렸다.

남궁영이 줄을 걸고 천을 드리워 사내들의 시선을 막은 것이다.

"청호소(靑蒿素)가 위에 이른 것을 확인했으면 침을 제거하도록 해라."

별수없이 진은 벽 뒤에서 일러줄 수밖에 없었다.

그러므로 쑥을 가공하여 단약으로 조제한 청호소(靑蒿素)의 복용부터 침의 제거는 여자인 숙연연과 남궁영의 몫이었다.

시침과는 달리 뽑아내는 것은 특별한 의학적 기술이 필요없고 단지 시침의 역순으로 뽑아나기단 하면 되는 일이다. 진이 직접 보지 않더라도 침을 뽑아낼 순서만 일러주는 것으로 해결할 수 있는 일이었다.

이즈음 남궁천상과 함철원, 그리고 묵진민이 돌아왔다.

"많이도 가지고 왔네. 말 뒷간이라도 발견한 모양이지?"

한아름이나 되는 마분이었으나 실상 쓸 만한 것은 얼마 되지 않았다. '적당히 잘 마른'이라는 기준을 도무지 알 수 없었던 그들은 마구간 바닥을 통째로 긁어온 것이었다.

진은 골라낸 마분을 이용해 원뿔 형태로 빗어나가자 그 모습을 호기심 가득한 눈으로 지켜보던 마초자는 도저히 참지 못하겠다는 표정으로 물었다.

"마분은 뭐에 쓰려고 하는가? 모양새로 봐서는……."

"맞습니다. 뜸을 놓을 겁니다."

"뭐라? 뜸을 놓는다? 학질은 고열을 수반하는 병환일세. 그런데도 화기(火氣)를 쓴단 말인가?"

"틀림없이 학질은 열병입니다. 병자의 증세에 따라 달라지기는 할 것이나 저 아이는 이미 장기에 영향을 줄 정도의 화기가 짙은 관계로 이 처방을 써야 합니다."

"오호! 이열치열(以熱治熱). 맞불을 놓는다?! 그렇군. 마분에는 소화 과정에서 독초의 독성이 제거되어 있을 터이고, 섬유질이니 화기의 침습이 빠르고 강할 터!"

길초삼 역시 감복한 음성으로 맞장구를 쳤다.

뜸을 놓는 것 역시 숙연연과 남궁영의 몫이었다.

초조한 가운데 얼마간 시간이 흘렀다.

그리고……

"어머! 정말 열이 내렸어! 우리가 해냈어!"

“엉엉엉. 우리 취아는 기제 살았어어어엉.”

천막 뒤에서 흘러나온 두 여인의 호들갑.

“저, 정말이더냐? 취아의 병색이 호전되었단 말이냐?”

말릴 사이도 없이 방을 가르고 있는 천막을 걷어붙이고 안으로 뛰어
드는 남궁천상이었다.

깡!

맑은 공명음.

털썩.

그리고 뭔가 널브러진 소리.

“그, 그러게 그렇게 갑자기 뛰어들면…….”

“괘, 괜찮을까?”

“괜찮을 거예요. 오라버니는 소림의 철두공(鐵頭功)을 익혔거든요.
아주 오래전 일이기는 하지단…….”

“어머! 피 난다.”

“까아악! 오라버니! 오라버니…….”

그녀들의 목소리만 듣고 있었던 반대쪽의 사내들은 그저 눈만 끔뻑
일 따름이었다.

벌겋게 달아올랐던 남궁취의 혈색은 제 모습을 찾았다.

미열은 남아 있었지만 혈류와 기혈도 빠르게 안정되고 있었다. 완쾌
는 오직 시간문제였다.

“오늘밤만 넘기면 아기씨는 쾌차할 것이옵니다.”

남궁취를 진맥한 길초삼이 들뜬 목소리로 남궁천상에게 일렀다.

“오호! 정말 다행한 일이오.”

“네 녀석이야말로 천만다행한 일이다. 박이 터지지 않았으면 뇌진탕을 일으킬 뻔했으니… 쯧쯔쯔…….”

마초자가 남궁천상의 치료를 마무리하면서 혀를 끌끌 차대는 것이었다.

발가벗고 있는 남궁취의 침상으로 갑자기 들이닥친 남정네에 놀란 나머지 남궁영이 손에 집히는 대로 집어 던진다는 게 하필이면 삼십 근 낭아추였던 것이다.

“저는 괜찮습니다. 이래 뵈도 소싯적 철두공을 익혀놓은 터라…….”

“철두공을 배워도 터질 건 터지고, 피 날 건 나고 그런가 보죠? 그런 걸 어디다 써먹어요? 호호호호.”

숙연연이다. 그녀는 남궁세가의 위용이 주는 위축감에서 벗어난 듯해 보였다. 좀 더 정확히는 그새 남궁천상이 누구인지 잊어버린 것이었다.

그런데 남궁천상의 반응이 또한 의외다. 얼굴이 벌겋게 변하더니 고개를 푹 숙이는 것이었다.

제4장

피, 바람에 실리다

따각. 따각. 따각.

사두번차의 안은 밖에서 보이는 것보다 훨씬 넓었으며 훨씬 검소했다. 그것은 남궁세가의 최근의 위상과 또한 남궁천상의 성정이 동시에 반영된 것이었는데, 남궁세가에서 엄청난 돈을 들여 제작한 사두번차를 번잡한 것을 좋아하지 않는 남궁천상이 기본형(?) 그대로 타고 다녔던 것이다.

답답하다는 이유로, 실제로는 평생을 도망 다니며 살아왔기에 다른 이의 시선이 부담스러워서 말을 타고 뒤따르겠다던 함철원과 본인은 전혀 그러고 싶지 않았으나 함철원의 매서운 눈길을 이기지 못해 결국 그와 같은 선택을 해야 했던 묵진민을 제외한 모든 인원을 수용하고도 여유로울 정도로 사두번차는 널찍했다.

인원 중에는 마초자드 끼어 있었다.

들어본 결과 그의 인생살이도 결코 만만한 것이 아니었는데, 그는 열 살 남짓에 의가당의 멸문을 지켜봤고, 그 이후로 중원을 떠돌며 지금까지 숨어 살아왔다는 것이다. 풍류객잔도 그가 장사를 하기 위함이 아니라 버려진 객잔을 차지하고 들어선 것뿐이었던 것이다.

마초자가 배양한 학질모기 때문에 남궁취가 죽을 뻔했지만 남궁천상은 문제 삼지 않았다.

남궁취의 신상에 문제가 생겼더라면 얘기는 달라졌을 것이나 남궁취는 거의 회복을 했을 뿐 아니라, 이제 면역이 생겨 평생 학질 걸릴 일은 없을 것이라는 길초삼의 설명을 듣고 위기가 호재가 됐다며 마초자의 행실을 용서한 것이었다.

마초자는 남궁천상의 넓은 아량에 감복하여 허약한 남궁취의 체질을 바꿔주겠노라며 열심히 의서를 뒤적거리고 있었다.

숙연연과 남궁영, 그리고 어느 정도 기력을 회복한 남궁취는 한쪽 구석에서 연신 깔깔대다가 이따금씩 수군덕거리는가 싶더니 키득거렸다.

남궁영이 열아홉, 남궁취가 열다섯, 그리고 숙연연은 이며 혼기를 훌쩍 넘긴 과년한 처자였으나 그들의 정신 세계는 그리 다르지 않은 듯 쉽게 친해졌으며 어느새 언니, 동생 하는 사이가 되어 있었던 것이다.

저들의 하루 종일 끊이지 않고 운용되는 신비롭고도 가공할 수다신공을 받아낼 능력이 현저히 부족하였으므로 남궁천상과 진은 사두번차에서 내려 말을 타고 뒤따랐다.

둘은 어젯밤을 계기로 스스럼없는 사이가 되었다. 거기에는 마초자가 열심히 담가놓은 선장주(仙掌酒)가 큰 역할을 했던 것은 물론이었다.

그런데 남궁천상의 상태가 어딘가 어색하다.

준수했던 그의 얼굴이 엉망이 되어 있었던 것인데, 그것은 양 콧구멍을 가득 박혀 있는 한지가 그의 코를 잔뜩 부풀려 놓았기 때문이다.

"쯧쯧, 사내가 술 몇 잔에 쌍코피씩이나 쏟나?"

남궁천상은 어색하게 웃어 보일 따름이다.

술 몇 잔…….

남궁천상은 술에 취해본 적이 없다. 철들고부터 남궁세가의 소가주로서 견지해야 할 위엄과 품위는 그를 취하고 싶어도 그리하지 못하게 했다. '약자에게는 관용과 아량을, 스스로에게는 가혹하고 엄격하라'란 어머니의 가르침은 이제 그의 습관이 되어 있는 것이다.

선장주 몇 잔에 코피나 쏟아내는 남궁천상이 아니라는 말이다.

남궁천상의 시선은 여전히 요란한 웃음소리가 끊이지 않은 사두번차로 향했다.

그러니까 오늘 아침의 일이었다.

남궁취의 여환(餘患)은 쾌적한 사두번차에서 다스리기로 하고 서둘러 길을 나설 채비를 하고 있는 중이었다.

그런데 여자들이 출발할 때가 다되어서도 코빼기도 비치지 않는 것이었다.

남궁영과 숙연연은 어젯밤 코가 삐뚤어지게 마셨다. 남궁취를 같이 치료하면서 어느 정도 친숙해진 둘은 결국 의자매를 맺기에 이르렀는데 이를 기념하기 위해 아마도 밤새 술을 마셨던 모양이다.

"영아, 기침(起寢)하였느냐?"

대답은 없었다. 역시 아직 잠들어 있을 터였다. 하지만 약속도 있었고 무한까지 해가 지기 전에 당도하려면 당장 서두르지 않으면 안 되었다.

"영아, 서두르지 않으면……."

쿵쾅!

뭔가가 부서지는 굉장한 소리. 놀란 남궁천상은 당장 문을 열어젖히고 쏘아 들어갔다.

남궁천상은 날카로운 눈으로 방 안을 훑었다. 하지만 외부에서의 침입 흔적은 보이지 않았고, 무엇이 그런 거창한 소음을 벌여 놓았는지조차 파악할 수 없었다.

"음?"

침상에는 옷도 갈아입지 않은 채 대자로 퍼질러져 있는 남궁영이 보였다. 그러나 숙연연의 모습은 어디에도 보이지 않았다. 지난밤 같이 잔다며 이 방에 들어왔기에 둘은 함께 잠들어 있어야 함에도 숙연연의 흔적은 찾아볼 수 없었던 것이다.

어찌 된 것인지 남궁영을 깨워 물어보려는 그 찰나.

쑤욱!

침상 옆에서 불쑥 솟아오르는 물체. 숙연연이었다.

뭔가가 부서지는 소리는 잠버릇이 고약한 남궁영이 숙연연을 밀어내는 바람에 침상에서 떨어지는 소리였던 것이다.

숙연연은 머리를 벅벅 긁어대며 한참 동안 두리번대더니 마침내 멍청한 표정으로 광경을 지켜보고 있던 남궁천상을 반쯤 감긴 눈으로 쳐다보았다.

남궁천상은 당황했다. 여인들이 잠들어 있는 방에 들이닥친 셈이니 참으로 낭패한 상황인 것이다.

“소, 소저, 이건 오해입니다.”

숙연연은 남궁천상에게 다가왔다. 남궁천상은 뒤로 주춤주춤 물러나 결국 벽까지 밀리고 말았다.

숙연연은 기어이 남궁천상의 코앞까지 다가섰다.

“제, 제가 해명을 해드리…….”

“쉬이~”

“에?”

“쉬이~”

훌러덩.

뭐라 할 사이도 없이 숙연연은 바지와 속곳을 한 번에 끌어내리고 그대로 쪼그리고 앉았다.

쪼르르르.

숙연연은 남궁천상의 앞에 쪼그리고 앉아 볼일을 보고 만 것이다. 남궁천상은 뜨뜻미지근한 액체가 발끝을 적실 때까지도 뻣뻣하게 굳은 채 벽에 붙어버린 몸과 천장에 박혀 버린 시선을 도무지 움직일 엄두를 내지 못했다.

그저 퍼렇게 죽은 입술을 부들부들 떨어댈 뿐.

“으흐흐흐.”

기묘한 추임새와 함께 강아지처럼 몸을 떨고,

부시럭부시럭.

주섬주섬 바지를 올리고 돌아서 침상으로 향하는가 싶더니,

“갑갑해.”

훌러덩.

숙연연은 상의와 이내 가슴가리개까지 벗어 던져 버리는 것이었다.

남궁천상의 코에서 두 줄기의 선혈이 쏟아져 내리는 순간이었다.

영원히 끝나지 않을 것 같던 모래 언덕이 사라지고, 멀리 산세가 아른거리나 싶더니 어느새 초록 일색이다.

"가까이에 물이 있군."

진의 음성에 번뜩 정신을 차린 남궁천상이다.

"기나긴 장강의 물줄기가 고단한 긴 여정을 한차례 쉬어가는 곳. 바로 동호입니다."

남궁천상의 말이 끝나자마자 멀리 모습을 드러내는 거대한 빛덩이. 햇살을 온전히 받아들여 찬연히 빛나고 있는 대륙의 바다, 동호였다.

겨우내 가뭄으로 물이 많이 빠졌다고는 하지만 동호는 수십만 년을 이어온 장대한 위용을 잃지 않았다.

대자연을 두고 한편으로는 경이를 보내지만 다른 한편으로는 가슴이 무겁다.

'중국, 중국이라……'

가진 것이 많은 나라. 인재와 자원, 방대한 영토.

그리고 두려움.

한 나라의 군인이었던 진의 가슴에 납덩어리를 지워주는 것은 이것이었다.

서구 열강에 만신창이가 되어버리고 오랜 시간 장막 속에 숨어 있던 종이호랑이에 지나지 않지만 강해질 수밖에 없는 나라가 바로 중국이다.

눈부신 경제 성장을 이루었지만 그 성장에는 한계가 있을 수밖에 없는 나라가 또한 진의 조국이었다.

평화는 사랑과 이해에서 비롯된다는 건 누구나 알고 있는 사실이지만, 단언컨대 인류 역사상 단 한 번도 실천된 적이 없다.

평화는 뺏으려는 자와 지키려는 자의 힘의 균형에 의해서만 유지되어온 현실. 힘의 균형이 무너지면 평화도 깨진다.

한진회는 틀렸는가?

틀렸다.

확신하는가?

…….

진은 대답하지 못했다.

인류의 안위와 지구의 평화라는 거창한 명제 따위… 관심없다.

그러나 전 세계 모든 이들이 영어를 할 줄 알아야 하며 그렇지 못하면 미개인으로 취급하는 코쟁이들의 오만함은 부럽다. 조국이 이러한 힘을 가졌더라면… 외국의 군대에 나라의 방위를 맡기는 치욕은 겪지 않았을지도. 못난 조상들이 조금만 더 현명했더라면 오욕뿐인 역사로 열등감에서 빠져 살지는 않았을지도…….

한진회는 온전히 틀렸는가?

모르겠다.

생각하지 말자.

그들은 내 가족의 원혼을 구천에 떠돌게 한 원수이고 적일 뿐이다.

다른 것은 생각하지 말자.

앞으로의 혈로, 옷자락과 살갗과 뼈에 스며들 적의 피단 생각하자.

코끝을 스치고 가는 이 짙은 혈향만을…….

혈향?

끝없이 펼쳐진 동호를 보며 각자의 상념에 빠져 있던 진과 남궁천상의 시선이 허공에서 얽혔다.

착각이 아니었던 게다.

진과 남궁천상의 오감을 자극하는 피 냄새는…….

"이럇!"

"타앗!"

힘껏 말 배를 차대는 진과 남궁천상.

별안간 소란에 남궁영과 숙연연이 사두번차에서 머리를 빠끔히 내밀어 어느새 저만치 앞서 가는 진과 남궁천상을 일별했다.

"왜들 저래?"

호수를 끼고 있는 작은 마을.

수로의 관리를 위해 조정이 엄격한 통제를 두고 있는 가운데 민가는 소규모 군락을 이룰 수밖에 없다. 논에 물을 대려 해도 관의 허가가 있지 않으면 불가하며, 당연히 여기에는 적지 않은 뒷돈이 요구된다. 결국 마을의 주민들은 농사도 지어먹을 수 없는 상황인 것이다.

그럼에도 마을 사람들의 얼굴에는 개기름이 줄줄 흐른다.

중원 각지에서 몰려드는 한량과 시인묵객의 주머니는 이들 마을을 부유하게 만들어주었던 것이다.

언제나 소란스럽고 북적이던 마을.

오늘도 그렇다.

다른 날과 다른 점이라면, 수많은 관광객들이 모두 꿀 먹은 벙어리라도 된 것인지 지독한 침묵만이 흐르고 있다는 것뿐이다.

그럴 수밖에 없다.

그들은 더 이상 말을 할 수 없었기 때문이다.

터벅터벅.

말에서 내려 주위를 둘러보던 남궁천상. 여간해서는 변하지 않던 남궁천상의 안색이 더할 나위 없이 창백하다.

"이, 이것이 대체…….'

직접 목도하고 있음에도 도무지 믿지 못할 것은 있기 마련. 지금의 남궁천상이 그랬다.

시산혈해(屍山血海). 한 폭의 지옥도다.

헤아릴 수 없다. 남녀노소의 구분조차 없다.

살아 있는 것은, 아니, 살아 있었던 것은 모조리 사지육신이 나뒹굴고 있었다.

동호의 옆에 또 하나의 호수가 생겼다.

혈호(血湖).

남궁천상은 등을 크게 베인 채 그의 발치에 쓰러져 있는 예닐곱 살쯤 되어 보이는 소년을 안아 들었다.

다섯 살에 검을 들었고, 그 후 이십오 년 동안 단 한순간도 놓은 기억이 없다. 결코 짧다 할 수 없는 시간 동안 적지 않은 이들이 그의 검 아래 쓰러졌다.

살인(殺人). 하루도 쉬어가지 않은 강호의 격류를 몸소 겪은 지난 세월 동안 이 두 글자는 낯선 단어가 아니다.

가문의 명예를 더럽힌 자, 가문의 이익을 가로막는 자, 가문이 의뢰를 맡아 이유가 합당하다고 여겨진 자.

모두 베었다.

개중에는 억울함을 호소한 자도 있었으며, 죽을 만큼의 죄가 아닌 경우도 간혹 있었다. 그러나 대부분은 악명이 자자한 자들이었으며 장성한 사내들이었다.

그런데 이건 뭔가? 그의 손 안에 안긴 채 눈도 감지 못하고 있는 아이가 대체 무슨 죄를 지어 싸늘한 주검이 되었으며, 저 아낙은 무엇 때문에 갓난아이를 품에 꼭 안은 채 목이 잘려 있는 것인가.

남궁천상의 어깨가 미세하게 떨려갔다. 도저히 유유한 남궁천상의 것이라 생각할 수 없을 만큼 지독한 기세가 대기를 찢어발길 듯 터져 나왔다.

"그렇게 흥분하고 있을 때만은 아닌 것 같군."

남궁천상은 치밀어오는 분노를 갈무리하고 진이 가리킨 방향을 바라보았다. 남궁영과 숙연연이 사두번차에서 내려 호기심 어린 눈으로 다가오고 있었던 것이다.

"오라버니, 무슨 일이야? 재밌은 일 있으면 같이⋯ 이건 무슨 냄새지?"

"물러서!"

남궁천상이 그들 앞을 막아섰으나 남궁영은 끔찍한 지옥도를 두 눈에 담고 말았다.

남궁영은 그 자리에서 힘없이 주저앉아 버렸다. 숙연연이 급히 남궁영을 감싸 안았으나 남궁영의 멍한 두 눈에는 두 줄기의 눈물이 속절없이 흘러내릴 뿐이었다.

남궁천상이 길게 한숨을 내뱉었다.

"숙 소저께서는 제 동생들을 돌봐주시겠습니까?"

여자들은 빠져 있으란 소리다.

분노를 집어삼키느라 남궁천상의 목소리는 잠겨 있었다. 또한 그 음성이 전에 들을 수 없을 만큼 무시무시한 지경이라 숙연연은 감히 거절하지 못했다.

"그, 그럴게요."

그사이 길초삼과 마초자, 그리고 함철원과 묵진민이 당도했다.

그들 역시나 경악한다. 특히나 마초자는 다리가 풀린 듯 털썩 주저앉고 만다.

"그들이 왔어. 그들이… 또 왔어……."

제정신이 아닌 듯 알아들을 수 없는 소리를 중얼거리는 마초자.

"원로에 충격이 크신 듯하오이다. 총사께서는 마 노인을 모셔주시지오."

"알겠습니다."

길초삼이 마초자를 부축했다.

그 모습을 지켜보던 진이 남궁천상에게 말했다.

"생존자가 있나 찾아보지."

무거운 표정으로 고개를 끄덕이는 남궁천상.

그때다.

"안 돼! 놈들이 다 죽일 거야! 놈들이 우릴 모두 죽일 거야! 가면 안 돼! 가면 그 아이가 우릴 죽이고 말 거야!"

마초자는 미친 듯이 소리치며 진의 바짓가랑이를 잡고 늘어졌다.

"총사!"

남궁천상에게서 좀처럼 들을 수 없는 큰 소리에 길초삼이 난망해하며 마초자를 뜯어내 보지만 악착같이 매달릴 따름이다.

그 순간 마초자가 축 늘어졌다. 진이 수혈을 짚은 것이다.

진이 눈빛을 주자 고개를 끄덕이는 남궁천상. 동시에 둘은 신형을 날렸다.

시체, 시체, 시체들……

온통 시체다. 생명의 기운은 어디에서도 느껴지지 않는다.

칼을 패용한 자, 촌부에 지나지 않는 자, 백면서생.

살아생전의 모습은 다양하지만 진은 그들의 모습이 어딘가 이상하다고 생각했다.

진은 생존자를 찾기보다 다시 한 번 시신들의 상태를 확인했다.

상체를 반죽 속에 처박은 만두가게 주인, 여전히 뜨내기손님에게 추파를 던지는 듯 웃는 상으로 목이 반이나 잘려 있는 점소이, 머리는 이미 달아나 버렸음에도 예전에 입이 있을 법한 위치로 찻잔을 기울인 채 굳어 있는 사내.

기습이다.

어둠처럼 소리없이 다가와 창졸지간에 목숨을 취했다. 죽은 자들은 저승에 가서도 왜 자신들이 거기에 있는지조차 알지 못할 정도로 정확하고 빠른 기습이었다.

"기가… 막히는군."

가능한 일인가?

공포는 대중에 의해 배가되기 마련. 최초의 살인이 일어난 시점에서 공포는 빠른 속도로 커진다. 살인은 연이어졌으므로 마침내 이 마을의 모든 사람이 살인을 알게 되었을 땐 아비규환의 장이 되고 말았을 것이다. 이때부터는 공포 자체가 사람을 죽인다. 밟혀서 죽고 치여서 죽는 것이다.

그러나 그런 흔적은 눈을 씻고 봐도 없었다. 백 보 양보해서 꼼짝없이 포위당한 상태였다고 해도 최소한 반항의 흔적이라도 있어야 했다.

역시 그러한 정황은 어디에도 보이지 않았다. 참혹할지언정 하나같이 너무나 곱게 죽어 있었던 것이다.

'섞여 있었던 것인가? 사람들 사이에 섞여 신호만을 기다리고 있었던 것인가?

명확하지 않다. 사체들의 상흔은 모두 같은 병기에 당했다는 것을 말해 준다. 잘렸다기보다는 뜯겨져 나간 것이다. 이런 상흔을 남기는 무기는 중병(重兵)이다. 중병을 패용한 자들이 사람들 사이에 숨어 있었는데도 아무도 의심하지 않았단 말인가? 죽은 자들 중에는 무인이 제법 눈에 뜨이는 데도?

그리고 대체 왜? 이 많은 사람들을 동시에 죽여야 했던 이유는 무엇이란 말인가?

도무지 답을 얻을 수 없는 가운데 남궁천상이 참담한 얼굴로 나타났다. 그도 살아남은 사람을 발견하지 못한 것이었다.

진이 남궁천상을 물끄러미 쳐다보았다.

도대체 왜?

"살인멸구(殺人滅口)!"

진 역시 짐작하고 있는 바다.

그러나 대체 무엇을 감추려고……

"맙소사……."

남궁천상이 안색을 굳히며 포구(浦口)를 향해 몸을 날리자 진도 그를 따라나섰다.

잔잔한 물결에 흔들리는 커다란 유람선과 뒤로 비치는 동호의 절경. 가로 뉘어진 여섯 구의 시체만 없다면 한줄기 시구가 절로 튀어나올 법한 운치있는 포구다.

남궁천상은 신법을 멈추고 여섯 구의 시체를 향해 불안한 걸음을 천천히 옮겨갔다.

그들은 달랐다.

다른 이들은 자신이 이승에 있는지 저승에 있는지조차 모르고 있는 상황이라면, 여섯 구의 시체는 적어도 자신들이 확실히 저승에 있음을 알 터였다. 그들의 손에 아직도 굳게 쥐어진 검이 그것을 말해 주고 있었다.

흑발이 있는 반면 귀밑머리가 하얗게 센 자도 있다. 신장도 제각각이었고, 검을 파지한 손 모양도 모두가 달랐다. 그러나 하나의 공통점이 있었으니 그들이 입고 있는 의복이었다. 여섯 구의 시체는 모두 도가의 예식건(禮式巾)인 구양건(九陽巾)을 두르고 있었고, 초봄이지만 여전히 한 바람을 막기에는 턱없이 부실해 보이는 얇고 검은 장삼을 입고 있었다.

무엇보다 그들 소매에는 한결같은 매화 무늬가 수놓아져 있었다. 단지 매화의 개수만 달랐을 뿐.

남궁천상의 눈동자가 풍랑 속 돛단배처럼 흔들렸다.

"화산… 육검!"

대부분의 도가 계열의 무파가 그러했듯 화산파도 이민족의 지배에 격렬하게 저항했다. 그 결과 화산파도 암암리에, 혹은 공공연하게 탄압을 받아왔으며 세력은 날로 쇠약해져만 갔다.

무엇보다 오백 년을 이어온 화산검파가 돌이킬 수 없는 타격을 입은 계기가 바로 사십여 년 전, 정사대전에서였다.

원 조정의 조작으로 시작된 정사대전. 여기에 철저히, 그리고 제대로 농락당한 문파가 바로 화산파다. 근근이 세력을 유지하게 해줬던

매화검수 대부분을 잃었고, 화산의 미래라고 불렸던 민초빈과 영호성마저 자의 반 타의 반으로 파문시켜야 했던 화산파는 멸문의 위기까지 몰아세워졌다.

이십 년 동안의 봉문. 그리고 마침내 문을 열어젖힌 화산파는 옛 명성을 되찾아줄 여섯 명의 절정고수를 강호무림에 내놓았다.

그들이 다름 아닌 화산육검(華山六劍)이었던 것이다.

연화봉에 갇혀 와신상담 끝에 자신있게 내놓은 화산육검의 성취는 과연 놀라운 것이었다.

그런 화산육검이건만…… 이제는 쓸모없는 고깃덩어리가 되어 쓰러져 있었다.

남궁천상은 특히 젊고 용모가 반듯한 사내에게 허망한 걸음을 천천히 옮겼다.

화산육검 중 다섯째, 펼쳐 낸 검이 눈 속의 매화처럼 고결하고 신비롭다 하여 붙여진 별호, 설중매화검(雪中梅花劍). 남궁천상의 십 년 지우인 홍이량이었다.

고아였던 홍이량과 너무나 다른 환경에서 자랐던 남궁천상. 그만큼 생각하는 세계 또한 달랐던 두 사내는 처음에는 검으로 만났고, 넝마가 되도록 싸운 후에는 한잔 술을 스스럼없이 나눌 친구가 되었다.

호방한 웃음소리가 여전히 선하건만…….

그는 더 이상 웃지 못한다.

남궁천상은 도무지 제어할 수 없을 만큼 떨리는 손으로 홍이량의 부릅뜬 눈을 감겨주려 하였다.

"멈춰!"

진이 급히 남궁천상의 손을 막은 것이다.

진은 침통에서 침을 하나 빼 홍이량의 손등을 살짝 찔렀다. 산사람과 죽은 이는 다른 점이 많지만 특히 죽은 자는 피를 흘리지 않는다. 살을 갈라도 멈춰 버린 심장은 피를 밀어내지 않는 것이다.

그런데 홍이량은 피를 흘리고 있었다. 침으로 슬쩍 찔렀을 뿐이거늘 밝은 선홍빛 피가 뿜어져 나오는 것이었다.

그리고 안개처럼 퍼지는 지독한 피비린내.

남궁천상이 불신이 가득한 음성으로 외쳤다.

"만화독(滿花毒)!"

말 그대로 만 가지의 독화(毒花)에서 추출한 독물을 섞어 만든 극독이 만화독이다. 몸 구석구석을 순식간에 침투해 장기는 물론이고 혈관과 근육, 마침내는 뼈까지 녹여 버리는 독이 만화독이다. 그러므로 저 피는… 피가 아니라 홍이량의 육신 그 자체이며 영혼인 것이다.

남궁천상은 욕지기가 치밀었지만 애써 눌러 담고 벗의 육신이 녹아내리는 과정을 끝까지 눈에 담고 있었다.

두려움을 극복하는 그의 오랜 습관은 이렇듯 두려움을 야기하는 대상을 똑바로 직시하는 것이었다.

진이 얼굴을 잔뜩 찌푸리며 물었다.

"이 정도인가? 이런 독계에 여섯 명이 한꺼번에 당할 정도?"

화산육검의 무위에 대한 경지를 묻는 것. 그렇다. 만화독은 그 지독한 위력만큼이나 다루기가 어렵다. 무색 무취하지도 않으며 화살이나 암기를 통하지 않고는 중독시키기 어려운 것이다.

"아니오. 모두들 결코 내 아래라 할 수 없소."

진의 얼굴이 더욱 심각해졌다.

남궁천상과 직접 기세 싸움을 해본 결과, 그의 무위는 결코 만만한 것이 아니었다.

그만한 무인 여섯이 동일한 원인으로 사망했다. 확인한 결과 외상은 발견할 수 없었으므로 화살이나 암기에 당한 것은 아니다.

이럴 수도 있는가?

중공산에서도 그렇고 여기에서도 그렇고…….

이토록 많은 사람이 죽어나갔는데 도무지 원인을 찾을 수 없다는 것이 말이 되느냐 말이다.

자꾸 불안해져 간다.

그때였다.

"소가주! 이곳에 사람이……."

남궁천상과 진이 누가 먼저랄 것도 없이 동시에 몸을 날렸다. 그곳에는 어느새 정신을 수습한 남궁영과 숙연연, 그리고 길초삼이 한 사내를 안고 금창분을 쏟아 붓고 있었다.

"내 자중하며 기다리라 했거늘."

남궁천상의 엄중한 물음에 숙연연과 길초삼이 핼쑥해진다.

남궁영은 여전히 굳은 표정으로 입술을 배어 물고 있었다. 틀림없이 가까스로 이 비극적인 참상을 견디어내고 있는 모습이었으나 그 음성은 견고하기만 하다.

"그리할 수는 없습니다, 오라버니. 행여 숨이 붙어 있는 사람이 있다면 한 사람의 손이라도 아쉬울 터. 제가 고집을 피워 연이 언니와 총사께서도 나설 수밖에 없었던 것이니 나무라지 마시길. 그것보다 이 사람… 아직 살아 있어요."

어쩔 수 없다는 듯 고개를 절레절레 흔드는 남궁천상이다. 남궁영의 고집이라면 잘 아는 바, 숙연연과 길초삼으로서는 감당할 수 없는 것이었으리라.

진이 사내를 받쳐 들었고 이내 암담한 눈빛을 떠올렸다.

금창분을 잔뜩 뿌려놓았으나 깊게 베어진 목에서는 거품 섞인 피가 뿜어져 나오고 있었다. 성대가 있어야 할 부분에는 커다란 자상뿐이었으니 어찌 된 것인지 물어 답을 듣기도 불가하다. 상처는 깊다. 그리고 치료를 하기에는 너무 늦었다.

그럼에도 사내의 눈은 삶을 갈망하는 기색이 역력했다.

달리 수가 없다. 사내는 화타가 살아 돌아와도 결코 살려내지 못한다. 이제 과다출혈로 인한 충격과 더불어 경직이 시작되면서 죽음의 초입이 시작될 것이다. 꽤나 고통스러운 죽음이 될 것이다.

진이 검을 뽑아 들었다.

놀라는 남궁영.

"무, 무슨 짓이야! 설마……."

"때로는 거짓된 희망이 더욱 큰 고통을 주는 법이다. 지금 내가 할 수 있는 일은 저자의 고통을 끝내주는 것뿐이다. 비켜서라."

"무슨 소릴 하는 거야! 당신, 의술을 배웠다며! 그러면 사람을 살리는 데 최선을 다해야 하는 거 아니야? 그게 의술이고, 활술이 아니냐구!? 못 비켜. 저자를 베려면 나부터 베고 지나가!"

그때다.

피슉!

섬뜩한 소성과 단숨에 뼈가 갈리는 소리가 들여온 것은…….

남궁영이 서서히 고개를 돌렸다.

남궁천상이다.

그의 손에 들린 뇌룡검에 맺힌 한줄기 선혈. 사내는 일검에 목이 달아났다.

“오, 오라버니……”

“돌아가라.”

“오라버니!”

“이런 망할! 사두번차로 돌아가서 기다리란 말이다!”

남궁영의 두 눈이 쏟아질 듯 커지는가 싶더니 이내 자욱한 습기가 차 올랐다. 지금껏 단 한 번도 저리 분노하는 오라버니의 모습을 본 적이 없는 남궁영이었다. 자신에게 천박한 욕설을 실어 노성을 터뜨리는 오라버니의 모습은 더 더욱……

결국 울음을 터뜨리며 저만치 달려가는 남궁영. 숙연연이 성난 눈초리로 남궁천상을 한 번 흘기고는 재빨리 따라나섰다.

진 역시 가슴 한구석이 찜찜하였는데, 그것은 매우 복합적인 요인에 기인한 것이었다.

정신을 놓아버린 듯한 마초자가 했던 말.

중공산에서의 참사.

그리고 이곳 혈호.

도무지 연결점이라곤 찾아볼 수 없음에도 묘하게 전혀 무관하지 않다는 느낌이 강하게 드는 것이다.

특히 이곳.

단 여섯 명을 죽이자고 몇백 명에 가까운 무고한 사람들을 살인멸구한 자들은 어떻게 생각해야 하는가?

만들고자 하면 기회는 얼마든지 있었을 터. 굳이 이목이 이토록 많은 곳에서 화산육검을 죽이고 또한 수많은 무고한 이들을 모두 죽여 입을 막는다?

게다가 애초에 독을 쓸 생각이었다면…….

두근!

뭔가 빠뜨렸다.

"독!?"

만화독은 침골산보다 효능이 좋다고는 할 수 없지만 종국에는 그와 같은 공능을 발휘한다. 숨통을 끊어놓고 피와 내장을 빠르게 부식시키며 반 시진 정도면 시체는 온전히 한 줌 핏물이 되어야 하는 것이다. 화산육검의 시신은 이제야 검게 탈색되어 가는 중이었다.

게다가 수백에 이르는 사람들을 일순간에 격살했던 고수, 혹은 고수들. 그럼에도 조금 전의 사내는 치명상일망정 당장에 숨통을 끊어놓지는 못했다.

'서둘렀다. 무슨 이유로…….'

싸늘하게 식은 진의 안색.

'우리다. 우리 때문에 시간이 없었던 것이다. 흉수는 아직 여기에 있어.'

진은 남궁천상을 향해 유심한 시선을 던졌는데 그 역시 뭔가 알아낸 듯한 얼굴로 진의 시선을 마주한 것이었다.

"총사, 동생들과 숙 소저를 부탁합니다."

"예? 갑자기 무슨……."

"서둘러 주십시오."

길초삼은 어리둥절해하면서도 몸을 날렸다.

요 며칠 동안의 남궁천상이 자신이 알고 있던 남궁천상이 맞는가? 하는 의심이 들기는 했지만 이번만큼은 남궁세가를 책임질 종사의 풍모가 흘러나온 것이기에 의심치 않았다.

진은 어느새 눈을 감고 있다.

그를 중심으로 퍼져 나가는 음양기.

완벽하게 자연과 동화된 기운이 먹물처럼 주위의 사물에 스며들기 시작했다.

팟!

불현듯 뜨여지는 귀안.

그리고 귀안이 주시하는 곳.

포구의 물속이다.

남궁천상도 뇌전이 번뜩이는 안광을 쏟아냈다.

"핫!"

먼저 움직인 쪽은 남궁천상.

뇌룡검이 일으킨 가공할 경기가 수면 위로 작렬한다.

쿠과광!

거대한 물기둥이 솟아오르고 마른하늘에서 굵은 빗줄기가 쏟아져 내릴 무렵.

남궁천상이 일검을 쳐낸 부근에서 다시 두 개의 거대한 물기둥이 솟아올랐다.

이윽고 물기둥이 중력의 법칙대로 제자리를 찾아가고…….

허공에는 두 괴한이 음습하고 암울한 기운을 흘리며 머물러 있었다.

일견하기를 구 척이 넘어 보이는 거한과 하얀 가면을 뒤집어쓴 자.

"크크크. 들킨 건가?"

거한, 입으로만 웃는다. 그 역시 지금의 상황이 의외인 듯.

남궁천상의 안색이 일변했다.

두 괴한이 솟아오른 그곳, 수면에서 일 장 높이의 허공에 둥실 떠 있는 것이었다.

좋지 않다.

"키키키. 다 죽여. 죽여 버려. 키키키."

흡사 갓 옹알이를 뗀 아기와 같은 음성. 더욱 기분이 나쁜 것은 아이의 목소리는 원숭이 같은 거한에게서 흘러나온 것이었지만 그의 입은 전혀 움직이지 않고 있다는 것이다.

그때 거한의 등 뒤에서 뭔가가 불쑥 솟아 나왔다. 그것이 바로 목소리의 주인공이었던 모양. 다람쥐처럼 거한의 몸 이곳저곳을 누비는 인영은 목소리처럼 몸집도 아이처럼 작았다.

하나같이 기괴한 모습이었지만 진의 시선은 거한과 난쟁이에 가 있지 않았다. 일견 백면구와 몸집이 여인처럼 가녀리다는 것 외에는 특이할 것 없는 자만을 주시하고 있었던 것이다.

유별난 기도를 지녔는가?

아니다.

매우 암울하고 칙칙한 기운을 풍기기는 하지만 거한보다 위험하다는 느낌은 들지 않는다.

다시 한 번 유심히 살펴보지만 자꾸 백면구인이 눈에 밟히는 이유를 알아내지는 못했다.

"그냥 지나쳤다면 잠시나마 더 살 수 있었을 것을. 괜한 짓을 했군."

거한의 가라앉은 음성.

그러나 자신감이라고 볼 수는 없다.

놈은 긴장했다.

눈앞의 두 사내가 결코 만만한 자들이 아니라는 것을 알아챈 것이다. 그때까지도 백면구인에게 시선을 떼지 않고 있던 진은 백면구인이 자꾸 시선을 피한다는 느낌을 받았다.

상관없다.

이런 짓을 한 녀석들이라면 더 이상 살려놓을 이유가 없다.

잡념을 털어내듯 피씩 웃어버리는 진.

"줄타기 놀이는 저승 가거들랑 친구들이랑 심심할 적에나 해라. 재롱은 귀엽다만 올려다보고 있자니 목 아프다."

거한의 안색이 더욱 굳어졌다.

남궁천상은 진이 무슨 말을 하는 것인가 싶었으나 곧 그 이유를 알 수 있었다.

괴한들의 발밑. 언뜻 스쳐 가는 햇살이 순간적으로 여운은 남겼다. 그것은 자연스러운 것이 아니었는데 남궁천상은 그제야 그들이 허공이 아니라 거미줄처럼 얽힌 투명한 잠사를 밟고 서 있다는 것을 알 수 있었던 것이다.

"아주 죽여달라고 염불을 외는구나."

폭사되는 음침한 기운.

거한의 신형이 허공에서 일순 사라지는가 싶더니 그 순간!

쇄애액!

공기를 찢는 굉장한 파공음.

동시에 거대한 방원 두 개가 양 방향에서 남궁천상에게 쇄도해 오는 것이었다.

피하지 않는다.

맞부딪치는 남궁천상.

콰쾅!

두 거력은 폭발과 함께 사라졌다.

남궁천상의 신색은 편안하다.

그러나 내심은 겉모양과는 달랐다. 내상은 피했지만 적잖은 충격을 받은 것이다.

'빌어먹을……'

턱. 턱.

거한이 남궁천상과 충돌하며 다시 자신에게 돌아온 병기를 양손으로 가볍게 잡아챘다. 거대한 쌍극도(雙極刀) 두 자루.

"천풍뇌검법(天風雷劍法)! 너는 남궁가의 애송이로구나."

이죽거리는 거한.

쌍극도를 알아본 남궁천상의 눈에서도 불똥이 튀었다.

"바로 네놈이구나. 무고한 사람들을 이유없이 죽인 천하의 개잡놈이……!"

남궁천상은 분기를 채 쏟아내지 못했다.

그의 사방을 엄습하는 날카로운 예기들 때문이다.

그 틈에 거한이 두 개의 쌍극도를 다시 던져 내고.

"나는 왕따냐?"

진이 비로소 몸을 날린 것은 그때였다.

분천십이단검. 하나에서 비롯되어 열두 개로 분한 검기 무더기가 백면구인에게 쏟아지자 그는 몸을 피하기 급급하다.

정체 모를 예기가 거두어지자 남궁천상은 거한의 쌍극도에만 집중할 수 있었다.

'이번엔 깬다!'

또다시 정면 승부다.

“합!”

우르릉!

일단세.

공간이 갈리고, 방원을 그리고 날아들던 쌍극도가 갈린다.

투두두둑!

조각난 쌍극도는 산산조각이 나서 흩뿌려졌다.

착지한 남궁천상.

“너는 홍이랑을 아느냐?”

쌍극도 하나를 잃었음에도 괴한이 미소를 띠운다. 마른 나무껍질 같은 안면의 근육들이 요동을 치더니 기괴한 형상을 그리며 재차 자리잡은 것에 불과하였으나 필경 그것은 비웃음이었다.

“그런 놈을 내가 알아야 하는가?”

거한은 짐짓 딴청을 피웠으나 그것은 비아냥거림일 따름이었다. 이에 남궁천상의 음성은 더욱 가라앉아 오히려 음산하게 들려왔다.

“나는 그의 벗이자 의형제다. 너는 그것을 알았느냐?”

“젓국물 흐르는 애송이들이 친구인지 형제 나부랭인지 내가 알게 무어냐?”

파바밧!

남궁천상의 뇌룡검에서 뇌전이 번뜩이기 시작했다.

“바라건대 최선을 다해주기 바란다. 단지 무서워서 독 따위로 제 뒤통수를 친 것이 아니라는 믿음을 주지 못하면 내 벗은 원통하여 편히 잠들지 못할 것이다.”

마침내 환상에 불과하던 뇌전이 그의 쌍수검에 타전되어 현실화되어 있었다.

섬전십삼검뢰(閃電十三劍雷)가 팔성 이상의 성취를 보였을 때 천뢰
제왕신공(天雷帝王神功)과 어울려 드러나는 의념의 강림이다.

그리고 마침내 예의 부드럽고 온화한 남궁천상은 그 어디에도 없었
다.

"어, 어떻게 하죠?"

멀리서 숨어 지켜보던 묵진민이 역시나 바짝 숨죽이고 있는 함철원
에게 물었다.

"뭘?"

"도와줘야 하는 거 아닌가요?"

"뭘 도와줘, 인마! 저게 우리가 낄 싸움이냐?"

"하, 하지만……."

"하지만은 무슨 놈의 하지만이냐. 저기서 개죽음당하면 누가 울어
주기라도 한다더냐? 가늘고 길게 살자. 그게 장땡이야. 그건 그렇고,
저놈들… 저 괴상한 모습 말이야… 어디서 많이 들어본 놈들인 것 같
은데……."

"글쎄요. 저는 잘……."

"맞다! 거대한 원숭이와 꼬마 색마! 마혼이살(魔魂二殺)이 틀림없어.
녀석들이 언제 다시 세 명이 됐지? 게다가 십 년 전에 이미 죽었다고들
하지 않았었나?"

"이름처럼 살벌하게 생긴 놈들이네요."

묵진민과 함철원이 쑥덕거리고 있을 때,

툭툭.

단단한 뭔가가 그들의 머리를 번갈아가며 쥐어박았다.

“뭐야 이건. 헉!”

함철원은 기겁했다. 머리를 친 것은 한 자루 청강장검이었던 것이다.

“거기서들 뭐 해요! 지금 상황이 급박하게 된 것 안 보여요?”

고운 아미를 잔뜩 치켜올리는 남궁영과 역시 한심하다는 눈빛을 흘리고 있는 숙연연이었다.

함철원은 어색하게 웃었다.

“허허허, 뭐… 잘 싸으고 있는뎁쇼.”

“뭐예욧!? 언니, 정말 이 괴상한 아저씨들이 언니 호위가 맞아?”

숙연연 역시 어색하게 웃는다.

“아, 아마 그럴걸?”

“이딴 허섭스레기들 잘라 버려. 호위는커녕 언니가 보호해 줘야겠다. 내가 본 가에 돌아가면 제대로 된 호위들 붙여줄 테니 당장 잘라 버려!”

“허, 허섭스레…….”

함철원이 충격에서 헤어 나오기도 전에 남궁영은 전장으로 몸을 날렸고, 숙연연도 함철원과 묵진민에게 다시 한 번 어색하게 웃어 보이더니 검을 들고 남궁영을 따라나섰다.

“이… 씨이…….”

묵진민이다.

자존심에 극심한 상처를 받은 모양. 그도 함철원에게 ‘거 봐. 내가 뭐랬어’ 라는 눈빛을 한차례 흘리더니 칼을 뽑아 들고 전장으로 달음질했다.

“근데 저 자식까지! 요즘 왜 저렇게 반항이 심해. 너 거기 안 서!”

함철원도 결국 그들의 뒤를 따라야 했다.

팽팽한 대치.

거한과 남궁천상은 좀처럼 승부가 나지 않았다.

남궁천상은 정면 승부를 고집하고, 거한은 쌍극도를 던져 내고 혹은 손잡이 부분을 분리해 찔러오는 등의 변칙 공격을 해온 탓도 있지만 기회를 잡을 때면 번번이 거한의 신체에서 불쑥 솟아나 날카로운 조를 휘두르는 꼬마 때문이기도 했다.

그리고 진과 백면구인의 상황은 더욱 이상한 방향으로 흘러가고 있었다.

백면구인은 그저 허공에 손을 휘휘 젓는 이상한 동작만 일관하고, 진은 그 허무한 손짓을 피하기만 급급할 뿐 좀처럼 반격을 하지 않는 것이었다.

가만 보고 있자면 백면구인이 안 보이는 실을 이용해 진을 조종하고 진은 그 장단에 맞춰 춤을 추는 목각 인형 같아서 한 편의 인형극을 보고 있는 듯했던 것이다.

거기에는 나름의 이유가 있었다.

슈슈슉.

보여서 피하는 것이 아니다.

눈으로 봤을 땐 이미 늦는다.

백면구인이 손을 휘저으면 날카로운 예기와 지독한 독향이 풍겨오는 것이고 그 방향은 예측할 수가 없다. 필경 만화독임에 슬쩍 스치기만 해도 중독될 것이었다.

그저 공기를 가르는 미세한 파공음으로 가늠하여 피해낼 뿐이다.

독에 비한다면 백면구인의 무위는 높지 않다. 존재감이 빈약했던 것은 무공이 높은 경지에 이르러서가 아니라 미치지 못해서다.

진이 마음만 먹으면 일검에 명을 취할 수 있을 지경인 것이다.

그러나 그럴 수 없었다.

시간이 갈수록 확연해진다.

백면구인의 보폭, 체형, 손을 휘젓는 모양새까지… 분명히 낯설지가 않다.

그러나 누구인지 도무지 기억이 떠오르지 않았다. 저리드 악랄한 독공을 익혔을 법한 사람이 없기 때문에 연상이 되질 않는 것이었다.

슈슈슉!

"환장하겠네."

남궁영과 숙연연이 일갈을 내지르며 뛰어든 것은 이때 즈음이다.

"물러서!"

남궁천상이 다급히 외쳐 보지만 자신의 바람대로 상황이 흘러가리라는 생각은 애초에 하지도 않았다.

남궁영은 결코 물러서는 법이 없는 여걸인 것이다.

"키키키키킥."

신경을 긁는 괴이한 소성과 함께 작은 인영이 남궁영을 향해 날아들었다.

채재쟁!

남궁영이 쳐내고,

쉬익!

숙연연이 일검을 찔러 넣는다.

단순하지만 날카로운 연수 합격. 난쟁이, 등이룡은 크게 놀라 몸을 빼냈으나 앞섶에 한줄기 검상을 남긴 후였다.

"우 씨이… 이거 형아가 사준 새 옷인데……."

등이룡은 목소리뿐만 아니라 얼굴까지도 두 볼이 통통하고 붉게 상기된 상태라 갓난아이와 같았는데, 가만히 보고 있자면 한 번 깨물어주고 싶을 정도로 귀여운 것이었다.

"정신 차려!"

남궁천상의 외마디 경호성.

등이룡의 용모에 좀처럼 적대감이 생기지 않아 잠시 멍하게 있던 남궁영과 숙연연은 화들짝 놀랐다.

쇄애액!

어느새 한줄기 솟성을 흘리며 등이룡의 조가 날아들고 있는 것이었다. 그것은 지독히 쾌속했으며, 퇴로마저 염두에 둔 것이었으므로 남궁영과 숙연연은 순간적으로 혼란에 빠지고 말았다.

탕!

슈슈숙!

등이룡의 조를 또다시 쳐낸 새하얀 백선.

"허섭스레기라고?"

묵진민이다.

"이렇게 멋진 허섭스레기 봤냐, 꼬맹아!"

함철원도 재차 일도를 쳐내며 손을 보탰다.

다시 물러나는 등이룡. 그의 얼굴은 더욱 붉어졌고 동시에 험악하게 일그러졌다. 그 모습은 화난 아기와 같은 얼굴이라서 비로소 진정으로 괴이하고 섬뜩한 분위기를 풍겼다.

"이런 잡것들이 쌍쌍으로 덤벼? 오냐, 네 연놈들을 갈가리 찢어주마!"

목소리마저 변했다. 예의 귀엽고 옹알대는 아기의 목소리에서 묵직하고 잔뜩 부풀어 있는 사내의 것으로…….

등이룡에게는 남궁영과 숙연연, 함철원, 묵진민이 차륜전 비스무리한 연수 합격으로 몰아붙이고 있었으므로 거한, 등자룡은 온전히 남궁천상의 몫이었다. 비로소 힘의 균형이 무너진 것이다.

등자룡은 자체로 기병인 쌍극도와 괴이한 투로를 연신 펼쳐 보였으나 남궁천상은 그저 쳐내고, 잘라 버릴 뿐이다. 다소 무식하게 보이기는 하지만 이것이 바로 섬전십삼검뢰의 묘용이었으며, 등자룡은 저돌적인 검공에 일방적으로 몰리기 시작했다.

백면구인은 동료들의 위태한 모습에 더욱 손이 어지러워졌다.

"헉헉헉……."

가면 밖으로 거칠게 뱉어지는 뿌연 김. 백면구인은 파탄에 이르고만 것이다.

반면 평온한 신색의 진.

"왜지?"

의외다. 처음으로 입을 연 백면구인의 음성은 맑다.

다시 허공을 향해 내젓는 손짓.

파탄에 이른 내력은 더 이상 위력을 보여주지 못한다. 그렇기에 확연히 보인다.

소매에서 흘러나온 실타래. 해파리의 다리처럼 흐느적거리는 잠사다발이다. 짙은 독향은 그곳에서 흘러나왔다. 끝에 일정량을 묻힌 것이 아닌 그 자체로 독물에 담가서 제조한 모양. 그러므로 여전히 위험했으나 진에게는 허망한 손짓에 불과할 따름이다.

쉬익!

단 한 번의 검 놀림.

가볍게 일으킨 검풍만으로 독잠사 한 무더기가 잘려 나갔다.

"왜 싸우려 하지 않느냔 말이다!"

무작정 달려드는 백면구인. 보법도 투로도 없다. 마치 죽음만을 기다리는 사람처럼.

쉭!

한차례 날카로운 검기가 뻗어나가는가 싶더니 백면구인의 허리가 풀썩 꺾이고 만다.

천천히 다가서는 진. 그 어느 때보다도 그의 얼굴은 무겁다.

"저는 아직 기억합니다."

쓰러져 있는 백면구인의 가면을 진이 가만히 잡았다.

손을 들어 제지하려는 백면구인. 그러나 그의 손에는 힘이 없다.

마침내 벗겨지는 백면구.

하얀 피부에 비치는 푸른 핏줄이 불거져 있고 검게 변한 입술은 말라비틀어져 있으며 탁한 눈동자는… 아아… 독에 찌들어 허옇게 탈색된 그녀의 눈에서는 끊임없는 눈물이 흘러내리고 있었다.

귀광은 사라지고 잠잠해진 귀안에서는 주루룩.

한줄기 눈물이 흐르는가 싶더니 드러난 백면구인의 맨 얼굴에 떨어졌다.

"울지 마… 진아."

"저는… 저는 아직 기억합니다. 제 목숨이 필요하면 언제든지 드릴 것이라고······.”

그녀는 하화였다.

착하디착한, 위험을 무릅쓰고 진을 구해주었던, 진심으로 진을 걱정하고 위로해 주었던 천하제일루의 하화였다.

“누굽니까?”

하화는 그저 미소만 지어 보일 뿐.

“누이를 이리 만들어놓은 녀석이 누구냔 말입니다!”

진은 울부짖었다.

또다. 또 자신과 얽힌 인연이… 처참히 짓밟혔다.

울지 않을 수 없었다. 그것은 자신의 운명에 대한 저주였다.

번쩍!

귀광을 토하는 귀안.

“이덕패! 그자는 누굽니까?”

그땐 묻지 못했다. 이덕패를 언급할 때마다 흔들리던 하화의 눈동자를 보면서도 차마 그와 무슨 관련이 있냐고 묻지 못했다.

이덕패가 언급되자 하화의 탁한 눈동자는 어김없이 흔들렸다.

틀림없다. 그자와 관련이 있다.

“진아······.”

하화는 죽어가고 있었다. 진이 그녀에게 휘두른 일검은 단지 밀쳐낸 것이었으므로 이전부터 이미 그녀는 죽어가고 있는 중이었다.

“약속해 줘······.”

“······.”

“약속해 줘.”

“불가. 놈은 죽어야 합니다.”

가만히 고개를 가로젓는 하화. 그 얘기가 아니라는 의미다.

"맞서지 마. 그래선 안 돼. 그들은 강해. 미래를 읽는 자들. 그들은 그 무엇보다 강해. 그들은 너를 알고 있어. 너의 모든 것을… 그들과 맞서면 반드시 죽어. 약속해 줘, 그들과 맞서지 않는다고……."

급격히 흔들리는 귀안. 심장도 쿵쾅거린다.

"뭐라고 했습니까?"

"맞서지 마. 약속해 줘. 살아남겠다고……."

하화의 탁한 눈동자가 그나마 초점을 잃었다.

"누이, 그들이 누구라고 했습니까?"

"모든 걸 알고 있어. 그들은… 신이야. 아무도… 누구도 믿어선 안 돼……."

횡설수설. 하화의 이지(理智)는 급격히 흐트러지고 있었다.

"누이!"

하화의 고개가 조용히 젖혀졌다.

"누이! 그들이 누구라고 했습니까!? 답을 들어야 합니다. 답을 들어야 한단 말입니다!"

그러나 하화는 어떤 말도 해줄 수 없었다. 더 이상 하화에게서 생명의 기운은 느껴지지 않았다.

진은 하화를 흔들며 재차 다그쳤지만 진의 머리 속은 이미 결론을 향해 치닫고 있었다.

진을 알고 있다. 그가 누구인지, 어디서 온 것인지, 무슨 이유로 온 것인지 모두 알고 있다.

미래를 읽는다. 그래서 신으로 군림한다.

주마등처럼 스쳐 가는 영상들.

곽명부, 곽가장, 세 괴한, 그들이 들고 온 수상한 독. 화약에 당한 시체들, 미지의 비산 폭탄.

하화가 왔다.

중공산에 저들과 함께.

진의 시선이 마혼이살을 향해 돌려졌다.

남궁천상의 뇌룡검은 이미 등자룡의 왼팔을 취하고 마지막을 향해 떨어져 내리는 시점.

"멈춰!"

놀란 남궁천상이 다급히 검을 비틀었으나 엄밀한 투로는 완전히 망가지지 않았다.

뇌룡검은 등자룡의 어깨를 깊숙이 파고들어 멈춰졌다.

서서히 무너지는 등자룡을 향해 다급히 뛰어들어 받쳐 드는 진.

등자룡의 눈이 급격히 흐려지고 있었다.

"말하라! 너는 중공산에 왔었느냐?"

죽음을 목전에 두고도 등자룡은 희미하게 웃는다.

"역시… 너를 죽여야 했다……."

이자 역시 진을 알고 있다. 그러나 그에게서 더 이상의 같은 들을 수 없었다. 등자룡의 고개가 힘없이 꺾여 버린 것이었다.

모두들 이해할 수 없는 진의 행동에 어리둥절해 있을 때 진은 다시 등이룡에게 몸을 날렸다.

그 역시 함철원의 일도에 한 팔이 반이나 잘려 덜렁거렸으나 목숨은 아직 온전했다.

진은 함철원들을 밀쳐 내고 재빨리 그의 혈을 짚어 내렸다.

"대체 왜 그러는 것이오?"

진은 답하지 않았다. 그럴 정신이 없다 해야 옳다.

등이룡은 하화와 등자룡과는 달랐다. 그의 눈은 공포에 젖어 있는 것이었다. 이런 자는 쉽게 무너진다.

"내가 원하는 답을 주면 너는 산다."

오직 고개만 움직일 수 있는 등이룡은 두려운 눈으로 진과 자신을 둘러싼 일행을 두리번거렸다. 진은 일전의 경험으로 등자룡의 아혈까지 점해 버린 것이다.

"내 말이 맞으면 고개를 끄덕여라."

등이룡은 가만히 고개를 주억거렸다.

"너희는 중공산에 왔다. 맞느냐?"

끄덕.

"너희는 중공산에 비산폭탄을 가져왔다. 맞느냐?"

끄덕.

"그것을 너희에게 준 자가 누구냐?"

주저한다.

"한진회. 그들이냐?"

공포 위로 또 한 겹의 공포가 덧씌워졌다. 대답보다 확실한 답이다.

"사부들은… 그리고 연화는 어디에 있느냐?"

급격히 고개를 가로젓는 등이룡. 그도 모르는 것이다.

"한진회의 근거지는……!"

쇄애액!

픽!

진의 얼굴로 핏물이 튀겼다.

등이룡은 경악을 담고 자신이 할 수 있는 유일한 동작으로 배 밑을 일별했다.

　슬며시 모습을 드러내는 혈선(血腺). 차츰 커지는가 싶더니 이내 쩍 벌어지며 분수처럼 피를 뿜어댄다.

　등이룡의 상체는 마침내 그의 하체로부터 완벽하게 분리되어 떨어져 내렸다.

　멍한 시선으로 뒤돌아보는 진.

　남궁천상이 등자룡의 가슴에 뇌룡검을 박아 넣고 있었다.

　등자룡이 자신의 동생을 죽인 것이다. 입을 막기 위해 혈육을 자신의 쌍극도로 갈라 버린 것이었다.

　털썩.

　진은 정신이 나가 버린 사람처럼 멍하다.

　그러나 아무도 그에게 말을 걸거나 하지는 않았다.

　지금은 내버려 두는 것이 오히려 도와주는 것임을 모르는 멍청한 이는 없었던 것이다.

제5장

피는 흘러 흘러 무당에 이르노니!

벌떡 일어서는 진.

치열한 피의 공방전이 끝나고 대략 한 시진이 흐른 뒤였다.

혈전이었다.

남궁천상은 가슴을 크게 베여 뼈가 드러날 지경이었고, 다른 이들도 크고 작은 자상을 여러 군데 입었다.

그러나 의원인 마초자는 아직까지 정신이 오락가락한 상태였고, 또 다른 의원인 길초삼은 마초자를 돌보며 사두번차에 남아 있어야 하는 형편.

그리고 가장 뛰어난 의원의 자질을 갖추고 있으면서도 자신은 전혀 의원일 생각이 없는 진은 넋을 놓고 있었으니 남은 이들은 각자 상처에 금창분을 바르는 것으로 치료를 하고 있을 뿐이었다.

"아얏! 살살 하지 못해! 너 일부러 이러는 거지?"

"가만히 있어봐. 이러다 흉터 남겠다."

숙연연과 묵진민.

"어머! 어딜 만지는 거야!"

"만지긴 어딜 만졌다그 그러시오? 어디 만질 만한 게 있는 것도 아니고……."

"뭐예욧! 만질 게 왜 없어요?! 이렇게나 풍만한데."

남궁영과 함철원이었다.

깊은 상념에서 빠져나와 정신을 차린 진이 처음 본 광경은 이와 같은 난장판이었다.

진은 가장 큰 상처를 입은 남궁천상에게 다가갔다.

"꿰매야겠군."

"……."

남궁천상은 크게 벌어진 가슴의 상처에서 극심한 통증이 전해질 것인데도 담담한 표정이었다.

"무슨 일인지… 듣고자 하오."

"빨리 꿰매지 않으면 살이 붙지 않아."

동문서답.

"나는 꼭 들어야겠소."

너무도 단호했기에 비로소 진이 남궁천상을 마주 본다.

그러기를 한참 후,

"개인적인 일이다."

남궁천상의 얼굴이 일그러졌다.

만나기로 했던 오랜 벗이 한 줌 핏물이 되었고, 남은 화산육검 모드가 죽었으며 그들 근처에 있었다는 이유로 죄없는 수많은 사람들이 즌었다.

개인적인 일이라고 넘겨 버리기엔 일이 너무 커져 있는 것이다.

"이것 보시오, 현 대협!"

제법 기합까지 들어가 있는 일갈. 무력을 써서라도 반드시 들어야겠다는 의지다.

그러나 진은 바늘에 실을 꿸 정도로 차분한 반응을 보였다.

"확실한 것은 아무것도 없다. 단지 내 개인적인 원한이 있는 자들이 이 일을 벌였고, 그들이 지금의 나로서는 감당할 수 없을 정도로 꽤 강하다는 정도. 그게 내가 아는 전부다. 못 믿겠다고 해도 어쩔 수 없는 것이고……."

남궁천상은 여전한 기세로 진을 노려봤다.

거짓이다. 그가 넋을 빼놓은 채 한 시진 동안 생각해 낸 것들은 겨우 저 몇 문장일 리가 없는 일이다.

그러나 남궁천상이 단호한 만큼 진의 입도 고집스럽게 다물어졌다. 그는 더 이상 말하지 않을 것이다.

남궁천상은 결국 나직한 한숨을 내쉬고 말았다.

"화산은… 이제 재기가 어렵겠군."

장문인과 원로들은 늙었고, 후대를 이을 젊은 고수들은 죽었다. 따로 숨겨놓은 젊은 후기지수가 없다면 오검맹의 일익(一翼), 화산검파는 역사의 뒤안길로 사라지고 말 것이다.

여기까지가 화산육검의 비보를 전해 들은 강호무림인이 생각할 수 있는 한계다.

그러나 진의 생각은 달랐다.

화산은 망하지 않는다.

왜냐고 침 튀기지 마라.

나도 모르니까.

그냥 느낌이 그렇다.

이 모든 것이 한 편의 연극을 보는 듯한 느낌이 드니까…….

그러니까 누구나 예측할 수 있는 그런 방향으로 흘러가지는 않을 것 같은 느낌이 들 뿐이다.

꿰맬 사람은 꿰매고, 동여매도 될 사람은 동여맸으며, 흐느적거리는 거죽밖에 남은 것이 없지만 화산육검의 시신도 수습했다.

남궁천상은 화산육검과 합류해 개봉으로 향하려 했고, 화산육검과 합류하지 못한 지금도 그 계획은 달라지지 않을 것이므로 갈 길이 정해졌다.

그러나 진은 목적지가 명확하지 않았다.

영호성을 찾아가 정보를 얻으려 했으나 마혼이살과 하화를 통해 여러 단초들을 얻은 셈이니 애초에 그를 찾아가려던 목적이 희석된 것이다.

남궁천상은 무림맹 총단이 있는 개봉으로 동행하자고 했지만 썩 내키지는 않았다. 단초를 찾은 지금 한진회가 움직이기 전에 좀 더 정보를 얻어야 하고, 개봉행이 그것에 도움이 될 것인가 하는 의문 때문이었다.

그러나 이내 진의 선택은 그의 운명이 결정했다.

"니미럴……."

개봉행을 두고 가타부타 말이 없던 진이 불현듯 욕설을 뱉었으므로 중인들의 눈이 잔뜩 커질 무렵.

“허허, 오늘은 피를 많이 봐야 하는 날인가 보오.”

남궁천상도 뜻 모를 소리를 한다.

그때서야 다른 이들도 들을 수 있었다.

어지러운 말발굽 소리.

동시에 멀리 둔덕을 넘어오며 빠르게 가까워지는 세 필의 기마.

“사악한 무리로고! 네놈들은 간이 배 밖으로 나왔나 보구나!”

다짜고짜 시비조는 그야말로 지축이 뒤흔들리는 웅엄하기 짝이 없는 사자후다.

또한 상대의 수준을 여실히 보여주는 대목.

“이 동네는 고수를 찍어내는 기계라도 있나 보군.”

진이 기가 막힌 듯 투덜거렸다.

피식 웃는 남궁천상.

“그러게 말이외다. 우물 안 개구리라더니, 오늘 그 말이 무슨 뜻인지 확실히 가르쳐 주려나 보오.”

그의 옆으로 남궁영과 길초삼이 나란히 서 검을 뽑아 들었으며 함철원과 묵진민은 나서려는 숙연연의 소매를 끌어당기며 어중간한 자세로 슬그머니 뒤로 빠져 섰다.

이번에도 돌격대장처럼 앞서는 남궁천상. 이내 굳은 음성으로 말했다.

“함 대협.”

함철원은 잠시 함 대협이란 자도 우리 중에 있었나 하는 의문을 가졌다가 곧 그것이 자신을 지칭한 것이라는 것을 알고 깜짝 놀라야 했다.

“함 대협께서는 숙 소저와 내 동생들을 데리고 길 총사에게 가시오.

그리고 곧장 본 가로 가주시길 바라오."

도망을 치라는 게다. 함철원은 생각과는 달리 날름 대답하지 못했다.

"오라버니!"

쌍심지를 치켜 올리는 남궁영 때문이었다.

"우리 모두가 여기에 묻힌다면 누가 이번 일에 대해 본 가에 알리겠느냐? 군소리 말고 내 말대로 해라."

고개를 팽글 돌려 버리는 남궁영이다. 듣고 있을 일고의 가치도 없다는 투다.

"천하제일 남궁가는 하늘이 무너지고 천지가 개벽하여도 결코 적 앞에서 등을 보이지 않는다!"

누구에게 하는 말이 아닌 스스로의 다짐과도 같은 일갈을 내뱉으며 남궁영은 검을 고추 잡을 뿐이었다.

저 정도로 마음먹었다면 더는 더 말해 봐야 피곤해질 따름이다. 아버지인 남궁무연의 황소고집을 그대로 빼다 박아놓은 그녀의 고집이라면 남궁천상은 도무지 꺾을 자신이 없었다.

넨장맞을 계집애 같으니라고…….

이때 바람처럼 쏘아져 가는 하나의 인영.

음성은 그 다음이었다.

"말들 참 많네. 싸움은 주둥이로 하는 게 아니야."

어느새 선두에 선 기마를 향해 진의 신형이 솟구치고 있었다.

그의 도호(道號) 청운(靑雲).

남들은 청운 진인이라고도 부르니 이것도 썩 듣기 싫지는 않다.

조사이신 삼봉 진인이 무당을 개파한 지가 올해로 어언 칠십 년. 천 년 소림과 오백 년 화산에 비할 수야 있으랴마는, 무당은 나름대로 강호무림과 민초들 사이에 강렬한 인상을 심어준 데 있어 이들 문파 못지않았다.

무당산에 자리잡은 수백 도문의 하나에 지나지 않으나, 문도는 오십이 채 되지 않으나, 무당파는 무당도문에서도 단연 군계일학. 단언컨대 무당파의 이름이 곧 무당산을 대표할 것이고, 언젠가는 소림의 그것에 필적할 것이며, 따라서 그들과 함께 태산북두(泰山北斗)의 위치에 오르고 말 것이었다.

차기 장문인 직은 따놓은 당상. 구휼에 힘쓰고, 악인들을 몰아내니 이곳 호광에서도 북쪽의 민심은 무당파에 완전히 기울어져 있었다. 그야말로 더는 바랄 것이 없는 지경인 것이다.

그러나 그는 요 며칠 심기가 매우 불편해지고 말았다.

그것은 통성(通城)에 정착한 속가제자로부터 날아든 한 마리의 전서구 때문이었다.

급(急). 종남십팔수(終南十八手) 외 열세 명 통성부 관도상에서 사체로 발견. 종남십팔수 독살 추정. 그 외 자상 및 출혈로 사망. 흉수 색출 실패. 목격자 무(無).

종남파의 대표적인 후기지수인 종남십팔수가 무어 할 일이 없어 통성에 나타났는가? 죽으려면 제 앞마당에서나 죽을 것이지 왜 하필이면 통성인가? 열여덟 명이나 되거늘 모두 한꺼번에 독계를 당했단 말인가? 그 외 열세 명이라는 작자들은 또 누구인가?

의문은 꼬리에 꼬리를 물었지만 무당산에만 들어앉아 있어서는 어느 것 하나 해결될 문제들이 없었다.

따라서 청운은 무당에도 정보를 총괄하는 별궁을 창설해야 할 필요성을 느꼈으며, 그 일은 자신이 장문인으로 오르는 그날 부로 실행하겠다는 다짐도 했다.

그러나 지금 당장 정보를 수집하기 위해서는 자신이 직접 움직이는 수밖에 없었다.

이대제자 중 똘똘하고 몸이 날랜 둘을 데리고 악양루의 일을 조사하러 갔지만 청운이 본 것이라곤 흐물흐물 녹아내린 시체 열여덟 구와 남녀노소를 가리지 않은 시체 한 무더기, 그리고 시체에서 득실대는 구더기들뿐이었다.

전서의 내용대로 사건은 전혀 단서가 없었으며 미궁에 빠지고 만 것이었다.

허탈하고 무거운 걸음으로 무당산으로 돌아오는 와중.

청운은 문득 간담이 서늘해졌다.

그리고 그 느낌은 낯설지 않은 것이었는데 지독한 시기(屍氣)와 대기에 가득한 피비린내 때문이라는 것을 아는 데까지는 그리 오랜 시간이 필요치 않았다.

통성에서와 같았다.

아니, 더욱 가슴이 답답했으며 더욱 불길했다.

다가갈수록 확연해지는 믿을 수 없는 현실과 함께 치솟은 분노.

통성 혈겁? 이곳 동호에서의 살육의 장에 비한다면 통성에서의 일은 사건 축에도 끼지 못하는 일이다.

인육(人肉)의 전시장이 이와 같을까?

분노가 하늘에 이른 청운의 눈에 들어온 자들.

역겨운 피비린내와 시체에서 풍겨나는 노린내, 그리고 간담이 서늘해지는 엄청난 시기로 인해 토악질이 치미는 참상이거늘 나무 그늘 밑에 모여 느긋하게 휴식을 취하고 있는 자들이었으니…….

더군다나 자신을 보자마자 다짜고짜 달려드는 놈!

무슨 설명이 더 필요하겠는가.

오늘은 살계를 크게 열리라!

청운은 고색 창연한 송문고검을 빼 들고 일검을 쳐내렸다.

진은 은은한 가운데 숨겨진 기운이 범상치 않음을 본능적으로 직감했으며 맞서지 않고 몸을 비틀어 흘리려 했다.

기잉!

"헛!"

흘렸다고 생각한 검은 여전히 미간을 노리고 쏘아져 온다.

풀어낼 한 수.

분천십이단검.

무수한 검기 뭉치가 방어를 도외시하고 환영과 실제를 불문하고 전신의 요혈에 쏘아져 가니,

"흠!"

이번에는 청운의 입에서 가벼운 헛바람이 흘러나왔다.

한 번의 격돌. 꽤나 많은 것을 주고받았다.

"사이하고도 사이하도다."

지독한 검공이다. 단숨에 목숨만을 노리는, 자비라고는 한 줌도 찾아볼 수 없는 살검이다.

청운은 눈앞에 서서 기이한 안광을 흘리고 있는 자는 반드시 죽여야
한다고 확신을 했으며, 그 일은 결코 만만치 않으리라 직감했다.

우우웅.

송문고검이 맑게 울었다.

"무량수불. 요망한 자여 참회하라!"

스스로 하지 않으면 하게 만들겠다는 의지.

더욱 시리게 귀광을 토해내는 진이었다.

"나는……."

치이잉.

세영검이 음산하게 울었다.

"교회 안 다녀!"

사류검의 일초. 허연 백광이 요동치며 청운의 엄밀한 기도를 파고든
다.

이어지는 파산파벽과 확장응용식 분천십이단검. 꼬리에 꼬리를 무
는 검초가 눈 깜짝할 사이에 펼쳐지니 청운은 크게 놀라 어지러운 검
막을 펼쳐 냈다.

그러나 우세는 잠시, 청운은 예의 부드럽기 짝이 없는 원을 그리
며 큰 어려움 없이 극쾌의 검공을 모두 흘려내니 이내 평수로 회복
했다.

한쪽은 극쾌와 강일변도의 검공을 쉴 새 없이, 다른 한쪽은 유유한
부드러움으로 수세를 두지하며 이따금씩 날카로운 일격으로 반격을 하
니 그야말로 백중세다.

반면, 남궁천상은 손이 어지러워져 있었다.

저 멀리 함철원과 묻진민, 그리고 숙연연이 아직까지도 아웅다웅하

고 있는 형편이니 두 검수는 온전히 남궁영과 자신의 몫이었으며, 남궁영은 번번이 위기에 노출되고 마니 결국은 두 명을 혼자 상대하는 것과 다름이 없었다.

그러나 남궁천상의 손이 어지러워진 진정한 이유는 따로 있었다.

진과 싸우고 있는 중년인도, 지금 손을 섞고 있는 두 명의 젊은 검수도 어디서 많이 본 놈들이라는 것이다.

이렇고 보니 이것저것 걸리는 것이 많았다.

먼저 이따금씩 외치는 그들의 중얼거림을 들어보자.

무량수불.

잘못 들은 것이 아니라면 분명히 끊임없이 무량수불이라 중얼거리고 있는 것이었다.

도호라고 우기지만 실제로는 불호임에 남궁천상이 생각하기로는 콧대 높은 호랑말코들이 소림의 중들과 자신들을 구분 지으려는 수작으로밖에 생각되지 않는다고 말해 홍이랑과 칼부림까지 간 적이 몇 번이던가.

또 있다.

저들의 검.

고색 창연하면서도 수수하기 짝이 없는 검은 전투용이라기보다는 제사상 떡이나 자르면 딱 맞다. 뇌룡검으로 내려치기라도 하면 부러질까 짠하고 안타까워서 몇 번이나 손을 거두게 만든 버들가지인 것이다.

게다가 칼막이에 새겨진 작은 태극 문양.

굉장히 낯이 익다.

이것뿐이냐 하면.

저들의 일괄적인 복장 상태도 그렇다.

아직 겨울이 지나려면 한두 달은 족히 걸릴 터. 그럼에도 얇은 장삼 배기 하나만 걸치고 있을 따름이다. 결국 미친놈이 아니라면 양공을 익혀 따로 보온을 할 필요가 없는 자들일 것이다. 남궁천상은 후자일 것이라고 생각했다.

그럼 종합해 보자.

위의 의문과 조건에 부합하면서도 자신에게 낯설지 않은 자들은?

"이런!"

무당파다.

"검을 거두시오!"

무당의 젊은 두 검수 역시 뭔가 이상하다고 생각하고 있던 차에 남궁천상이 일갈하자 재빨리 뒤로 물러섰다.

그러나 두 인물만은 남궁천상과 무당의 두 검수가 일관되게 느꼈던 상황의 기묘함을 전혀 감지하지 못한 채 무아지경에 빠져 있었다.

진과 청운은 이미 자신들이 왜 싸우고 있는지조차 모르는 눈치다.

이거 한번 받아봐라. 어라? 막어?

그럼 이것도 한번 막아봐라!

들어와! 쑤욱 들어와 보라고.

겨우 그거냐? 이거나 먹어라!

어쭈! 제법인데?

이러고 있다.

도무지 끼어들어 싸움을 말려볼 틈이 없는 무시무시하고 치열하기 짝이 없는 공방전인 것이다.

말로는 안 된다.

남궁천상이 천뢰제왕신공을 자신의 경지, 팔성까지 끌어올렸다.

무력으로 중단시킬 셈인 게다.

그러나 무당의 젊은 두 검수에게는 그리 비치지 않는 모양.

남궁천상이 한 발을 채 떼기도 전에 그들이 먼저 남궁천상을 에워싸며 검초를 날려오는 것이었다. 이에 남궁영도 다시 가세. 결국 처음과 달라진 것이 없었다.

'미치겠네.'

"쟤네들 지금 뭐 하는 거죠?"

"글쎄다."

참전하겠다는 불굴의 용사 숙연연을 거의 때려눕히다시피 해서 저지시켜 놓고 역시나 강 건너 불구경을 하고 있는 함철원과 묵진민이다.

"그나저나 도와줘야 하는 거 아닌가요?"

"저게 우리가 낄 싸움으로 보이냐?"

"……."

"흐음… 남궁세가와 무당파가 서로 저리도 앙숙이었던가? 무당의 청운 진인과 남궁무연은 오랜 지기라고 들은 것 같은데……."

"저기… 대주."

"왜?"

"이 장면이나 우리의 대화… 최근에 한 번 있지 않았나요?"

"……."

한동안 말이 없던 함철원이 손가락을 번쩍 들어 분투하고 있는 남궁영을 가리켰다.

"달라. 저 꼬마가 이번에는 저기 있잖아. 그러니까 우리가 칼로 머리를 맞을 일은······.”

툭툭.

“당신들이 호위가 맞소이까? 싸움에 임해서는 물러섬없이 적을 맞아야 하거늘! 어찌 여기서 제 살 궁리만 하고 있단 말이오!”

“······.”

“······.”

길초삼의 노갈이었다.

청운은 신이 났다.

이렇듯 마음껏 싸워본 적이 언제였던가?

차기 장문인으로 지목되면서 자중과 처세에 신중하라는 원로들의 말씀에 숨 한 번 제대로 쉬어보지 못했다.

가끔씩 천하의 개잡놈 하나가 나타나 횡포를 부린다 하여 쫓아가서 보면 소문만 무성한 놈이었고, 어쩌다 제대로 된 진국 하나 만났다 싶어 싸워보려고 하면 알고 보니 사돈의 팔촌이더라는 식이었다.

그렇다고 대무당의 장문인이 될 몸으로 강호 비무행을 할 수도 없는 노릇이고, 청운은 장문인 직을 포기할까도 심각하게 고려한 적도 없지 않았었다.

그러던 중에 만난 녀석.

묘한 안광을 뿌리며 부리는 검공이 날카롭기 짝이 없다. 아니, 매번 간담이 서늘할 지경이다.

조금 어려 보이는 것이 적잖이 걸리지만, 아니, 아무리 많이 봐줘도 이십대 중반을 넘기지 못하는 새파란 놈이 이 지경이라서 상당히 충격을 받았지만.

놈이 펼치는 무공이 개산초월이라는 것이 상당히 거슬리지만, 아니, 애들 골목대장 놀이에나 어울릴 개산초월이 무당의 정수가 스민 절예에 맞서서도 전혀 손색없는 절공으로 재탄생한 것이 믿어지지가 않지만.

그런 것 따위는 아무래도 괜찮다.

오늘은 한판 신명나게 칼춤을 추어볼 것이다!

진도 신이 났다.

안성맞춤이라고 했던가?

이리도 빡빡하게 조여오는 녀석은 또 처음이다.

지금껏 자신이 상대해 온 고수들을 열거해 보자.

이덕패, 솔직히 기억도 안 나고 그땐 무공을 익히지 않았을 때니 열외.

영호성, 태산을 옮긴다고 삽질한 꼴이다.

공야숙, 태산하고 비슷한 산이 또 뭐가 있다더라?

민초빈, 감히 누구하고 싸우나?

연화, 무공을 포기해 버렸으니 맥만 빠질 뿐이다.

여사령, 지금이라면 모를까. 당시엔 권총이 없었더라면 감당하지 못했을 자다.

남궁천상, 패력도법이 수준급이고 내력도 상당한 경지에 이르렀지만 온순한 성정 탓인지 위력을 이어나가지 못한다. 명백히 한 수 아래다.

기타 등등…….

죽을힘을 다해도 이기지 못할 정도로 힘의 격차가 현저했거나 슬렁

슬렁 놀면서 해도 이길 만큼 약한 자들이 대부분이었다.

그런데 이자.

밀고 당기는 재미가 있다.

오직 복수를 위해 벼러온 검에 신명이 깃든 것이다.

즐겁다. 무공은 즐거운 것이구나!

진과 청운이 일대 공방을 벌이며 매번 새로운 경지를 맞보고 있는 그 순간에 무당의 젊은 두 검수, 추영과 초유는 죽을 맛이었다.

그나마 이 대 이라는 대결 구도에서는 많이 처지는 편인 꼬마 계집도 있었고, 무시구시한 거검을 휘두르는, 그러나 웬일인지 결정적인 순간에 그 녀석이 검을 거두는 바람에 그럭저럭 견뎌낼 수 있었다.

그러나 지금껏 먼발치에서 남의 집 불구경하듯 하던 녀석들이 뛰어들더니 무시무시한 살수를 휘두르는 것이 아닌가?

특하나 수세미 같은 수염을 기른 녀석과 밋밋하여 방금 보고도 금세 잊어버릴 것 같은 평범한 녀석이 휘두르는 칼은…….

뭐가 그리도 억울하그 분한 것인지 마치 불구대천지수라도 만난 듯이 매초가 살수였으며, 일도가 무시할 수 없는 경기를 머금고 있는 것이었다.

그래, 이것마저도 무당을 위해 검을 들었으니 무당의 이름으로 칼 물고 죽는다 해도 억울할 것 없다.

그런데 아무리 봐도 남궁가의 무공으로 보이는 폭뢰신검(爆雷神劍)과 섬전십삼검뢰를 펼치고 있는 저 남녀는 뭐란 말인가?

정의협사처럼 검의 거두라 하더니 갑자기 청운 사숙을 공격하려는 시도는 무엇이며, 또다시 자신들과 일전을 벌이면서도 좀처럼 공격을

시도하지 않은, 심지어 수세미수염이 펼쳐 내는 날카로운 도공을 제가
거두어주기까지 하는 이유가 대체 뭐냔 말이다.
　추영과 초유는 머리가 복잡해 당장 몸을 빼고 싶었으나 흡사 필생의
적수를 만난 양 전력을 다해 싸우고 있는 청운 사숙을 멈춰 세울 용기
가 없어 결국 마지못한 검을 쳐내고 있을 뿐이었다.

　길초삼이 몸을 뺀 것은 그 즈음이었다.
　틈을 발견하고 결정적이고도 치명적인 한 수를 박아 넣으려고만 하
면 남궁천상의 등이 그것을 가로막는 것이 몇 차례나 이어지는 것을
보고 뭔가 이상하다는 것을 느낀 것이었다.
　그리고 역시 같은 경험을 한 남궁영이 검을 거두고 물러났으며 이에
눈치빠른 함철원이 물러서자 묵진민도 물러섰다.
　그리하여 결국 추영과 초유는 온전히 남궁천상 혼자서만 상대하는
모양새가 되었는데, 그들의 싸움은 맥이 빠져 있는 상태여서 누구든지
먼저 칼을 거두기만 하면 금방이라도 끝날 싸움이었다.
　“갈!”
　아니나 다를까, 남궁천상이 기운을 크게 일으켜 추영과 초유를 밀어
내자 그들 역시 역공을 취하지 않고 저만치 몸을 빼는 것이었다.
　“귀하들께서는 무당의 제자들이 아니신지요?”
　남궁천상이 검을 뒤로하고 정중하게 물었으므로 추영과 초유도 송
문검을 거두고 나직이 도호를 외웠다.
　“무량수불. 남궁가의 의인들을 뵙게 되어 영광입니다.”
　피차 확인 차원이었을 뿐 아니라 당장 암놈을 두고 발정난 수곰처럼
양보없이 물어뜯고 있는 두 인물을 말려야 하는 것이 먼저였기에 인사

치레는 이 정도에서 마무리되었다.

그러나 도무지 끼어들 틈이 없다. 반경 오 장여를 초토화시키며 미친 듯이 검을 휘두르는 청운과 진은 벌써 천여 초를 넘기던서도 한 치의 물러섬이 없었다.

"먼저 두 사람을 떼어놓아야 하는 일이 급선무인 듯합니다."

"무량수불. 저희는 사숙을 맡겠습니다. 남궁 도우께서는 일행을 맡아주시길."

동시에 추영과 초유, 그리고 남궁천상은 제어되지 않은 폭풍 속으로 분분히 몸을 날렸다.

청운은 기겁을 하지 않을 수 없었다.

등 뒤에서의 암습. 급히 피하고 보니 바로 무당의 두 제자가 아닌가?

이놈들이 드디어 미쳤는가 싶었는데 그들은 갑자기 검을 거두고 반격을 피해 멀리 몸을 빼버리는 것이었다.

그리고 보았다.

자신과 싸우던 묘한 안광을 흘리던 녀석에게 쏘아져 가는 폭뢰신검을…….

번쩍 정신이 들면서 어째서 저 녀석과 모든 것을 내건 혈전을 하거 되었는가를 생각하게 되었으며 그들이 혈겁을 일으킨 흉수라는 것도 기억해 냈다.

여기서 뭔가 어색한 점이 있었는데 그것은 바로 폭뢰신검이었다.

폭뢰신검은 그와 의형제를 맺은 남궁무연의 절정검공으로서 그 역시 선대 가주로부터 일인 비전으로 사사받은 것이다.

그러므로 느닷없이 나타나 지금껏 신나게 싸웠던 녀석을 폭뢰신검을 펼쳐 몰아붙이고 있는 녀석은 최소한 남궁무연과 관계가 있다는 이야기이며, 남들이 흔히 말하는 부자지간일 가능성이 매우 높다는 말이다.

청운이 알기로 남궁무연은 세 명의 아들과 두 명의 딸이 있다.

첫째는 제 아버지를 그대로 옮겨놓은 녀석인데, 성정이 급하고 앞뒤가 없는 녀석이라 주로 일을 만들고 다니는 녀석이다.

둘째는 제 어미를 그대로 빼다 박아놓은 녀석인데 너무나 유순해서 천하제일의 무가의 자손임에도 무공이라고는 일 장 반 식도 펼치지 못하고 글이나 파먹고 사는 백면서생이다.

비로소 셋째에서 제대로 된 녀석이 나왔는데, 아비의 장점과 어미의 장점만을 모아놓은 데다가 용모 번듯하고 머리까지 좋아 이미 차기 가주로 낙점되었다는 것이다.

그리고 보니 저 녀석… 그 셋째 남궁천상인가 하는 녀석과 많이도 닮았다.

남궁천상이고 청운이고 무조건 다 덤벼! 하며 무시무시한 검초를 휘날리고 있던 진은 남궁천상이 폭발적인 검공을 쏟아 붓고 갑자기 몸을 빼버리자 잠시 엉거주춤한 모양새가 되고 말았다.

그제야 진은 묘하게 변한 분위기를 파악했다.

자신과 미친 듯이 싸웠고 매 순간마다 서로 새로운 경지에 들어서 그 새로운 경지의 토대로 발전된 무공으로 또다시 미친 듯이 싸웠던 중년인이 갑자기 뒷짐을 지고 엄한 하늘만 뚫어져라 쳐다보고 있으며, 갑자기 정신이라도 나간 것인지 자신을 공격하던 남궁천상이 그를 향해 정중한 포권지례를 올리고 있었던 것이다.

“남궁천상이 청운 진인께 인사 여쭈옵니다.”

“허험! 진인은 무슨… 전처럼 삼촌이라 불러라. 그사이 놀라운 성취를 보았구나. 그래, 형님께서는 별래무양하시더냐?”

“아버님께서는 무고하십니다. 청운 삼촌께서 한 번 방문해 주시기를 학수고대하고 계십니다.”

“그, 그래. 허험!”

청운은 연신 겸연쩍은 헛기침을 내뱉으면서도 진을 향한 눈빛은 그리 달라지지 않았다. 적잖이 아쉬운 모양. 그것은 진 역시 마찬가지였다.

그러나 급변한 분위기를 종합해 보건대 그들이 다시 순수하게 무와 무로써 만나기는 이미 틀려먹은 일이었기에 입맛만 다실 수밖에 없었다.

그래도 이름 석 자는 알아둬야 하지 않겠는가?

청운이 남궁천상과 진을 번갈아 보자 남궁천상은 그제야 진을 소개했다.

“이쪽은 현 대협으로 저희 가문의 큰 은인이 되십니다. 현 대협, 이분은 대무당의 차기 장문인으로 거론되시고 있는 무당파 청운 진인입니다.”

이만하면 격식은 갖추었고 서로 화해할 무대도 마련되었는데 진은 통상의 예를 무시하고 성큼 청운에게 다가서는 것이었다.

그리고 불쑥 내민 오른손.

“기회 되면 한판 더 합시다.”

돌발적인 진의 행동에 적잖이 놀란 청운이었지만 오히려 진의 그런 행동이 청운의 마음을 편안하게 했으며, 더불어 진에 대한 호감을 키워

주고 있었다.

진의 손을 마주 잡은 청운.

"다음엔 절대 양보하지 않을 걸세."

"이번엔 양보를 했단 말이오?"

"도가에 귀의한 몸으로서 어찌 시정잡배처럼 손속에 정을 두지 않겠는가?"

"그렇단 말이지, 그럼 이 자리에서 그 양보없는 손속을 구경해 봅시다."

"원한다면!"

다시금 험악해지는 분위기.

"사숙!"

"현 대협!"

결국 그들은 붙잡은 손으로 서로의 악력을 시험하는 것으로 마무리를 해야 했다.

오해는 말끔하게 풀렸다.

그리고 그들의 관심은 화산육검의 얼마 남지 않은 시신과 대충 수습해 온 마혼이살, 그리고 진의 손에 고이 들려온 하화에게 돌려졌다.

"마혼이살… 이 녀석들은 분명히 하오문의 백팔검수에게 추포되어 관도에 수급이 효수되었거늘……. 그렇다면 저들은 누구란 말인가?"

마혼이살은 본래 마혼삼살이었다.

그들의 어느 문하에 있었는지, 심지어 출신이 어디인지 아무도 알지 못했다.

그러나 청운은 안다.

등자룡, 등이룡, 등가룡. 세 형제가 무당에 찾아왔을 때 그들은 순수했다. 오직 무에 대한 열정과 협에 대한 집념으로 가득한 열혈 청년들이었을 뿐이다.

문제가 있다면 누구나 눈살을 찌푸려지게 하는 그들의 추악한 용모에 있었다.

등자룡은 거대한 원숭이 같았으며, 등이룡은 아기 때의 모습에서 전혀 변하지 않았고, 등가룡은 꼽추였다.

사사로움을 경계하는 도가에 몸담은 청운조차도 그들을 처음 보았을 때 절로 고개가 돌려졌으니 다른 이들이야 오죽했으랴.

불행히도 무당에서도 그들은 받아들여지지 않았다.

비극은 그 후 오 년 뒤에 일어났다.

각자의 신체적 특성어 맞는 무공을 익혀 다시 강호로 나온 등가 형제들은 협행을 소원하여 무림맹을 찾았다.

허드렛일이라도 돕게 해달라는 그들 형제의 요청은 일언지하에 묵살되고 말았다.

이유는 간단했다.

강호무림을 대표하는 연맹기구에 사문이 불분명한 자는 받아들일 수 없다는 것이었다.

그러나 이름없는 문파에서 올려 보내져 등가 형제가 소원한 것처럼 그야말로 허드렛일이나 도맡아 하는 이들은 얼마든지 있었으므로 그것은 핑계였다.

이번에도 그들의 추한 용모가 문제된 것이다.

형제는 실망했으나 협행로를 걷겠다는 의지는 이때까지도 여전했다.

최소한 무천문이라는 빌어먹을 자식들을 만나지만 않았더라면…….

무천문은 현 무림맹주 백비운의 사촌 동생, 백무봉이 분가하여 세운 무도관이다.

가문과 무림맹주라는 배경을 가진 무천문은 당연히 엄청난 속도로 세력을 넓혀갔으며 일약 산동제일 무도관이 되기에 이르렀다.

그러나 급속히 성장한 대부분의 조직이 그렇듯 무천문은 시간이 갈수록 여러 가지 문제를 노출시키기 시작했다.

그중 가장 심각한 부분이 바로 빠른 세력 확장을 위해 무작정 받아들인 문도들의 자질이었다.

무천문에서 문도를 받는 기준은 오직 전낭의 무게였으므로, 심지어 비적질로 돈을 번 자들의 자식들까지 무천문의 무복을 입을 수 있었던 것이다.

그렇게 될 수밖에 없는 시작에, 그렇게 될 수밖에 없는 경로를 타고 당연한 귀결로부터 비극은 발단되었다.

무천문도가 길 가던 과년한 처자를 희롱하고 있는데 하필이면 등가 형제들이 이를 목격한 것이었다.

무천문도의 십 중 구 할은 수련은 고사하고 기합 소리 한 번 뱉기를 꺼려하는 한량들인데 오직 무천문의 무복과 집안의 배경을 믿고 설치는 부류들이었다.

등가 형제의 눈에 걸려든 녀석은 그중에서도 특히나 안하무인 개차반인 뇌 뭐라 하는 녀석이었다.

뇌 머시기는 등가 형제들에게 두들겨 맞아 고자가 되었다.

청운이 지금 생각하기에도 고자가 돼서라도 살아남을 수 있었던 것은 순전히 등가 형제의 아량 때문이었는데 많은 자금을 뇌가전장에서 끌어다 쓰고 있었던 무천문의 생각은 달랐던 모양이었다.

등가 형제에게는 하루아침에 살인, 강간, 방화 등등의 온갖 추잡한 죄목이 씌어졌고, 무림맹의 전적인 지원을 받아 마혼삼살이라는 무시무시한 별호가 붙어 무림공적이 되고 말았다.

여기에서도 그들의 추한 용모가 한몫 단단히 했음은 물론이었고, 그 특이한 용모로 인해 어딜 가서나 이목을 피할 수는 없었다.

뇌 머시기의 양물을 밟아 고환을 뭉개 버렸던 셋째 등가룡은 뇌가전장으로 보내졌고, 등자룡과 등이룡은 개봉으로 압송되어 일 년여 동안의 있지도 않은 여죄 추구 끝에 참수되었다. 이후 일벌백계한다는 말도 안 되는 구실로 관도에 효수까지 되었다.

그나마 참수당한 등자룡과 등이룡의 죽음은 편안한 것이었다.

등가룡은… 양물이 잘리고 고환을 적출당했으며 꼽추였던 등뼈가 바로 펴지고 피부가 모두 벗겨진 채로 강가에 버려졌다.

등자룡과 등이룡이 참수당하기 전에 했던 피맺힌 절규는 십 년이 지난 지금도 회자되고 있었는데 그 내용이 이러하다.

"협행이 무엇인지, 정의가 무엇인지 우리는 똑똑히 잘 배웠다. 우리는 지금 죽지만 십 년 후에 원귀가 되어서라도 돌아오리라. 그땐 너희 정파무림이 얼마나 가증스러운 것인지 가면을 벗길 것이며, 너희들의 피를 마시고 뼈를 씹어 먹을 것이다!"

그 후 무천문은 멸문했다. 다른 문파와의 세력 다툼 따위에 의해서가 아니었다. 그해 창궐한 역병이 무천문의 문도를 모조리 쓸고 간 것이었다.

그렇게 허무하게 무천문이 멸문하자 사람들은 공공연히 마혼이살의 저주가 정말로 실현되고 있는 것이라며 공포에 떨었음은 어찌 보면 당연한 일이었다.

"그러고 보니 바로 올해가 마혼이살이 처형된 십 년째 되는 해로구나. 무량수불. 참으로 공교로운지고…….."

남궁영과 남궁취, 그리고 숙연연은 울음보가 터지기 직전이었다.

마혼삼살의 비극적 삶과 처참한 죽음에 대한 동정과 연민에 기인한 것도 없지 않지만, 마혼삼살이 그때 모두 죽었다면 자신들이 죽여 뉘어 놓은 저 시신들은 뭐란 말인가?

"귀, 귀신…….."

숙연연은 기절했다.

남궁영이 급히 숙연연을 받쳐 들었으나 그녀 역시 안색이 썩 좋지만은 않았다.

"귀신이 있다 믿으십니까?"

남궁천상이다.

"귀신은 있다. 마음의 어지러움이 귀신이며, 정신의 피폐가 귀신이니라. 그러나 죽어 피를 흘리는 귀신이라면… 나도 본 적이 없구나. 무량수불."

진은 마혼이살의 시신에서 시종일관 눈을 떼지 않았는데 실제로 그는 마혼이살을 보고 있는 것이 아니었다.

그는 청운의 이야기에서 심상치 않은 가닥을 읽었고, 지금까지 정리해 놓은 정보에 그 살들을 덮고 있는 중인 것이다.

당시 마혼삼살을 추포했다는 이들이 하오문의 백팔검수라 했다.

고려 출신 숙수 최선지. 그는 천하제일루가 보통의 기루가 아니라고 했다. 그 역시 보통의 숙수는 아니다.

그리고 영호성은 문주를 운운했는데, 그때 분명히 하화의 입에서 하오문이라는 단어가 섞여 있었다.

하화는 하오문의 사람이다.

하화는 이덕패의 사람이다.

이덕패는 녹림천하문주.

녹림천하문과 하오문은 한 배를 탔다.

그리고 십 년이 지난 지금.

마혼이살과 하화가 살겁을 일삼으며 분란을 일으켰다.

이들만이 아닐 것이다. 신에 필적할 만큼 강한 자들이라면 방대하고 조직적인 세력을 갖추었을 터. 마혼이살과 하화에게만 임무를 부여하지는 않았을 것이다.

지금 이 시간에도 어디선가……

그들이 움직이고 있다.

그때다.

“사, 사숙……!”

추영이 불안한 음성으로 청운을 부른 것이었다.

“왜 그러느냐?”

추영이 가리킨 손가락의 끝.

청운의 눈이 커다랗게 뜨여졌으되 그의 얼굴은 온통 불신으로 차 있었다.

“무량수불… 무량수불… 무량수불…….”

봉화다.

하늘을 물들일 만큼 버얼건 연기를 토해내며 타오르고 있는 봉화
다.
무당의 사단이다…….

피는 흘러 흘러 무당에 이르노니 2

균현(均縣).

단강구의 남쪽에 위치한 중원오악(中原五岳) 무당은 자체로 숭고하다.

천하의 도문을 끌어들인 무당의 정기는 그 자체로 경이롭다.

거기에 신비로운 아름다움을 더했는가?

밤하늘을 수놓는 불꽃들은 찬연한 별빛과 더불어 한 편의 서사시를 떠올리게 하니……

아니다.

이틀 밤낮을 달려온 청운과 진 일행이 본 무당은 아름답다는 말은 어불성설이다.

무당은 지옥이다.

개울을 타고 흐르는 핏물.

짙은 죽음을 머금고 무당산이 통째로 불타오르고 있었다.

"무량수불… 무량수불……."

청운의 발길이 어지럽다.

연화봉에 이르는 길에 위치한 다섯 곳의 도문.

생존자는 없었다. 해우소 하나마저 온전히 숯덩이로 변하고 말았다.

마침내 해검지(解劍池).

아니, 해검지가 있었던 곳. 해검지는 무당의 운명을 얘기하듯 앙상한 뼈대만 남긴 채 초라한 모습으로 버티고 있을 뿐이었다.

"사숙!"

추영이 가슴이 갈라져 널브러져 있는 시체를 가리켰다.

새하얀 복장에 얼굴마저 완전히 가리는 면사, 그리고 면사를 가로지르는 붉은 십자 문양.

진의 얼굴이 급히 굳어졌다.

그들이다.

두 달 전, 중공산에서 맞닥뜨렸던 협봉검의 무인들.

저만치 초유가 시신 하나를 부여잡고 오열하고 있다.

무한 진인. 추영과 초유의 사부이자 자하당의 당주이며 무당의 원로다.

태극혜검을 구성까지 익혔던 절정고수가 저며진 고깃덩어리로 널브러져 있는 것이다.

쾌광!

거대한 무엇이 무너지는 굉장한 소음.

그리고 진은 그 소음 속에서 또 다른 소음을 들었다.

"생존자! 아직 싸우고 있어! 서둘러!"

눈앞의 광경을 대체 어찌 해석해야 하는지 갈피를 잡지 못하고 어리둥절해 있는 남궁천상이 정신을 번쩍 차렸다.

곧바로 남궁영의 수혈을 짚어버리는 남궁천상.

"숙 소저, 영아를 부탁하오."

갑작스런 상황에 숙연연은 그저 고개만 줄기차게 끄덕일 뿐이었다.

"총사와 함 대협은 숙 소저와 안전한 곳으로 피신하시오."

무한 진인이 당할 정도의 그수라면 그들은 거추장스러운 존재일 뿐일 터. 무엇보다 함철원으로서는 이견이 있을 수 없다.

남궁천상이 다시 몸을 돌렸을 땐 이미 청운과 진, 그리고 무당의 두 제자는 저만치 달려나가고 있었다.

불타 버렸고, 아직도 불타고 있는 전각 사이에 시산혈해를 이루고 있다.

그 위로 몸을 날리고 있는 청운의 두 눈에서는 전각에서의 불길보다 더욱 드센 화염이 뿜어져 나오고 있었다.

마침내 당정관(唐貞觀).

진과 청운, 남궁천상에 이어 도착한 추영과 초유가 굳은 듯 멈춰 섰다.

기다렸다는 듯 일렬로 늘어서 협봉검을 치켜들고 있는 백의검수들.

해검지에서 본 자와 완전히 동일한 복색이니 피아는 확연했다.

그 뒤로 연이어 터지는 가공할 경력.

이들은 접근을 막고 있는 것이다.

그렇다면 이처럼 막아서서 보여주고자 하지 않은, 그들 뒤에서 혈전을 벌이고 있는 이는 누구인가?

청운은 마음이 조급해졌다.

"요망한 자들이여, 그대들은 누구인가?"

대답은 한 사람의 목소리뿐.

"생각보다 늦었군."

백의검수들을 가르고 나타난 이.

광명(光明). 가슴에 수놓아진 두 글자를 제외하면 다른 백의검수들과 다를 바가 없는 자였다.

"무당에 이런 짓을 하고도 무사할 성싶으냐?"

사내는 한가로운 동작으로 팔을 들더니 몸을 살피는 시늉을 해 보인다.

"아직까지는… 무사한 것 같은데?"

"고얀!"

말릴 사이도 없었다.

스승을 잃고 이미 이성을 잃은 추영과 초유가 몸을 날린 것이다.

우우웅.

단지 그것뿐이다.

사내는 한차례 팔을 휘저었으며 그런 동작이 어떻게 저런 소음을 벌려놓을 수 있는지 의문을 가져 보기도 전에 허공에서 두 봉우리 혈화(血花)가 피어났을 뿐이다.

철퍼덕!

처박히는 두 개의 육편(肉片).

추영과 초유의 죽음은 슬퍼할 겨를도 없이 그렇게 거짓말처럼 왔다가 사라졌다.

누가 먼저랄 것도 없다.

진과 청운이 광명사내에게 쏘아져 갔고, 그들을 가로막는 백의검수들에게 남궁천상이 부딪쳐 갔다.

쿠과광!

청운으로서나 진으로서나 난생처음 펼쳐 보는 연수 합격.

그러나 완벽한 호흡이었다.

그것이 동호에서의 혈전에서 비롯되어 가능하다는 것을 그들이 깨달을 사이도 없이 마치 하나의 몸처럼 맞물려 광명사내를 압박해 가는 것이었다.

광명사내는 당황하고 있었다.

이건 아니다.

들었던 것과 너무 다르다.

청운에게 지난 며칠 동안 무슨 일이 있었는가? 그가 파악하고 있는 청운은 이토록 강하지 않으며, 정파무림이라는 알량한 자존심에 연수 합격 따위는 꿈도 꾸지 않는다 하였거늘…….

그리고 또 이자는……

진, 현진이라 했던가?

그는 또 왜 이렇게 강한가? 들었던 것과는 너무 큰 차이를 보이는 이 엄청난 쾌검공은 대체 뭐냔 말이다!

"크아악! 네 이 발칙한 년! 나를 속여?"

벌써 몇 군데 자상을 입고 피를 쏟아내는 광명사내.

순간 진의 손이 무뎌졌다.

광명사내가 말한 발칙한 년은 누구를 말함인가? 그녀는 무엇을 그에게 속였는가?

"자, 잠깐!"

늦었다.

분노에 이성을 잃은 광명사내는 청운의 적수조차 되지 못했다. 진이 외치기도 전에 고색 창연한 송문고검이 광명사내의 심장을 부수고 등으로 삐쳐 나와 있었다.

쿵!

화려한 등장과는 너무나 대조적인 초라한 죽음.

그러나 청운의 눈에서 쏟아져 나오는 화염은 채 꺼지지 않았다.

저 뒤, 무시무시한 경기가 휘몰아치고 있는 곳을 향해 주저없이 몸을 날리는 청운이었다.

진은 허망한 손짓으로 광명사내의 얼굴을 가리고 있던 면사를 거두어냈다.

처음 보는 얼굴이다. 언뜻 한 번 스치기라도 했더라면 이리도 낯설지 않으련만……

그러나 백의검수들을 모조리 도륙하고, 진에게 다가선 남궁천상의 얼굴은 파리하게 질리고 말았다.

"계, 계 문주?"

진의 고개가 버럭 돌려졌다.

"아는 얼굴인가?"

"맙소사… 그는 하오문주 계조앙이오. 이, 이자가 여기에 왜……?"

하오문주인 계조앙이 어째서 무당산에 있는가 하는 의문보다 그가 왜 하오문과는 별반 관계가 없어 보이는 백색 무복을 입고 무엇을 바라고 무당파에 이런 짓을 했느냐가 중요하다.

그러나 답을 해주야 할 계조앙의 혼백은 이미 흩어져 버렸으니 의문은 의문으로 남을 수밖에 없었다.

쿠과광!

계속되는 충돌음.

"일단 벌어진 일부터 수습을."

남궁천상이 피에 전 노룡검을 고쳐 들고 몸을 날렸고, 진은 잠시 간 계조앙의 얼굴을 유심한 시선으로 내려다보더니 이내 그도 몸을 날렸다.

청운은 믿을 수 없었다.

저기 한 팔을 잃고 미친 듯이 장력을 뿜어대고 있는 저 노인은……

장삼봉이다.

장씨 성을 가진 삼봉을 말하는 것이 아니다.

무당의 개파 조사이자- 세수(世壽) 백 세를 넘겼으며, 살아 있는 무신(武神)이라 세인들의 칭송과 존경을 한 몸에 받는……

납탑도인 장삼봉을 말함이다.

그것뿐인가?

뿌옇게 한 자나 자라난, 전설의 경지 검강을 검에 두르고 무시무시한 경기를 휘몰아치고 있는 저 사람은……

아아… 신검 영호성이다.

그 역시 왼팔이 있어야 할 자리에 빈 소매만 펄럭이고 있을 따름이다.

이것을 어떻게 해석해야 하는가?

작금 강호에 무신이라 불리는 두 사람이 팔 하나씩을 내버리면서도 고전을 면치 못하게 하는 저 다섯의 인물은… 어찌 보아야 하는가……?

두 발이 후들거려 서 있을 수조차 없다.

진다.

생신 장삼봉과 신검 영호성.

두 무신이 손을 섞는 데도 이길 수 없다.

저들.

비록 백의는 피로 물들어 적의(赤衣)가 되었지만 그 피조차 자신들의 것인지 의심스럽다.

그들은 사지 육신이 온전하며 시간이 흐를수록 위력이 둔해지는 장삼봉과 영호성과는 반대로 갈수록 더욱 절대적인 힘으로 두 무신을 몰아붙이고 있는 것이었다.

쿠우웅!

일장을 허용한 장삼봉이 피를 길게 뿌리며 구겨진다.

상상에서도 볼 수 없을 것이라 생각했던 장면이 펼쳐지니 청운은 꿈인지 생시인지 분간을 못할 지경이었다.

혼자가 되어 더욱 수세에 몰리는 영호성. 당장에라도 피를 뿌리며 쓰러질 것만 같다.

도와야 한다.

그러나 다리는… 빌어먹을 두 다리는 움직여 주질 않는다.

시큰하게 뒤통수를 파고드는 묵직한 기운은 아랫배를 거쳐 관절과 발목을 굳히며 마침내 의지를 배반하고 만다.

이것은… 아아… 이것은 공포다.

그러나 나는…….

나는 대무당의 장문인이 될 사람이다.

나는 무당파의 장문인 청운 진인이단 말이다!

비로소 움직이는 다리.

"타앗!"

청운은 전장으로 뛰어들었다.

남궁천상도 얼어붙었다.

도착해 처음 본 장면은 청운 진인이 허공에서 핏물이 되어 바닥으로 그야말로 쏟아져 내리는 장면이었다.

그리고 저 사람은 누군가?

검을 땅에 박은 채 산발한 머리카락 사이로 결코 감당치 못할 살의를 담아내면서도 참담한 표정으로 거친 숨을 뱉어내고 있는 저 사람은…….

그리고 피 웅덩이에서 허우적대고 있는 저 사람은 또…….

덜덜덜.

앙다물어도 이가 부딪치는 소리가 뇌까지 울려 퍼진다.

죽는다. 모두… 모두 죽는다. 아무도 살아 나갈 수 없다.

다섯의 무인들.

보이는 것은 오직 다섯 쌍의 눈빛뿐이건만 단 하나조차 감당할 수 없다.

털썩.

남궁천상은 의지와 상관없이 주저앉아 버렸다.

"오지 마라! 오면 안 돼!"

잔뜩 쉬어버린 목소리.

그러나 대상은 따르지 않는다.

진이다.

남궁천상은 이지를 상실한 멍한 눈으로 곁을 스쳐 가는 진의 뒷모습을 담았다.

그도 외쳤다.

'가지 마… 가면 죽어…….'

그러나 목구멍까지 올라오던 외침은 혓바닥 위에 머물러 좀처럼 새어 나오지 않는다.

아무리 애를 써도 목소리는 새어 나오지 않았다.

"너희 중 이덕패라는 놈이 있느냐?"

진의 음성은 가늘게 떨리고 있었다.

그 역시 두려운 것이다.

한 명조차 감당키 어려울 것임에 다섯이 일제히 쏘아 보내는 살의는 온몸의 기혈을 뒤흔들고 있었다.

"돌아가라! 어서 돌아가!"

영호성이 피를 토하며 외치지만 진은 흔들리지 않았다. 아니, 더욱 강건해지는 의지.

"다시 묻는다. 너희 중 이덕패가 누구냐?"

"크크크… 크하하하하!"

별안간 웃어 젖히는 한 명의 백의인.

면사 위로 드러난 눈은 하나뿐. 하나 남은 눈가에 가득 웃음을 담은 그자가 전면으로 나섰다.

"재밌는 놈일세. 내가 이덕패긴 한데. 이제 뭐 어쩌라고?"

진지함이라고는 찾아볼 수 없는 장난기 가득한 어조. 그의 오랜 습관이다.

그 순간,

기기기기기깅…….

전에 볼 수 없었던 기세가 진에게서 비롯되기 시작했다.

영호성의 두 눈이 부릅떠졌다.

그, 그 기운이다. 진의 내부에 숨어 있던, 질풍처럼 몰아닥치다 씻은 듯 사라져 버렸던 그 기운이다.

이제야 확연하다.

'귀, 귀기(鬼氣)… 산 사람의 것이 아니야… 죽었어… 죽은 기운이 야…….'

"그래, 네놈이군. 크크크… 이제 질문."

진의 음성이 갈라져 있다. 아니, 목소리뿐만 아니다.

입술을 비집고 나온 기다란 송곳니, 세로로 길게 찢어지며 지독히 선명한 자녹의 광선을 머금은 귀안.

"장공백이라는 이름을 아느냐?"

말이 없다. 더 이상 웃지도 않는다. 이덕패의 웃음은 진의 모습이 변하면서부터, 아니, 암울하고도 엄청난 기운이 그의 몸에서 흘러나왔을 때부터 사라져 있었다.

기다린 대답은 아니었으므로 진은 다시 물었다.

"하화라는 이름을 아느냐?"

흔들.

깊이 가라앉아 있던 이덕패의 외눈이 한차례 흔들렸다.

잠시의 침묵.

마침내 그의 입이 열렸다.

"그녀는… 죽었는가?"

이덕패의 음성도 달라졌다.

가볍고 경박하기만 하던 그의 목소리에 습기가 차 있는 것 같다는 느낌은 남궁천상 혼자만의 착각이었을까?

"죽었지. 죽어라 죽어라 몰아넣는데 죽어야지 별수있나."

푸아악!

말끝의 여운을 남기고 진의 신형이 그야말로 한줄기 빛무리가 되어 이덕패에게 폭사되어 갔다.

턱!

"커어억!"

단 한 수다.

빛무리가 이덕패의 지척에서 더는 나아가지 못하고 그의 손아귀에 잡혀 대롱거리는 데 필요했던 동작은…….

눈으로 잡히지 않을 엄청난 속도로 짓쳐 가는 진의 멱을 단숨에 틀어쥐는 한 동작으로도 그는 이미 십이 년 전의 이덕패가 아니었다.

"그녀는 죽었는가?"

버둥거리는 진.

겨우겨우 세영검을 들어 이덕패의 팔을 그어보지만, 흘러내리는 한 줄기 선혈 따위에는 아랑곳도 하지 않는다는 듯 이덕패의 팔은 굳건한 거목이다.

"그녀는 편하게 갔는가?"

이마에 솟아나는 핏발. 찬연히 빛나던 귀안은 빛을 잃어갔고, 뻣뻣하게 굳어진 다리는 경기를 일으키기 시작했다.

"편하게 가지 못했겠지. 그럴 수가 없었겠지."

주루룩.

이덕패의 얼굴을 가린 면사가 그의 얼굴에 바짝 달라붙었다.

면사의 끝에 맺힌 물방울은 대롱대롱, 기어이 크게 맺힌 한 방울이 떨어져 내리고 만다.

"삶이 그래. 인생의 장난이라는 것이 죽어야 할 놈들은 천수를 누리고, 살아야 할 사람들은 요절하고 말지."

다시 건조해지는 음성.

"네놈은 어떤가? 죽어야 할 놈인가, 살아야 할 놈인가?"

마침내 흐물흐물 늘어져 버리는 진.

"오른쪽 눈이 침침해지는군."

그의 오른쪽 눈은 없다. 그는 잊지 않고 있었던 것이다. 잊을 수가 없을 것이다. 그 옛날 자신의 눈을 앗아갔던 괴물을…….

이덕패는 진을 바짝 당겨 그의 귀에 대고 속삭였다.

"아무래도 네놈의 기구한 운명도 요절할 팔자인 것 같군."

마지막 힘을 주려는 순간,

"가겠다!"

별안간 들려오는 창노한 음성. 영호성이다.

"그 아이를 놓아주어라. 그리하면 내 발로 가겠노라."

이덕패의 고개가 느릿하게 영호성에게로 향했다.

"그 아이를 기어코 죽인다면, 너는 나와 이 늙은이의 시체를 가져 가야 할 것이다."

영호성은 부러진 장검으로 자신의 심장을 겨누었다.

"협상은 없다. 나는 너희 두 늙은이를 데려오라는 명을 받았을 뿐. 생사에 관해 언질을 받은 기억은 없다."

푹!

부러진 장검이 영호성의 가슴을 파고들고 핏물이 솟구친다.

"일 촌. 일 촌만 더 찔러 넣으면 심장이다. 심장이 갈리고도 살아날 자신은 정말이지 없군."

말과는 달리 이덕패의 눈이 또 한차례 흔들렸다.

그의 시선이 다른 네 명의 복면인에게 돌아갔다.

여간해서는 알아차리지도 못할 정도로 미세하게 끄덕이는 그들.

동의다.

"어서 그 아이를 풀어라!"

털썩.

무척추 동물처럼 바닥에 늘어져 버리는 진이다.

그를 바라보는 영호성의 안타까운 시선.

"젊은 친구."

영호성이 아직까지도 멍한 표정의 남궁천상을 불렀다.

"정신 차려!"

느릿하게 영호성에게 고개를 돌리는 남궁천상.

"진아를 데리고 빨리 여기를 빠져나가라."

남궁천상의 눈은 아직도 이지를 되찾지 못했다.

"이 옘뱅할 자식아! 어서 도망가란 말이다!"

급하게 고개를 끄덕이는 남궁천상. 그러나 일어서려는 그의 동작은 팔순 노인네보다 느렸다.

답답한 마음으로 그 모습을 보던 영호성이 심장을 향해 박혀 있던 부러진 장검을 다시 한 번 부러뜨렸다. 손가락 두 마디만한 파편은 그의 가슴에 박힌 채로 언제나 심장을 위협하게 된 것이다.

"사흘이다. 사흘이 지나면 이 파편은 내 스스로 제거할 것이다."

영호성의 시선은 이덕패에게 향하고 있지만 그에게 하는 말이 아니다. 남궁천상에게 전하는 말인 것이다.

사흘… 사흘 동안에 저들을 벗어날 수 있을까? 저토록 강한 자들의 손아귀에서 벗어날 수 있을까?

서둘러야 한다. 서둘러야 해…….

남궁천상은 그야말로 젖 먹던 힘까지 짜내 진을 들쳐 업었다.

마침내 진을 들쳐 멘 남궁천상의 뒷모습이 완전히 사라질 때까지도 이덕패는 뒷짐 진 채로 느긋하게 보고만 있을 뿐이다.

"이것인가?"

이덕패의 시선은 여전히 남궁천상이 사라진 어둑한 밤길을 주시하고 있었으므로 누구에게 말을 한 것인지 알 수 없다.

"네놈의 계획이라는 것이 겨우 저따위 괴물 녀석이었나?'

서서히 돌아서는 이덕패.

그의 건조한 시선이 백의인 중 한 명에게 고정되었다.

"실망이군, 비검."

이덕패는 알지 못했다.

얼굴을 온전히 가린 면사 안에서 그가 비검이라 부른 자의 싸늘한 미소가 걸려 있었다는 사실을…….

제7장

송곳은 주머니를 뚫고 나온다

끼익. 끼익…….

따각. 따각…….

사두번차 안은 오직 마차의 바퀴와 말발굽이 만들어내는 소음만 가득할 뿐이다.

누구도 입을 열지 않았다.

남궁영, 남궁취 자매도 숙연연조차도 방정맞던 입을 꿰매기라도 한 듯 한마디도 내뱉지 않는다.

그럴 수밖에 없었다.

평소에도 말이 많지 않았던 남궁천상은 무당산에서 내려온 이후 완전히 입을 닫아버렸다. 이따금씩 멍한 시선으로 창밖을 향하는데 그것은 결코 밖의 풍경을 보는 것이 아니었다. 정확히 말하면 그는 아무것도 보지 않고 있었다. 정신이 나가 버린 사람처럼…….

진은 여전히 기식이 엄연하다.

목의 상처도 경미하고 심장은 힘차게 박동질치고 있었으나 좀처럼 깨어나지 못하고 있었다. 길초삼이 진맥을 했으나 그조차도 영문을 알 수 없다는 것이었다.

그리고 마초자까지 온 정신을 찾지 못했다.

단지 이런 것들이 여인들의 입을 막아버린 것은 아니었다.

오는 길에 들려오는 충격적인 소문들.

무당파 멸문.

종남파 멸문.

화산파 봉문.

제갈세가 멸문.

황보세가 봉문.

영호일가 전원 실종.

그나마 화산파와 황보세가만이 장문인과 가주가 가까스로 살아남아 봉문을 선언했으나 사실상 그들 역시 멸문했다고 봐야 했다.

구파일방과 오대세가의 한 축이 하루아침에 무너진 것이다.

흉수는 누구인지도 모른다.

단지 일주일 사이 정파무림을 지탱하던 대부분의 문파를 풀 한 포기 남기지 않고 깡그리 소멸시켜 버렸다면 흉수는 실로 엄청난 세력을 지니고 있을 것이라는 추측뿐이었다.

그렇다면 남궁세가는 무사한가?

남궁영이 침묵한 이유였다.

아직까지 소문은 들려오지 않고 있다.

무소식이 희소식이라고 하지만 아무것도 들려오지 않는다는 것은 오히려 참을 수 없는 불안함을 선사해 주는 것이다.

"대주, 이거… 계속 따라다녀야 하는 건가요?"

함철원은 굳은 표정으로 말이 없었다. 생각에 잠길 때면 으레 비치는 습관이었으므로 묵진민은 더 묻지 않았다.

다시 마차와 말발굽 소리가 그들의 침묵을 잠식했다.

그러기를 한 시진.

이번에도 묵진민이 먼저 입을 열었다.

"다 왔군요."

멀리, 그리고 서서히 드러나는 전경.

"개봉입니다."

천년의 고도(古都)였다.

초췌하기 짝이 없는 사내.

개봉의 시가지가 한눈에 펼쳐 보이는 창문 밖으로 사내의 핼쑥한 시선이 오래도록 머물러 있다.

인기척.

그러나 사내의 시선은 여전히 창밖을 향해 있다.

"아직 바람이 찹니다. 좋지 않아요."

듣는 이를 나른하게 하는 감미로운 음성이다.

가녀리고 육감적인 몸매가 여실히 드러나는 하늘거리는 하피의를 걸친 여인이 사내의 곁을 스쳐 지나 창문을 향했다. 닫으려는 것이다.

"놔둬."

여인의 목소리와는 너무나 대조적인, 한 푼의 감정도 실리지 않은 무미건조한 목소리가 사내의 입에서 흘러나왔다.

창문을 향해 아직 돌아서 있는 여인. 그녀의 어깨가 가늘게 떨렸다.

"놔둬."

쾅!

말 떨어지기가 무섭게 창문을 부숴 버리기라도 할 듯 닫아버린 여인이 휙 돌아섰다.

시리도록 아름다운 미인. 그녀다. 천지밀궁주, 목여염이다.

"이제 그만!"

꼭 쥔 주먹이 바르르 떨려간다.

"제발 그만 해요……."

감미로움은 흔적없고 목여염의 음성은 어느새 잔뜩 젖어 있었다.

천천히 고개를 들어 목여염의 얼굴을 바라보는 사내, 석양동의 두 눈에는 그럼에도 경멸의 기색이 가득하다.

석양동의 두 눈을 마주하지 못한 채 목여염은 두 줄기 눈물만을 쏟아낼 뿐이다.

"그 눈물, 여전히 역겹군."

한마디를 던져 놓고 천천히 일어서 침상에 누워버리는 석양동이다.

누가 있어 목여염에게 저리도 차가운 음성을, 저리도 야박한 말을 내뱉을 수가 있는가?

그러나 석양동은 흐느끼는 목여염을 두고도 평안한 얼굴일 뿐이다.

"이럴 거라면 왜 날 찾아온 거죠?"

"알았으면 안 왔어."

"……."

"냄새가 지독하군."

석양동은 돌아 누워버렸다. 꺼지라는 거다.

목여염은 피가 나도록 아랫입술을 배어 물 따름.

한 마리 상처 입은 짐승처럼 한차례 떨더니 나지막한 한숨을 내쉬고 문을 나서는 그녀에게서는 천하를 오시하던 천지밀궁주의 모습을 찾아볼 수 없었다.

목여염의 기척이 마침내 완전히 사라지자 비로소 석양동의 얼굴에서 감정이라 할 만한 것이 슬그머니 일어났다.

지독한 고통.

거동할 수 있을 만큼 중공산에서 입은 상처는 회복되었기에 그의 고통은 육신이 전해주는 것이 아니었다.

숨조차 쉴 수 없을 만큼 저리고 저린 가슴에서의 고통이다.

용서할 수 없다.

천지밀궁주 목여염이기 전에 석양동이 알던 그녀는… 결코 용서할 수 없는 짓을 했다.

해동검문(海東劍門).

고아로 버려진 석양동을 거두어준 사부는 망해 버린 나라의 후손이었다. 이민족, 더군다나 망해 버린 나라의 유민에게 강호는 결코 호의적이지 않았다.

말이 검문이지 실제로는 초옥 한 채에 불과한 빈궁한 삶.

사부는 제 한 입 풀칠하기도 어려운 살림에 굶어 죽어가던 석양동을 데려다 먹여주고 재워주었으며, 해동검도라는 동방의 무예를 사사해주기까지 했다.

석양동에게 사부는 아비이자 형제였으며, 유일한 친구였다.

굶기를 밥 먹듯 하는 궁핍한 일상이었지만 석양동이 사부가 있어 행복했고, 검이 있어 즐거웠다.

그러나 그의 행복이 잠시 동안만 허락된 착각이었다는 것을 알게 된 것은 그리 오래지 않아서의 일이었다.

어느 날 사부의 손을 꼭 잡고 그의 앞에 나타난 여자 아이.

"동아, 앞으로 너의 사매가 될 설민이라고 한단다. 눈처럼 흰 옥이라[雪珉]… 예쁜 이름이지?"

사람 좋고, 정 많은 사부가 또 굶어 죽어가는 고아를 데려온 것이다.

그러나 그렇기에 사부가 더없이 좋았던 석양동이었다.

석양동은 설민에게 활짝 웃어 보였다.

아직도 두려움이 가득한 까만 눈동자를 굴리며 화들짝 놀라 사부의 뒤로 숨어버리던 아이의 모습이 생생하기만 하다.

그렇게 오 년이 흘렀다.

그 시간은 석양동을 사내 냄새가 물씬 풍기는 청년으로, 여자 아이는 계집 꼴이 박혀가는 소녀로 탈바꿈시켜 놓았다.

그리고 불행의 전초가 시작된 시점이기도 했다.

석양동은 낮에는 닥치는 대로 일을 해서 돈을 벌어야 했다.

사부가 그림을 팔아 얼마간의 돈을 벌어오기는 했지만 수입이 불규칙적이고 세 식구가 먹고살기에는 터무니없이 부족했기 때문이다.

그날은 재수가 좋았다.

아랫마을 큰 부잣집에서 초상이 났는데 일꾼이 부족하다 하여 석양동이 지원을 했고, 손이 큰 상주(喪主)가 노임을 두둑하게 챙겨준 것이었다. 거기다 덤으로 제사 음식까지 한가득 싸주니 석양동은 설민과 사부가 포식하는 광경을 생각하며 부리나케 집으로 향했다.

그리고 그날은 석양동에게 가장 불행한 날이었다.

사부는 방에서 그림을 그리고 있었다.

생계 수단이자 겸 외에 사부의 유일한 취미였기에 석양동은 사부가 그림을 그릴 때엔 되도록 방해를 하지 않으려 노력했다.

그날도 그랬다.

만일 텁텁한 숨소리와 불쾌한 교성이 들려오지 않았다면 석양동은 세어봐야 두 냥밖에 되지 않는 은자를 끊임없이 만지작대며 행복해했을 것이다.

보지 말았어야 했다.

사부의 늙은 등이 탐스럽게 영근 소녀의 몸 위에서 헐떡거리고 있는 장면.

이내 소녀가 늙은 몸 위로 올라 천박하게 용두질치는 장면.

그리고……

소녀가 날카로운 비수로 사부의 가슴을 향해 내리꽂는 장면…….

석양동은 눈으로 보면서도 믿을 수가 없었기에 처음부터 끝까지 똑똑히 지켜봤다.

소녀는 사부의 가슴에 비수를 스무 번도 넘게 꽂았으며 사부의 피로 온몸을 적셨다. 그리고 그녀는 사부의 화방을 뒤져 한 권의 책자를 찾아내 흡족하게 웃었다.

그렇다. 웃었다.

실오라기 하나 걸치지 않은 몸에 온통 피 칠을 하고도 그녀는 맑게 웃었다.

설민. 이제는 목여염인가?

왜 그랬을까? 까만 눈동자가 해맑기만 하던 그녀가 대체 왜…….

그깟 책 때문에?

십단금(十段錦), 고작 그것 때문에?

묻고 싶었지만 묻지 못했다.

그렇다고 한다면… 애초에 이런 거지 같은 문파에 들어온 이유가 십단금 때문이라고 말한다면 어찌해야 하는가?

나에게 보냈던 그 애틋한 눈길들이 깡그리 거짓이었으며, 너 따위는 사랑하지 않는다고 말한다면… 그 다음엔 어찌해야 하는가?

그녀는 사라졌다.

십단금을 가져가고 사부의 싸늘한 주검을 남겨놓은 채.

아마도 석양동이 웃음을 잃은 것은 그때부터일 것이다.

사람을 죽였다. 무엇 때문에 힘들여 일하고 동전 몇 푼에 만족해야 하는가? 삶은 이토록 배반을 하는데…….

막상 한 놈을 죽이니 그 다음은 쉬웠다.

돈을 받고 죽였고, 길을 막아서니 죽였고, 어깨를 부딪치니 죽였다.

무림공적! 추살하라.

만나고 싶었다. 만나서 묻고 싶었다.

그리고 듣고 싶었다.

거짓이었다고, 그날은 마귀가 씌어 제정신이 아니었다고… 이런 구차한 변명이라도 듣고 믿어버리고 싶었다.

소견즉필사.

상금 사냥꾼 몇을 더 죽이니 거창한 별호도 생겼다.

아마도 그때 즈음일 것이다, 칠적이 그에게 손을 내밀었던 것은.

이날을 얼마나 기다렸던가?

그러나 그녀가 눈앞에 있는 지금 석양동은 아무것도 할 수 없었다.

손만 뻗으면 닿을 수 있는 거리에 그녀가 있건만 그것조차 할 수 없다.

아니, 됐다. 그녀를 보았으니 이제 된 것이다.

지쳤다. 이제 마지막 업을 털어버리면… 쉬고 싶다.

지친 영혼에 영겁의 휴식을 주리라.

석양동은 침상 밑에 숨겨둔, 마른 피가 덕지덕지 붙어 있는 옷을 꺼내 입었다. 오랜 세월 그와 함께했던 한빙검도 허리춤에 매달았다.

닫히지 않은 창문으로 석양동의 신형이 소리없이 사라졌다.

잠시 후.

석양동이 사라진 휑한 방에서 음침한 목소리가 흘러나왔다.

"놈들의 움직임이 노골적으로 변했다. 이럴 만한 여유가 우리에겐 없어."

"지켜줘."

어느새 석양동이 떠난 자리에 처연히 서 있는 목여염.

"노골적으로 변했으니 우리의 역할은 줄어드는 거잖아. 굳이 은밀히 알아낼 필요도 없을 테니……."

"궁주!"

"당신이 시키는 건 뭐든 다 했어. 사부를 죽이고 십단금을 빼내 왔고 연화라는 계집 아이도 거둬줬어. 그러니 이번엔 내 부탁을 들어줘."

목소리는 침묵했다.

그녀의 바람은 간절한 것이었고, 세 치 혀로 꺾어 넘길 수 없다는 것을 안 탓이다.

"둘의 사연 따위에 난 관심없다. 둘이서 사랑 타령을 하든, 발가벗고 나뒹굴든 내 알 바 아니다. 그러나 이건 명심해라. 만일 한진회의 계획이 성공하면 네 사랑 타령이 얼마나 하찮고 허망한 것인가를 똑똑히 경험하게 될 거다."

이번에는 목여염이 침묵했다.

사랑은 그런 것이 아니다.

내일 세상이 뒤집어진다고 해도 하찮고 허망해지는 것 따위가 아니다. 사랑은…….

"크크크… 눈물 나는 신파극이군. 좋아, 지켜주지. 하나 내가 움직일 땐 꽤나 귀찮은 일이 생긴다는 것쯤은 알고 있겠지?"

"각 지단에 말해 뒀어. 필요할 때 말만 하면 신선한 피를 내줄 거야. 그 사람 피만 먹지 마."

"…지금 같아선… 그러고 싶군."

기척은 사라졌다.

목여염은 석양동이 그랬던 것처럼 하염없이 개봉의 야경을 눈에 담아둘 뿐이다.

개봉 인근의 야산.

원조가 강성했을 땐 초병 한둘은 거닐었을 성곽. 그러나 이제는 개미새끼 한 마리 찾아볼 수 없다.

어둠이 움직이기 시작했다.

하나, 둘, 셋.

어느새 기십을 헤아리는 어둠이다.

우엉, 우엉…….

올빼미 울음소리에 어둠들은 다시 밤에 묻혀 사라졌다.

찌르르르…….

귀뚜라미가 울어대고.

"다른 병력은?"

어둠이 숨죽여 말하자 어둠이 답한다.

"전부입니다."

"…자네들이라도 무사하니 다행이네. 묵을 곳을 마련해 뒀네. 따르게."

어둠들은 다시 움직이기 시작했다.

"아홉뿐인가?"

최선지가 물었으나 대답은 없었다.

눈으로 보면 뻔히 알 수 있는 사실임에 지금의 침통함을 다시금 되새김질할 만한 여유가 그들에겐 없었다.

"그토록 강한 군대라니……."

팔십에 이르던 북마군은 단 아홉 명만이 남았다.

군 대 군(軍對軍). 군인으로서 전투에 임해 패배했다면 이리도 침통하지는 않을 것이다.

처음부터 도주로 시작된 완벽한 패주였다.

사 년 동안 키워온 정예 북마군이 제대로 싸워보지도 못하고 죽어나자빠진 것이다.

찻잔을 만지작대는 김성은만이 여전한 표정을 유지하고 있을 뿐, 다른 군사들은 당장이라도 칼을 물고 죽어버릴 듯한 패배감을 온몸으로 그려내고 있었다.

"결국 이 선택뿐인가?"

다른 선택도 있다.

이대로 조국을 그들의 손에 맡겨 버리는 것이다.

황실은 그들의 말굽에 짓밟힐 것이지만, 그들의 지배 하에 민초들은 배불리 먹을 수 있을지도 모른다.

조국, 고려는 큰 착각에 빠-져 있다.

평양부를 점령한 홍건적은 거짓이다.

그러므로 또한 고려의 군대가 그들의 도성에서 밀어냈다고 믿고 있는 홍건적도 새빨간 거짓이다.

당분간 그들은 홍건적을 이용해 고려를 유린할 것이다.

고려의 군대가 승리의 기쁨에, 패전의 비통함에 일희일비하도록 내버려 둘 것이다.

마침내 만주를 깨끗이 청소한 후 그들은 정예 북마군의 기병대를 단오십 기만으로 패주시킨 그 철갑기마대 팔백 기로 넝마가 된 고려군을 단숨에 밀어버릴 것이다.

아무도 믿지 않았다.

당연하다. 최선지 자신조차도 그들의 실체를 보지 못했다면 믿지 못했을 것이다.

그만큼 그들은 강하다.

이제는 중국의 힘을 빌어야 하는가?

또다시 외국의 힘을 빌어 적을 몰아내고 국토와 황실을 지켜내는 치욕을 감수해야 하는가?

내일이다.

내일이면 무림맹 개봉 총단에서 대대적인 발대식을 가진다고 한다. 그들이 마침내 군사를 조직하기로 한 것이다.

모래알 같은 무림인의 습성임에 그들의 뜻대로 될는지는 좀 더 지켜봐야 할 것이다.

연후에 결정해도 늦지 않다.

아직 개봉은 조용하다.

천하영웅정파무림맹 개봉 총단.

사위는 짙은 어둠에 묻혔으나 유독 너른 전각 한곳만은 대낮처럼 밝혀져 있었다.

"소림까지 습격당했단 말이오?"

"아미타불."

백비운은 돌기 직전이었다.

일주일 사이 구파일방이 사파일방이 되었고, 오대 혹은 육대세가가 이대세가가 되었다.

그야말로 초토화다.

이런 일이 가능이나 한 것인가?

불가능한, 아니, 꿈에서라도 생각해 보지 않았던 일들이 지난 일주일 동안 일어났고, 엄연한 현실이었다.

지역과 문파는 달랐으나 전서의 내용은 동일했고, 이번에도 마찬가지였다.

백의고수들 습격.

무리를 이끄는 수장의 가슴에 광명 인자(印字).

외(外) 증거 수집 불가.

근시일 내 재기 불능의 타격.

장문방장 사(死).

소림 봉문 결정.

아무리 원조의 견제에 위축 일변도의 저자세로 일관했다고는 하나, 천년사찰 소림이 아닌가?

무림의 정신적 지주이며 작금 무림맹의 실질적인 힘인 소림사가 아니냔 말이다.

성질 같아서는 지금의 상황에 하등 도움될 것 없는 불호만 연신 외워대고 있는 광각 대사(光覺大師)의 면상을 날려 버리고 싶을 지경이었다.

내일이면 무림맹이 드디어 하나로 뭉치게 된다.

모래알마냥 각기 자존심만 세우며 뭉치지 못하는 무림인들을 무림맹의 깃발 아래 하나가 될 수 있는, 하늘이 준 기회다.

난세는 곧 호재. 각지에서 일어나 연호를 천명하고 나라를 세워대는 허섭스레기들을 발 아래 두고 한족의 나라를 세울 기회 중의 기회란 말이다.

그러나 구파일방과 육대세가가 빠지고 나면 뭘로 군사를 조직하란 말인가?

지금 무림맹의 접빈각에서 머물고 있는 저들로? 열정만 있고 머리는 텅텅 비어 있는 저런 쓰레기들로?

더 이상 화낼 힘도 없다.

최근 며칠처럼 무림맹주 자리가 지랄 맞다 생각한 적도 없을 지경이다. 맥이 풀려 버린 백비운이 광각 대사를 향해 손을 내저었다.

"알았으니 그만 가보시오."

"아미타불, 맹주께서는 보중하시지요. 안색이 좋지 않으십니다."

니미럴! 그럼 이런 상황을 두고 헤죽거리기라도 하란 말인가? 너희 소림의 땡중들이야 봉문을 하고 그 안에서 개고기에 백화주를 들이키든 말든 내 알 바 아니지만 한족이, 무림맹이 강해질 절호의 기회가 물 건너가게 생겼는데 안색이 좋으면 그게 사람이겠냐?

목구멍에서 커다란 것이 솟구쳐 올랐지만 백비운은 애써 눌러 담고 그저 쓰게 한 번 웃어 보일 따름이었다.

그나마 다행인 것은 지금 접빈각에는 아직까지 온전한 문파의 고수들이 상당수 와 있다는 것이었다.

'저들이라도 구워삶아야 한다. 이미 재기 불능이 된 문파는… 아쉽지만 깨끗이 잊어버려야겠지. 군사를 일으키는 것이 먼저다. 흉수는 나중에… 아주 나중에 찾아도 늦지 않을 것이야.'

천재일우(千載一遇). 이만한 기회는 쉽게 오지 않는다. 이 난리를 일으킨 놈들도 모조리 때려죽이고 싶지만 일단은 군사를 일으켜야 한다. 저 무식한 백련교들이 더 이상 활개치지 못하도록 짓뭉개 버리는 것이 그 무엇보다 우선인 것이다.

머리가 묵직하다.

며칠째 잠을 자지 못하고 머리 아픈 일만 생겨서 일 게다.

내일 아침만큼은 무슨 일이 있어도 침소에서 맞이하리라.

백비운은 무거운 몸을 일으켰다.

그러나 그는 멀리서 총관이 헐레벌떡 뛰어오는 모습을 보고 오늘밤
도 제대로 자기는 틀렸다고 직감하고 있었다.

"또 무슨 일인가?"

"와, 왔습니다."

태사의에 다시 주저앉으며 양미간을 짚는 백비운이다. 언제나 끔찍
한 내용의 전서는 이런 식으로 전달되었던 것이다.

"이번엔 남궁세가라도 홀랑 망해먹었다던가?"

"망해먹은 것까지는 소관이 미처 알아보지 못했으나 남궁세가의 사
두번차가 당도한 것은 확실합니다."

벌떡!

"뭐? 사두번차!?"

사두번차가 무엇이던가? 오직 남궁세가의 셋째 공자이자 소가주인
남궁천상만이 이용할 수 있는 마차가 아니냔 말이다.

가문이 괴한들의 습격을 받아 망했다는 전갈을 사두번차가 전해 올
리는 없는 노릇.

간만에 백비운은 가벼운 걸음으로, 아니, 거의 날 듯한 신법으로 사
두번차를 마중 나갔다.

버선발로 뛰어나오는 백비운을 보고도 남궁천상은 고요했다.

"오호! 남궁 가주께서 친히 소가주를 보내주시다니… 이런 황송할
데가."

"남궁천상이 무림맹주께 인사 여쭈옵니다."

"인사는 무슨. 먼 길 간단한 여정이 아니었을 터인데 이렇게 와준
것만으로도 이 늙은이는 기쁘기 한량없네. 여봐라! 뭣들 하는 게냐! 어

서 안으로 뫼시지 못할꼬!"

백비운은 모처럼 제대로 된 가문에서 보내온 대표자가 소가주씩이나 되는 것을 보고 기뻐 비명이라도 지르고 싶었다.

뭔가 좀 이상하기는 하지만…….

듣던 것과는 달리 남궁가의 소가주가 소인배마냥 의기소침하며 그의 두 여동생은 비루먹은 강아지처럼 비실비실하고 웬 환자를 둘씩이나 실어 나르고 있으며, 아무리 봐도 남궁가와는 어울리지 않은 수세미 수염과 잔뜩 긴장한 표정의 밋밋한 녀석을 대동하고 있는 것이 영 수상하기는 했지만…….

아무렴 어떤가?

무엇보다 남궁세가의 소가주임을 증명하는 확실한 징표인 사두번차가 떡하니 눈앞에 있지 않느냔 말이다.

내일이 기대되지 않을 수 없는 백비운이었다.

"대, 대주… 이거 자꾸 이상하게 돌아가는데요?"

묵진민이다.

"언제는 안 이상했고?"

평생 인연이 없을 줄 알았던 무림맹에 발을 들이는 함철원의 표정은 여전히 '에라, 모르겠다' 였다.

개봉의 밤은 각자의 사정이 있는 무수한 마음을 안고 그렇게 깊어갔다.

제8장

고도(古都)의 하늘은 맑다!

진이 눈을 뜬 때는 겨울 한기가 고스라니 남아 있는 새벽이었다.

정신을 잃고 개봉으로 오는 내내 사경을 헤맸으므로 여정에 대해 아는 바는 없었다. 이제와 눈을 뜨고 보니 제법 쾌적한 침상의 위에 누워 있었으니 진은 어리둥절할 수밖에 없었다.

진은 습관처럼 몸 상태를 먼저 점검하기 시작했다.

진기는 원활하다. 부러진 곳은 없으며 특별히 통증이 느껴지는 곳도 없었다. 단지 왼쪽 다리가 얼얼했는데 움직여 보려고 하자 약간의 저항이 느껴졌다.

"우웅… 난 처녀귀신은 안 될거야이잉……."

왼쪽 다리가 얼얼한 이유를 알았다.

숙연연이 그 위로 엎드려 있는 것이었다. 다리의 감각이 없는 것으로 보아 아마도 간호를 한답시고 밤새 진의 다리를 베고 잠들어 있었나 보다.

진은 가만히 숙연연을 내려놓고 침상을 빠져나왔다.

문을 열자 폐부를 관통하는 차가운 바람이 스치고 간다.

그러나 여전히 지끈거리는 머리. 한차례 털어내 보지만 그런 동작만으로 지독한 두통이 사라지지는 않았다.

그것은 뭔가를 기억하려는 과정에서 오는 두통이었는데, 진의 기억은 정확히 무당산에서 영호성과 이덕패를 본 장면에서 끊겨 있었다.

그 후 어찌어찌해서 여기에 와 있다는 것인데, 당장 붙들고 무슨 일이 있었는지 물어볼 사람이 눈에 뜨이지 않으니 괜히 가슴만 답답해져 왔다.

그제야 눈에 들어오는 정경. 잘 가꿔진 정원이다. 겨울의 찬 기운은 여전했지만 초목이 가득했다. 복판에는 돈깨나 들였을 인공 연못도 자리하고 있었다.

진은 연못가에 걸터앉아 세안을 하기 시작했다.

그러기를 한참 후.

"내 연못에서 무슨 짓이야!"

진은 채 마치지 못한 세안을 그만두어야 했는데, 연못 주인의 앙칼진 소유권 주장을 받아들인 것이라기보다는 뾰족하게 날이 서 있는 음성이 다시 한 번 두통을 유발시켰기 때문이다.

잘록한 허리에 양손을 얹고 봉목을 잔뜩 치켜뜨고 있는 여인. 눈이 번쩍 뜨일 만큼 미인이었지만 워낙에 여자 보기를 돌같이 하는 진인지라 다시 연못에 얼굴을 담글 뿐이었다.

"너 지금 내 말 무시하는 거니?!"

가글가글가글…….

입 안을 깨끗이 행구고.

찌이익.

이사이로 오줌 누기도 한다.

"이 자식이!"

쇄애액!

텁!

날아든 여인의 일 장은 단 일 수 만에 진에게 손목이 잡히고 말았다.

"이, 이거 놔! 안 놔?!"

손을 빼려고 여인이 바둥거리자 진은 손을 풀어버렸다.

그 서슬에 여인은 중심을 잃고 엉덩방아를 찧고 말았다.

"이, 이……."

분한 나머지 눈물까지 글썽이는 여인.

진은 찬바람 나게 돌아설 다름이다.

훌쩍!

주춤.

"나쁜 자식……."

여인의 음성은 잔뜩 젖어 있다. 필경 커다란 눈에선 폭포수가 쏟아지고 있을 것이다.

여인의 눈물에 진의 마음은 해파리처럼 흐물흐물해져 버리고 말았다.

"놓으라고 해서 놓았을 뿐이다."

"내가 저를 얼마나 기다렸는데… 나쁜 놈!"

이건 또 무슨 소린가?

진은 의문이 가득한 눈으로 여인을 다시 한 번 유심히 살펴보았다.

그리고 보니 어디선가 본 얼굴이다.

마침내 떠오르는 장면.

영호성에게 겁도 없이 검을 들이대더니 결국 검을 던져 버리고 울어
젖히던……

"무림맹주 딸이라는… 그 개차반?"

진에게는 개차반으로만 기억된 백운혜의 얼굴에 순간적으로 실망과
부끄러움, 원망 등의 복잡한 감정들이 떠올랐다.

그리고 이내 백운혜의 얼굴에서 그런 것들은 흔적도 없이 사라져 버
렸으며 눈물을 잔뜩 뿌리며 별안간 진에게 안겨 드는 것이었다.

진은 놀랍고 당황스러웠으나 백운혜를 뿌리치지 않았다. 그렇다고
두 팔로 안아주는 것도 아니었고 그저 목석처럼 우두커니 서 있을 뿐
이었다.

한참 동안이나 진의 품에 안겨 있던 백비운은 비로소 진정이 되는지
진에게서 한 발자국 떨어져 섰다.

순결한 처녀로서 다소 과격한 행동을 부끄러워하는 듯 바알간 홍조
를 띤 모습. 더없이 순수하고 아름다운 모습이었다.

그러나 진의 얼굴은 얼음장처럼 차갑기만 하다.

이런 식으로 자꾸 얽히는 인연들. 전혀 반갑지 않은 탓이다.

백운혜는 눈물을 훔치며 이번에는 화사하게 웃어 보였다.

갈피를 잡을 수 없는 것이 여인의 마음이라더니…….

"그땐 제가 조금… 엉망이었죠?"

등장하는 장면을 돌이켜 보건대 지금도 그닥 훌륭하지는 않다, 라고
말해 주고 싶었으나 진은 이런 상황에 어울리지 않을 것이라는 생각이
들어 한 번 삼켰다.

“이번엔 오래 머무실 거죠?”

“그러기 전에 내가 어디에 머물고 있는 것인가부터 알아야 할 것 같군.”

의아한, 그리고 걱정스럽다는 표정.

“무당에서 괴흉수들에게 일격을 받아 혼절한 채로 실려오셨다는 말이 사실인가 보군요.”

어딘지 모르게 기분이 나빠진다.

그 이유가 ‘무당에서 큰 곤욕을 치르셨다는 말이 사실인가 보군요?’라는 우회적이면서도 상대의 기분을 크게 상하지 않다는 말이 있다는 사실을 알기에는 많은 시간이 필요치 않았다.

‘전혀 변하지 않았군.’

그리고 이번에도 진은 집어 삼켰다.

“여긴 백운세가 경내 괴빈각입니다. 본래 무림맹을 방문하시는 손님들은 무림맹 내 접빈각에서 모시도록 되어 있는데 남궁가의 소가주님이 계시기엔 워낙에 누추한 곳이라 아버지께서 이곳으로 모셨다고 들었습니다.”

백운세가? 무림맹?

이게 뭔 소린가?

무림맹이라면 각파에서 칼잡이들을 몇 명씩 보내놓고 있다는 조직인데… 개봉에 있다고 하지 않았었나? 그렇다면 무당산에서 개봉까지 왔단 말인가?

“며칠이지?”

“네?”

“오늘이 며칠이냐고!”

진의 목소리가 높아지자 백운혜는 다소간 주눅이 들어 더듬더듬 대답했다.

"이, 이월 초나흘······."

백운혜는 초나흘하고 두 시진이 지난 새벽이라는 나머지 말을 하지 못했다. 진은 이미 찬바람을 일으키며 사라졌으므로.

백운혜의 나직한 한숨이 새벽을 갈랐다.

백비운의 두 주먹은 부들부들 떨리고 있었다.

눈에 넣어도 아프지 않을 막내딸의 한숨은 그에게는 가슴을 파고드는 날카로운 비수였다.

백비운은 사두번차에 실려온 환자 중 한 명이 언젠가 유심히 지켜보던 진이라는 사실을 진작 알고 있었다.

영호성의 손자?

빌어먹을 늙은이에게 완벽하게 속았다.

무림맹 비호대의 정보망을 총동원해 영호성의 사돈의 팔촌까지 조사했지만 그런 인물은 없었던 것이다.

막내딸을 영호세가에 시집을 보내 백운세가에 부족한 절정고수를 늘이고 이를 토대로 남궁세가 못지않은, 아니, 남궁세가를 젖히고 진정한 천하제일가로 올라서려는 그의 야심찬 계획은 완전히 맥이 빠지고 말았다.

더군다나 백운혜는 저 녀석을 만난 이후 시름시름 앓기 시작했다.

명의라는 명의는 모조리 긁어모아 진맥을 하게 했으니 백운혜의 병명이 상사병이라는 소릴 듣고는 기가 막혔다.

저깟 근본도 모르는 하찮은 놈 따위에······.

같이 싸웠다는 남궁천상은 멀쩡하거늘 제놈만 저리 실려온 까닭도 뻔하다.

세상 무서운 줄 모르고 까불다가 한 방 얻어맞은 것일 터.

한 번 밉보이니 예쁜 구석이 없다.

더군다나 영호성과 관련이 있다니 더 믿음이 안 간다.

영호성은 무림맹의 군사 조직화에 가장 적극적으로 반대의 의사를 표명한 것이었다.

난세일수록 무림맹은 중도적 입장에서 민초들을 보살펴야 한다니… 이 얼마나 한가한 소리냔 말이다.

결국 백비운의 마음은 영호세가에서 완전히 돌아앉았다.

기실 세 확장 따위는 관심없고 땅이나 파 먹고사는 영호세가와 엮어 봐야 무슨 도움이 될 것인가?

대신 백비운이 눈을 돌린 쪽은 남궁세가였다.

남궁세가가 원 조정의 비호를 받아 지금의 세를 만들었다는 공공연한 비밀 따위는 중요하지 않았다.

남궁무연과 자신이 썩 편안한 관계를 유지하고 있지 않더라도 그닥 관계가 없다.

백비운이 보기엔 한 번 주어진 기회를 놓치지 않고 적절히 자신에게 이롭게 만든 남궁무연의 열린 사고를 미루어 보건대 필요하다면 언제든지 전략적 제휴가 가능할 것이었다.

그리고 자신이 낸 제안은 남궁무연에게도 충분히 흥미를 끌 수 있을 것이다. 그렇기에 소가주씩이나 보낸 것이 아니겠는가?

힘없는 자의 정의는 서상을 향한 불만일 뿐이다. 강력하고 절대적인 힘이 토대가 되어야만 정의가 정립되는 것이다.

이것이 엄연한 현실.

냉정한 현실은 외면한 채 고리타분한 명분이나 들먹이는 소림의 땡중들과 무당의 호랑말코들을 설득하기란 결코 쉽지 않은 일이었을 터. 오히려 이 두 문파가 철저하게 망가진 것은 잘된 일인지도 모른다.

'이렇게 되면 정체 모를 흉수들이 문파들을 공격한 것에 오히려 감사라도 해야 하나?'

그러나 망해도 너무 망했다.

주춧돌, 풀 한 포기까지 깡그리 멸살했다 하니 누가 있어 구파일방의 막강한 힘의 공백을 메워줄 수 있을 것인가?

더군다나 흉수들의 날카로운 창이 백운세가와 무림맹이라고 비켜설 것이라고 장담할 수 있다는 말인가?

'남궁천상… 그래, 남궁천상이야!'

백비운은 손가락을 튕겼다.

딸이라서 하는 소리가 아니라 백운혜는 누가 봐도 절색이다.

남궁천상은 기능에 문제가 있는 게 아니냐는 의문을 낳을 정도로 여자에 관심이 없다고는 하지만, 자신의 딸을 보고도 흔들리지 않는다면 고자가 틀림없으리라.

단순한 전략적 제휴는 서로의 이견이 불거지면 언제든지 파탄날 수가 있다. 그러나 두 가문이 혈연으로 묶인다면? 그래서 마침내 백운세가와 남궁세가가 진정한 하나가 된다면 그야말로 호랑이에게 용의 날개를 달아주는 격.

아무리 최근의 어마어마한 일들을 벌인 흉수들이라도 구파를 상대로 적잖은 피해를 입었을 터. 하나 된 백운세가와 남궁세가라면 그들도 감히 넘보지 못할 것이다.

저 근본도 모르는 괴팍한 녀석을 딸에게서 떨어내야 하는 것이 우선
이다. 이후 남궁천상을 수단과 방법을 가리지 말고 딸에게 붙여야 한
다. 필요하다면 미혼약을 풀어서 강제로 둘을 합방시키는 것마저도 불
사하리라.

천하제일가의 체면이 있거늘 남궁천상도 감히 오리발을 내밀지는
못할 터.

'그렇게만 된다면… 나의 꿈도 결코 꿈으로 끝나지는 않으리라. 크
흐흐흐.'

소리없이 웃고 있는 백비운의 뒤로 인기척이 느껴졌다.

"맹주께 문안드리옵니다."

백비운의 장자, 백차성이었다.

백비운의 눈이 순식간에 싸늘해졌다. 그것은 도저히 혈육을, 더군다
나 큰아들을 대하는 태도가 아니었다.

백차성 또한 가문에서조차 아비를 맹주라 부르고 있으니 모르는 이
가 보았다면 그 둘이 부자간이 맞는가를 먼저 의심할 지경이었다.

호부견자(虎父犬子) 백차성.

백차성을 이르는 수많은 수식어 가운데 가장 일반적인 것이었다.

백차성은 도무지 어디로 낳은 자식인지 백비운을 눈곱만큼도 닮지
않았다. 용모도 그러하고, 무의 자질도 그러했다. 그렇다고 글 파먹고
살 만한 학식을 쌓았냐 하면 그 쪽도 그리 신통치 않은 것이었다.

기대가 컸던 만큼 실망도 컸다.

아니, 실망 정도가 아니라 백비운은 백차성을 숫제 주워온 자식 취
급을 했다. 오죽했으면 백운세가의 정실 부인 하씨가 울분을 토하며
쓰러졌으며 결국 시름시름 앓다가 죽고 말았겠는가?

그럼에도 백비운의 태도는 달라지지 않았으며 고인이 된 하씨 부인마저 폄하했다. 씨받이가 그 모양이니 저런 개도 안 물어갈 자식이 나왔다고…….

백운혜는 하씨 부인의 삼 년 상이 끝나기도 전에 귀주방가의 둘째 여식을 첩으로 들이고 낳은 자식이었다.

비록 여아인 것에 적잖은 실망을 했으나 백운혜의 자질은 백차성에게서 채우지 못한 바람들을 모조리 대신하고도 남을 지경이었다.

따라서 백차성은 더욱 백비운의 눈 밖에 날 수밖에 없었다.

물론 대외적으로 백차성은 엄연히 백운세가를 이끌어갈 차기 가주로 지명되어 있었으나 백운세가에서 밥이라도 한 끼 얻어먹어 본 자들은 그런 일은 절대로 일어나지 않을 것이란 사실을 알 수 있을 것이었다.

매일을 술독에 빠져 사는 백차성.

아비로부터도 외면을 받은 그의 비극적인 삶의 당연한 귀결이었으나 아무도 그를 연민하지는 않았다.

탕자가 어떤 것인가를 보여주는 난삽한 생활. 주취 고성방가는 일상이고 길 가던 처자를 희롱하는 것은 예사며, 심지어 월담하여 부녀자를 겁간하고 죽여 버리는 일도 있었다.

백운세가에서 은자를 뿌리고 쉬쉬하는 바람에 드러나지는 않았지만 이미 알 만한 사람은 다 아는 이야기였다.

차라리 혀를 깨물고 죽었더라면 한 줌의 동정이라도 받았을 것을…….

"방에 틀어박혀 술독이나 세고 있을 것이지 웬 걸음이더냐?"

새벽 공기보다 찬 백비운의 음성이었다.

그리고 대답을 듣기도 전에 백비운은 더욱 차가운 바람을 일으키며 돌아서 처소로 향해 버리는 것이었다.

그렇기에 홀로 남은 백차성의 눈이 시리게 빛나며 엷은, 그리고 잔인한 미소가 걸려들었다는 것을 백비운은 알지 못했다.

남궁천상은 술에 절어 있었다.

술이라도 마시지 않으련 견딜 수가 없었던 탓이다.

두려움이라면 아무리 남궁가의 피를 이어받은 무가의 자손이라도 매번 느낄 만한 감정일 것이다.

남궁천상은 인간의 당연한 두려움마저 극복하는 법을 깨우쳤다 믿었고, 믿는 순간부터 실제로 두려운 것은 없었다.

그것은 완벽한 착각이었다.

들은 기억은 있었다.

서른 중반이 되어 도강을 깨우친 무공 천재 이덕패. 단숨에 녹림을 일통하고 장강수로 십팔타까지 집어삼킨 야심가.

그땐 말 좋아하는 호사가들이 살을 너무 많이 붙였다 생각했다.

그리고 무당에서의 이덕패는……

듣던 것보다 더욱 비현실적이었다.

남궁천상은 그의 눈길조차 견뎌내지 못했다. 칼을 들어 칼 위에서 자라온 무가의 자손이 칼을 들어볼 생각도 하지 못하고 넋을 잃은 차 덜덜 떨고만 있었다.

생신 장삼봉조차, 신검 영호성조차, 아니, 무신이라는 그 둘이 손을 섞고도 그 다섯을 이겨내지 못했으니 당연한 것이라 스스로에게 위로도 해보았지만, 남궁천상은 왠지 다시는 검을 들지 못할 것만 같았다.

아니, 확실히 들지 못한다.

검에 손을 가져갈라 치면 그들의 눈빛이 생각난다.

당장이라도 목을 가져가 버릴 듯한 그 엄청난 살의가 생생하게 떠오른다.

한 잔… 더 해야겠다.

진이 들이닥친 것은 남궁천상이 술잔을 가득 채울 때였다.

"이봐. 여긴 왜 온 거지? 그동안 무슨 일이 있었던…….."

남궁천상은 눈길 한 번 주지 않았다. 게다가 바른 생활 왕자가 이른 새벽부터 술 타령이라니.

그제야 진에게 취기 가득한 시선을 돌리는 남궁천상.

"깨어나셨소이까?"

목소리마저 술기운이 가득하다. 진은 말없이 남궁천상의 맞은편에 앉아 한동안 그를 물끄러미 쳐다보았다.

변했다. 어디가 변했냐고 묻는다면 당장 말문이 막힐 터이나 지금의 남궁천상은 분명히 사막의 객잔에서 처음 만난 남궁천상이 아니었다.

"무슨 일이 있기는 있었군."

그저 다시 술잔을 채우며.

"많은 일이 있었지요. 어디 보자, 어디부터 말해 볼까요? 그렇지. 이 부분이 좋겠구려. 세상모르고 설치던 천둥벌거숭이 한 놈이 제멋에 겨워 거검을 들고 설치다가 이덕패라는 무식한 놈과 맞닥뜨렸는데! 어이쿠, 이게 뭐야? 글쎄, 이놈이 칼은 뽑아보지도 못하고 앉아서 오줌만 질질 싸고 있었다지 뭐요? 어떻소. 아주 재밌는 이야기가 아닙니까?"

"……."

"별로요? 그럼 이건 어떻소. 천둥벌거숭이 놈은 넋을 잃고 주저앉아 있는데 자신과 비슷한 경지이겠거니 했던 어떤 자는 주저앉지도 않고 눈을 피하지도 않았으며, 되려 칼을 들고 덤벼들기까지 합디다.”

기억났다.

그때의 공포가 생생히 되살아나 살갗이 돋아날 지경. 분명히 진도 그들의 실로 엄청난 살기를 받아내지 못하고 내부가 진탕되고 있었다.

그 순간 인당을 중심으로 온몸으로 순식간에 뻗쳐 가던 미지의 기운.

맞다. 영호성과의 일전에서, 귀랑을 치료하면서 잠시 잠깐 스쳐 지나갔던 그 기운이다.

그리고는… 이덕패의 단 한 수에 멱이 붙들렸으며 이내 정신을 잃었다. 허무하게 끝나 버린 승부. 지난 세월 생간을 씹어 먹는 고통을 이겨내며 익혀온 무공은 원수 앞에 하루살이보다 하찮은 존재였던 것이다.

“나도… 한잔 주겠나?”

가타부타 대답을 하기도 전에 진은 술병을 낚아채더니 병째로 나발을 불었다. 갈증을 술로 풀어버리려는 사람마냥 절반은 목구멍에, 절반은 앞섶을 적시면서도 쉬지 않고 들이킨다.

술병을 내려놓자마자 이번에는 남궁천상이 가로채 나발을 불어댔다.

쾅!

거칠게 술병을 내려놓는 남궁천상. 술병은 산산조각나 사방으로 비산했다.

사기 파편에 걸레처럼 너덜거리는 자신의 손을 물끄러미 쳐다보는 남궁천상.

“이 손은… 술병이나 잡으면 딱 맞겠소.”

무공을 버리겠다는 의미.

진은 한동안 말이 없었다.

그러다 문득,

"놈의 팔에서 피가 나더군."

"……?"

"피가 나는 건 다 죽어."

"……."

"그럼 놈도 죽겠지."

"……!"

명쾌한 삼단 논법이다.

맞다. 이덕패라고 해도 뼈다귀 위에 피륙이 뒤덮인 인간일 뿐이다. 결코 평범하다고는 말할 수 없겠지만 그 역시 재수없으면 길가다 벼락 맞아 죽을 수도 있는 인간일 뿐인 것이다.

남궁천상은 잠시 멍청한 표정을 지어 보이더니 큭큭댔고 이내 크게 웃어버리기 시작했다.

한참 동안이나 남궁천상은 눈물이 나도록 웃어 젖혔고, 진은 그저 그 모습을 지켜볼 따름이었다.

곧 잦아드는 웃음. 마침내 그의 얼굴에서 완전히 웃음이 사라졌을 때 남궁천상의 눈을 채우고 있던 취기도 함께 사라져 있었다.

"혹여 이런 얘기 들은 적 있소?"

"무슨 얘기?"

"당신은… 꽤 괜찮은 남자요."

진 역시 피씩 웃는다.

"그런 얘기라면 많이 듣는 편이다."

다시 크게 웃어 젖히는 남궁천상의 손에는 뇌룡검이 굳게 쥐어져 있었다.

개봉은 시끄러웠다.

백만 명이나 되는 인간들이 득실대는 곳이니 언제나 그렇기도 했지만 오늘은 정도가 심하다.

늦깎이 북풍에 맹렬히 나부끼는 수십 개의 깃발. 그중 단연 위용을 자랑하는 무림맹의 상징, 영웅기(英雄旗)다.

영웅기 아래 모여든 군웅. 어림잡아도 일만이 넘어서는 숫자였다.

그야말로 도떼기시장을 방불케 하는 소란스러움이다.

그리고 여기에 한 몫 크게 보태는 숙연연이었다.

"꺄아악! 이건 뭐야? 꺄악! 저건 또 뭐야?"

어린 시절에는 태양선교에만 갇혀 지내다가 석천산 이후로는 이목이 많지 않은 오지로만 끌고 다녔으니 개봉 같은 대도시는 그녀로서는 별천지였던 것이다.

거기에 예전의 자신만만하고 여유롭던 모습과는 분명히 달라졌지만, 넋 나간 사람처럼 맥없이 지내던 남궁천상이 기운을 차리자 덩달아 쾌활함을 되찾은 남궁영과 남궁취가 숙연연의 광분에 기름을 부었다.

"언니! 언니! 이리 와서 이것 좀 봐."

"어머! 너무 예쁘다."

"그렇지? 예쁘지? 우리 이거 살까?"

"사사, 나 부자야. 몽창 다 사버렷!"

남궁천상이 지불하려던 것을 뜯어말리더니 은자 백 냥짜리 어음을

꺼내 들어 남궁천상은 물론, 가게의 주인까지 놀라게 만드는 숙연연이
었다.

세상 경험 적지 않은 함철원도 어안이 벙벙한 모습이었다.

중원천지 다녀보지 않은 곳이 없는 그였지만 한꺼번에 이리도 많은
사람들이 모여 있는 것은 그로서도 처음 보는 광경이었던 것이다. 그
럴 만도 한 것이, 자신들보다 열 배나 많은 한족들이 뭉치는 것을 극도
로 경계해 왔던 원 조정이 이러한 대규모 군웅대회를 원천적으로 차단
해 왔기 때문이었다.

반면, 진은 무던하다.

인구 천이백만의 대도시에서 나고 자란 그다. 그가 살았던 도시의
사람들은 인구 백오십만의 도시를 시골이라고 했다. 사람만 바글대는
백만의 개봉? 촌구석이다.

정작 그가 흥미로워하는 부분은 따로 있었다.

소란스럽고 난삽하게만 보이는 개봉. 그러나 그 안에는 묘한 긴장감
도 팽팽하였는데, 진은 진작에 이런 분위기를 감지하고 있었다.

"쥐새끼들이 많군."

진이 불현듯 말했으므로 남궁천상은 잠시 의아한 표정을 지어 보였
다. 그러나 남궁천상은 곧 진이 말하는 바를 알 수 있었다.

"잔칫집에는 으레 파리가 꾀이기 마련이지요."

사람들 사이에 섞여 있는 몇몇 눈에 뜨이는 자들.

촌부의 모습을 흉내 내기는 했지만 태양열이 불쑥 솟아 있고 날카로
운 눈빛을 빛내는 자들이 하릴없이 어슬렁대고 있는 것이다.

개중에는 예상치 못한 소요에 대비해 풀어놓은 무림맹의 무사들도
있었지만, 원 조정에서 파견한 근위 무사와 정체를 알 수 없는 단체에

서 침투시킨 간자들이 한데 뒤섞여 있음을 알 만한 사람은 다 아는 사실이었다.

개봉의 소란스러움 뒤로는 각기 뜻한 바가 다른 수십의 칼이 언제든지 피를 맛볼 준비를 하고 있는 것이다.

대회를 준비하는 무림맹이 이러한 사실을 알고 있으면서도 내버려두는 이유는 간단했다.

자신감이다.

그들 눈으로 똑똑히 보고 나서 그들의 주인에게 전달하라는 것이다.

남송, 나아가 대송제국의 재탄생을.

"대회가 시작되려면 아직 여유가 있으니 미리 식사나 해결을 하시지요."

본래 번잡함이 마땅치 않았던 진은 흔쾌히 동의했다.

객잔의 번잡함도 만만치 않았다.

객청에는 발 딛을 틈이 없었고, 수십의 점소이들은 주문을 받고 음식을 나르느라 부산스럽게 뛰어다니고 있었다.

진 일행이 들어서고 한참이 지나서야 점소이 한 명이 땀을 뻘뻘 흘리며 맞아왔다.

"손님, 지금은 자리가 없는지라 한가한 시간에 따로 오심이……."

"이것이면 자리 하나쯤은 얻을 수 있다고 들었소만."

남궁천상이 내민 것은 하나의 동패였는데 동패를 본 점소이는 당장에 얼굴이 하얗게 질려 버렸다.

바로 무림맹이 발행한 영웅동패였던 것이다.

점소이가 하얗게 질려 버린 이유는 영웅동패를 가진 사람은 개봉 내

어느 곳에서나 최고의 대접을 받을 수 있는데 그런 만큼 어지간한 신분이 아니면 내주지 않는다는 사실을 잘 알고 있었기 때문이다. 그리고 개봉 내 점소이들에게 이미 파다하게 퍼져 있는 하나의 소문이 있었는데, 그것은 천하제일 남궁세가의 소가주가 개봉에 들어왔으며 지금은 백운세가에 머물고 있다는 것이었다.

고로,

"호, 혹시 남궁가의……."

남궁천상이 편안하게 웃어주었으나 점소이의 얼굴은 숫제 꺼멓게 죽어가기 시작했다.

기겁성을 터뜨리며 후닥닥 뛰어가는 점소이를 보고 남궁천상은 쓰게 웃었다.

강자 앞에서는 제대로 서 있지도 못했건만 여전히 세인들은 남궁세가의 셋째 공자와 소가주라는 직함 앞에 머리를 조아린다. 빛 좋을 개살구에 지나지 않은 허울 좋은 허상 앞에…….

칼로 쥔 권력이란 이런 것이다. 더욱 예리하게 별러진 칼 앞에서는 언제고 무너질 수밖에 없는 사상누각인 것이다.

'대회가 끝나고 본 가에 가면… 꽤나 많은 생각을 해야 할 것이다. 꽤나 오랜 시간을…….'

남궁천상 스스로가 부끄럽지 않다 여길 때까지, 그때가 언제가 되든 소가주의 직함을 잊고 폐관수련을 하리라 결심하는 순간이었다.

진 일행은 부리나케 뛰어나온 점주의 안내를 받아 삼층의 특실로 안내되었다.

진이 갑자기 멈춰 선 것은 이층을 지나 막 삼층의 계단으로 오르려던 순간이었다.

“음?”

이층은 그나마 돈푼깨나 있는 자들이어야 올라올 수 있을 정도로 자릿세가 비싼 곳인데 일층 만큼의 북새통은 아니었으나 빈자리가 없이 꽉 차 있었다.

진이 걸음을 멈춘 이유는 이층의 자리들을 차지하고 있는 사람들의 대부분이 무림인이라는 특이한 정경 때문만은 아니었다.

무심코 둘러본 와중에 언뜻 스쳐 본 얼굴.

아무래도 낯설지가 않아 다시 한 번 확인해 보려는 것이었다.

자못 긴장감이 흐르는 장내다. 각기 다른 문파의 무인들. 오랜 기간 동안 서로를 경계와 질시로써 경쟁해 온 무림인들이다. 그들은 자신들이 개봉으로 온 이유를 잘 알고 있다. 자신들이 중심이 되어 새롭게 건설될 한족의 국가.

필경 많이 얻는 자가 있을 것이며 상대적으로 적게 얻어갈 자, 혹은 되려 가진 것마저 잃는 자가 생길 것이다.

우위. 그들이 생각하는 것은 오직 그것뿐이었다. 뜻을 모아 군사를 조직하고 필시 생겨날 크고 작은 반대 세력과의 분쟁을 감수해야 하며, 이를 온전히 극복한 후에도 결코 짧지 않은 시간 동안 체제를 정비해야 하나의 국가가 성립될 수 있다는 상식 따위는 그들은 전혀 실감하지 못하고 있는 것이다.

구파일방과 육대세가의 체제가 붕괴된 지금, 고만고만한 문파들의 눈치 싸움과 힘 겨루기는 이 작은 객잔의 이층에서도 치열하게 전개되고 있는 것이었다.

그러므로 이층의 객청은 북새통인 일층과는 분위기가 많이 달랐다. 누구 하나 큰 소리를 내는 이가 없었으며, 각자의 일행과도 되도록 속

삭이려고 애쓰는 모습들이다. 폭풍 전야마냥 불안한 조심스러움인 것이다.

진은 이러한 분위기를 개의치 않고 한쪽 구석, 세 명의 사내가 찻잔을 홀짝이고 있는 곳을 향해 서슴없는 걸음으로 다가섰다.

진이 그들에게 접근할수록 증가되는 긴장감. 일파만파. 이층의 객잔에는 그나마 속삭임도 사라지고 정적에 휩싸였으며 그만큼의 위험한 기세가 가득 피어올랐다.

마침내 세 명의 사내가 있는 식탁에서 멈춰 서는 진. 진과 마주 보고 있는 서생풍의 사내는 일견 의아한 표정을 지어 보이고 있으나 내심을 비추는 그의 눈에는 미세한 긴장이 서려 있었다.

그 옆의 또 다른 사내. 그윽하게 깔린 그의 눈에서는 아무것도 읽을 수 없었을 뿐 아니라 야무지게 닫혀 있는 입술을 보건대 평소에도 말수가 적은 자리라. 무엇보다 그의 한 손은 식탁 밑에 숨겨져 있었다. 필경 언제든지 칼을 뽑아낼 준비가 되어 있으리라. 위험한 자다.

진은 포권을 쥐어 보였다. 여전히 익숙하지 않았지만 상대에게 맨손을 보임으로 적의가 없다는 것을 보여주기에는 이만한 인사법이 없었다.

"소생은 현진이라 합니다."

"그렇소이까?"

서생풍의, 그러나 결코 서생의 유유한 눈빛이 아닌 사내가 되물었다. 그래서 뭐 어쨌냐는 투다. 진은 개의치 않고 말을 이었다.

"제가 일전에 춘연곡이라는 곳에서 은혜를 입어 이를 갚기를 소원하였으나, 이후 소식을 알지 못해 안타까워하고 있습니다만……."

서생풍의 사내는 긴장을 끈을 늦추지 않았으나 또한 이채를 띤 눈으로 진의 시선이 머물러 있는 중년인을 바라보았다.

비로소 의자에서 일어서 진을 대하는 중년인. 텁석부리수염은 정갈하게 정리되어 있고, 탕건으로 가렸으나 대머리는 여전하다. 그는 분명히 최선지였다.

"사람을 잘못 보신 듯하오이다. 나는 춘연곡이라는 곳을 가본 적도 없을 뿐만 아니라 귀하와의 면식도 기억이 없소이다."

그러나 진은 분명히 보았다, 진을 보면서 반가워하는 기색이 역력한 그의 눈빛을.

그럼에도 애써 모른 척하는 까닭은 무엇인가?

"죄송합니다. 제가 사람을 잘못 본 것이 틀림없군요."

최선지가 저리 행동하는 데에는 필경 곡절이 있으리라. 진은 다시 포권지례를 올리고 주저없이 발길을 돌려 버릴 뿐이었다.

일행은 진이 아는 사람이라도 만난 모양이다, 라고 생각하고 있다가 사람 잘못 봐서 미안하다며 돌아오는 진을 보고 멍청해진 모습이다. 그만큼 진의 지금 행동은 평소 그가 보여준 것과는 달리 실없어 보인 탓이었다.

제9장

고도(古都)의 하늘은 맑다 2

　　어지간한 지체 높으신 분이 아니면 절대로 개
방하지 않는다는 점주의 말처럼 과연 삼층의 귀빈실은 화려하고 넓었다.
　　숙연연은 쩍 벌어진 입을 다물지 못했으며 '지체 높으신 분'의 자제
인 남궁영과 남궁취도 적잖이 놀란 표정이었다. 그녀들의 모습에서 탄
력을 받은 점주가 이리저리 끌고 다니며 페르시아산이 어떻고, 포국산
대리석이 어떻고 할 적마다 그녀들은 터무니없이 큰 감탄사로 동조해
주었다.
　　역시 이런 것에는 별반 관심없었던 진은 한마디만으로 모든 것을 표
현했다.
　　"비싸겠군."
　　천하제일가의 소가주임에도 화려함을 극도로 경계하는 남궁천상도
한마디.

“제 돈이 드는 것도 아니니…….”

함철원과 묵진민도 여자들을 따라 희귀한 것들을 구경하고 싶었으나 워낙에 무던한 두 사내의 눈에 어찌 비춰질까 두려워 그들을 따라 자리에 앉을 뿐이었다.

용정차가 나오자 한 잔을 따라 입을 축이던 남궁천상이 말을 꺼냈다.

“그자들, 고려인이더군요.”

진의 눈에 이채가 서리자 낙궁천상이 별것 아니라는 투로 말했다.

“쌍수도(雙手刀)로는 단연 왜도(倭刀)가 으뜸. 다음으로 고려의 것을 쳐주지요. 그러나 두 나라의 검술은 사뭇 다른 점이 많은데 저들의 파지법으로 보아 왜검술은 아닌 듯하고, 그렇다면 고려인일 가능성이 많지요.”

“그사이 꽤 많은 것을 알아냈군.”

“본래 본 가의 검술은 쌍수장검을 토대로 발전한 것이고, 쌍수장검은 남방에서 창궐하는 왜도의 강성함을 염두에 두고 만들어진 것이어서 몇 가지 주워들은 것이 있었을 뿐입니다.”

“그럼 두 번째 창가에 앉은 창백한 녀석과 식탁 하나를 두고 떨어져 있는 자는 어떻던가?”

남궁천상은 의문이 가득한 표정으로 진을 바라볼 따름.

“그 난장판에서도 두 녀석만이 호수처럼 잔잔하더군.”

“난장판? 무슨 난장판?”

묵진민이 되물었으나 대답해 주는 이는 없었다.

난장판이었다. 서로 칼을 뽑아 들고 피를 쏟아내는 격전장은 아니었으나 서로를 경계하며 질시가 담긴 보이지 않은 칼이 난무하는 난장판

이 바로 이층이었다. 이것을 느낀 것은 진과 남궁천상, 그리고 함철원
뿐이었던 것이다.

묵진민은 함철원에게 제발 무슨 말을 하는지 나도 좀 알자, 라는 눈
빛을 보냈으나 그저 귀한 용정차를 홀짝일 따름이었다.

기실 진은 최선지를 발견하기 전에 창백한 안색의 백의사내를 먼저
봤다. 아마도 가까운 과거에 목숨이 위험할 지경인 병환이 있었고, 미
처 회복되지 않은 듯 병색의 흔적이 남아 있는 모습이었다. 그럼에도
그만한 평정을 유지한다는 것은 꽤나 놀라운 일이었다.

그리고 음침한 분위기의 흑의사내. 그의 위치는 백의사내와 대각 사
선을 이루는 방향에 있었는데 그의 왼쪽 발이 백의사내에게 향하고 있
는 것이었다.

둘 중 하나다. 공격, 혹은 호위.

이목이, 그것도 칼밥 빌어먹고 사는 자들의 눈이 그토록 많은 곳이
었으니 아마도 후자이리라.

진은 특히 백의사내에게 신경이 쓰였다. 그의 인상이 결코 낯설지가
않다는 이유 때문이었는데, 아무리 되짚어봐도 그를 어디서 봤는지 도
무지 생각이 나질 않는 것이었다.

그 점이 꽤나 찜찜한 구석을 만들었고, 최근에 일어난 답답한 사건
들과 더불어 더욱 진의 가슴을 심난하게 만들었다.

진은 바람이라도 쐬어볼 요량으로 특실과 연결된 노대(露臺:전망대)
로 나갔다. 개봉에서도 삼층 건물은 흔하지 않았고 객잔의 지대가 상
대적으로 높은지라 한눈에 개봉의 전경이 들어왔다.

밑에서 본 난삽한 거리와는 또 다른 풍경. 여전히 가슴 한구석은 무
거웠으나 답답함은 조금 가시는 듯했다.

그러나 그것은 잠시만 허락된 여유.

무심코 멀지 않은 나루터에 시선이 머문 순간, 진은 갑자기 가슴이 두근거렸다. 이런 현상은 결코 자주 있는 것이 아니어서 진은 자신의 가슴을 두드리는 실체를 더욱 유심히 관찰하기 시작했다.

작은 나룻배에서 내리고 있는 대여섯의 남녀.

그중 특히 중간에 있는 여인에게 유독 시선이 집중되어졌다.

그리고 백의사내에서와는 달리 선명하고 명확한 기억들이 솟구쳐 올랐다.

체형, 너털거리는 특유의 걸음걸이. 십 년이 넘는 세월을 같이했거늘 어찌 잊을 수 있겠는가?

의심의 여지가 없다.

저건 틀림없는 연화다.

연화는 혼자가 아니었다. 멀리서도 기백이 느껴지는 사내 대여섯 명에 둘러싸여 있었다. 압송이나 감시보다는 호위의 형태. 그러나 사내들은 진의 안중에 없었다.

단숨에 노대의 난간을 밟고 뛰어오르는 진.

돌발적인 진의 행동에 남궁천상이 벌떡 일어났다.

"영아, 곧 돌아올 것이니 경거망동 말거라."

혹여나 하는 마음에 단부도 있지 않은 남궁천상도 까맣게 멀어져 갔다.

남은 일행은 이제는 익숙하다는 듯 여자들은 하던 구경을 계속했으며 함철원은 용정차를 한 잔 더 따라 마셨고, 묵진민은 고개를 절레절레 흔들어댔다.

오직 점주만이 삼층 누각에서 투신한 두 사내를 보고는 눈을 뒤집으며 풀썩 기절할 뿐이었다.

멀지 않아 보이던 나루터였건만 아직도 호수는 보이지 않았다.
"빌어먹을!"
마음이 다급해졌다. 연화를 놓치고 말 것만 같았다.
물어볼 것이 많다.
중공산에선 대체 무슨 일이 있었는가? 그녀에게는 무슨 일이 있었는
가? 이렇게 살아 있었으면서 왜 중공산에는 돌아오지 않았는가? 어디 다
친 곳은 없는가? 밥은 잘 먹고 다녔으며, 잠자리는 불편하지 않았는가?
진의 가슴에서는 정체 모를 흥분과 앞뒤 없이 솟아나는 의문들이 가
득했다.
마침내 도착한 나루터.
역시나 드는 사람들과 나려는 사람들이 한데 뒤엉켜 번잡하기 짝이
없었다.
진은 몸을 솟구쳐 단숨에 연화가 타고 온 선이 있는 곳으로 떨어져
내렸다.
그 모습이 마치 한 마리 비조와 같았기에 탄성을 내지르는 이, 기겁
하는 이들의 소란이 있었으나 그들 역시 진의 안중에는 없었다.
놀란 눈을 뎅그렇게 뜨고 사시나무마냥 떨어대는 노사공.
"조금 전 태우고 온 사람들은 어디 갔소?"
그 순간 노사공의 눈이 일순 다른 빛을 띠었다. 지극히 순간적이긴
했으나 의심과 함께 드러난 적의. 진은 그것을 놓치지 않았다.
이내 태연한 어조의 제남 사투리를 늘어놓는 노사공이었다.
"그걸 내가 어찌 알겨? 제놈들 가고 싶은 곳으로 갔겠지."

진은 품을 뒤져 은 백 냥짜리 어음을 빼 노사공에게 내밀었다. 거금을 두고 휘둥그레지는 노사공. 그러나 그것 역시 거짓이다.

진은 다급해져 목소리가 높아졌다.

"나는 꼭 만나야겠으니 노인께선 그녀가 간 방향만이라도 내게 가르쳐 주시오!"

다시 일변하는 노인의 표정. 이번에는 노골적이다.

"잊어부러."

"……."

"그러는 편이 피차 이로울 것이구먼."

노사공은 뜻 모를 말을 남기고 노를 저어 갔다. 진은 당장에 노사공의 멱살을 쥐고 흔들고 싶은 마음이 솟구쳐 올랐으나 그러기엔 시간이 없었다.

"니기미!"

진은 노대에서나마 잠시 봤던, 연화가 움직였던 방향을 가늠해 내달리기 시작했다.

도망가거나 몸을 숨기지만 않았다면, 그럴 이유가 전혀 없으므로 그녀는 아직 멀리 가지 못했다.

따라잡을 수 있다. 불러만 세울 수 있다면…….

그러나 잠시 후, 진은 불길한 예감은 틀림이 없다는 것을 확인해야 했다.

구름처럼 운집해 움직이는 군웅 속, 진은 망연자실한 모습으로 서 있었다.

일각 동안 쉬지 않고 근방을 찾아 헤맸지만 연화의 모습은 다시 찾을 수 없었다. 아무리 사람들에 섞여 있다고 해도 찾아낼 자신이 있었건만 하늘로 솟은 마냥 자취를 감춰 버린 것이다.

"실망키엔 이릅니다."

남궁천상이다.

"개봉을 찾아왔다면 필경 대회에 참석코자 함일 것이니 그곳에서 다시 만날 기회가 반드시 있을 것입니다."

"글쎄… 그랬으면 좋겠군."

다시 볼 수 있을 것 같지가 않다.

이유? 멀리서 본 그녀의 분위기가 어딘지 달라 보여서? 연화를 둘러싼 사내들이 너무나 이질적이어서?

모르겠다. 지금 주변에서 일어난 대부분의 일들이 그렇기도 하지만 명확한 것이 없다. 그저 그녀를 언젠가는 다시 만날 것이나 그것이 무림대회가 열리는 삼 일 동안일 가능성은 없을 것이라는 막연한 생각만이 찾아들 뿐이었다.

진은 힘없이 돌아섰다.

무림대회장이 훤히 내려다보이는 사층 누각.

한 여인이 무거운 표정으로 창밖을 통해 콩나물시루처럼 빽빽이 들어차 있는 수많은 군웅을 내다보고 있었다.

"교주, 한 번 만나보심이……."

여인의 뒤에 그림자처럼 서 있던 날카로운 인상의 중년인이 말했다.

"그는……."

여인의 음성에는 습기가 가득하다.

"강해졌군요. 아주 많이……."

"그를 우리 진영에 끌어들이는 것도 나쁘지 않습니다."

"불가."

단호한 음성.

"그는 그들과 같은 곳에서 왔어요. 따라서 그는…….'

들리지 않을 만큼 낮은 한숨.

"우리의 적입니다."

여인은 느릿하게 중년인을 향해 돌아섰다.

슬프게 가라앉은 새까만 눈동자와 가녀리면서도 어딘지 모르게 다부져 보이는 건강한 아름다움을 지닌 그녀.

연화다.

중년인, 여사령은 감히 연화의 눈길을 마주하지 못하고 공손히 고개를 숙인다.

"궁주에게 기별은 넣었나요?"

"곧 뵈러올 것이란 연락이 왔사옵니다."

"궁주는 믿을 수 있나요?"

여사령은 말이 없었다. 주인을 앞에 두고 '아니오' 라 감히 말할 수 없는 탓이었다.

연화는 다시 창밖을 향해 시선을 돌렸다.

"그 말이 사실일까요? 그들… 한진회라는 자들이 중원을 노린다는 말… 결국엔 우리 모두를 발 아래 두고 군림하려 한다는 말… 그것이 진정 가능한 일일까요?"

"소신이 확인한 바, 아직까지는… 그렇습니다."

"아직까지는? 확실치 않다는 말이군요."

"중원을 온전히 지배했던 민족은 없었습니다. 저 강성했던 기마 민족도 백 년을 마저 채우지 못할 듯. 무림이 온 힘을 합친다면 그들의 야욕을 분쇄시킬 수 있을 것입니다."

피식 웃는 연화.

"무림이 온 힘을 합친다, 라… 그것이야말로 가장 믿지 못할 말로 들리는군요."

"……."

"가시죠. 천지밀궁주가 천하의 절색이라 하던데, 꼭 한 번 보고 싶군요."

"예, 교주."

연화의 가녀린 어깨가 슬며시 떨리고 있음을 여사령은 알지 못했다.

사납게 나부끼는 영웅기.

그리고 전에 볼 수 없었던 또 하나의 거대한 깃발이 맹렬한 파공음을 흘리며 나부끼고 있었으니.

대송제국!

더 이상 숨길 것도, 꺼려 가릴 것도 없다는 당당함이었다.

군웅은 소란스러웠다.

대부분은 깃발에 쓰인 네 글자가 무엇을 의미하는지도 모르는 문맹자였으나 서당 문턱이라도 밟아본 자들에 의해 퍼진 소문은 삽시간에 전파되어 이제는 모르는 이가 없게 된 것이었다.

둥! 둥! 둥!

가슴까지 울려대는 북소리가 제각기 사정을 토해내던 군웅의 소란스러운 입을 다물게 했다.

둥! 둥! 둥!

또다시 울려 퍼지는 웅장한 북소리.

이번에는 군웅들의 입을 하나로 모았다.

"우와와와와!"

그것은 일세 영웅에 대한 찬사.

무림맹주 백비운의 등장이었다.

"대단하군."

말과는 달리 다분히 비아냥조다. 진은 남궁천상과 함께 단상에 마련된 자리에 올라 있었으므로 돌려든 군웅의 모습을 한꺼번에 지켜볼 수 있었다. 그리고 남궁천상으로부터 들은 비밀도 알고 있었다.

군웅들 사이에는 무림맹이 뿌린 은자 맛을 본 자들이 섞여 있다.

북이 한 번 울릴 때 그들은 일제히 손가락을 입술에 대든지, 손을 휘휘 저어 조용히 해야 한다는 신호를 보냈으며 두 번째 북이 울리자 환호성을 지르거나 손뼉을 치며 호들갑을 떨었다.

모여든 자들은 대부분 무림의 무 자도 모르는 범부들. 동네에 틀어박혀 있기에 지체 높으신 무림맹주라고는 일평생 코빼기도 보지 못했으며 하루 두 끼 연명하기도 바쁜 이들이다.

그럼에도 이들이 이렇듯 무림맹주를 환호하는 이유는 오직 하나뿐이었다.

군중 심리.

무림대회에 참석해야 할 무인들의 숫자가 최근의 흉흉한 사건들이 터지면서 현저히 줄어들자 맹주가 생각해 낸 방법인 것이다.

꽤 많은 은자가 뿌려졌으니 이만한 효과라면 맹주의 의도는 성공했다.

무림맹주, 백비운이 흐뭇한 표정으로 대중을 향해 손을 한 번 흔들자 다시금 떠나갈 듯한 환호가 울려 퍼졌다.

다시금 몰이꾼들에 의해 장내는 고요해지고.

“우리는…….”

오만여에 이르는 군웅의 귀에 선명하게 들리는 육합전성.

이번만큼은 몰이꾼들의 역할이 필요없었다. 당장에 군웅들의 얼굴에서는 두려움이 떠올랐고 두려움은 맹주에 대한 찬사와 경외로 왜곡되어 전과는 비교할 수 없는 환호성이 되어 울려 퍼진 것이다.

백비운은 더욱 흡족한 표정이 되었음은 물론이고 손을 들어 자제를 당부하자 금세 바늘 떨어지는 소리가 들릴 만큼 사위는 조용해졌다.

“우리는 오늘! 세상을 향해 큰 뜻을 알리고자 이 자리에 모였습니다!”

잠시의 여백. 백비운의 연설가로서의 노련함이었다.

“한 줌도 안 되는 오랑캐들은 우리의 국토를 유린하였고, 우리의 누이와 어머니를 능욕하였으며 우리의 재산을 침탈하였습니다.”

이어지는 원 조정에 대한 직접적인 독설은 적나라했고 거침이 없었다. 그러므로 유린당할 땅뙈기 하나 없으며 누이는 멀쩡하게 시집 잘 갔고 재산이라고는 냄새나는 옷 한 벌이 전부인 사람들도 백비운의 연설을 들으며 분개하였다.

“또한 한족의 나라를 세우겠다는 백련미륵교는 어떻소이까? 불순한 탕자들을 규합하여 홍건적을 만들어 우리에게 어찌하였습니까? 곳곳을 떠돌며 우리의 형제들을 죽이고 재산을 약탈한 그자들이 북방의 오랑캐와 다를 것이 무엇이었습니까?”

심지어 이곳저곳에서 오랑캐와 백련미륵교를 모조리 때려죽이자는 선동이 일기 시작했으며, 순식간에 오만에 이르는 군웅들이 ‘원 타도! 백련미륵교 멸살!’ 을 외쳤다.

다시 한 번 자제를 당부하는 백비운. 이번만큼은 군웅을 진정시키는

데 다소간 시간이 걸렸는데 군웅들은 이미 잔뜩 흥분해 있는 상태였던 것이다.

"각지에서 백련교도들이 나라를 세웠다고 공공연히 떠들어대고 있습니다. 우리는 어찌해야 합니까?"

침묵. 그리고 어딘지 모를 곳에서 한 사람이 외쳤다.

"모조리 때려죽이자!"

파장은 순식간에 퍼져 나갔다.

"와와와! 모조리 때려죽이자!"

백비운은 의미있는 미소를 지어 보였다. 그러나 단상에서는 물론 군웅들은 전혀 알아차리지 못할 찰나의 일이었다.

"고정들 하시오! 우리는 북방의 미개인과 다르며 광신도들과는 더더욱 다른 위대한 중화 민족입니다!"

흥분한 군웅들의 얼굴에서는 일제히 뿌듯함이 서렸다.

그렇다. 자신들은 문자가 있는 문명의 중심이며, 중화를 일으킨 민족인 것이다.

지금 이 순간, 자신들이 이름 석 자 쓸 줄도 모르는 까막눈이며, 백 년 동안이나 자신들의 일 할도 되지 않은 오랑캐에게 지배를 당했다는 사실은 까맣게 잊어버린 것이었다.

"우리는 송을 재건해야 합니다. 무림맹의 영웅기 아래 모인 숫한 무림영웅들이 도울 것입니다. 오랑캐를 몰아냅시다! 광신도들에게 우리의 미래를 되찾아옵시다! 적들에게 이 땅의 주인이 누구인지 보여줍시다! 오직 한족을 위한 국가! 대송제국을 재건합시다!"

"우와와와와! 대송제국을 재건하자!"

절정으로 치닫는 광분이 대기를 찢어발겼다.

쿵! 쿵! 쿵…….

오만의 군중이 일제히 발을 구르자 개봉이 통째로 들썩거리는 듯한 착각이, 아니, 실제로 대지가 진동하며 울어댄다.

산전수전 다 겪어온 노강호마저 간담이 서늘해지는 광경.

이것이 바로 대중의 힘이리라.

백비운은 내심을 숨기지 못했다.

그의 가슴에 자리한 웅심.

무림맹주 따위에서 만족할 수는 없었다.

진정한 일인지하 만인지상(一人之下 萬人之上)의 자리.

천하를 눈 아래 두고 군림하리라.

모든 이들이 자신을 일러 말하게 하리라.

황제 폐하! 만세 만세 만만세!

"크하하하하!"

양팔을 잔뜩 벌리고 하늘을 향해 대소를 터뜨리는 백비운이었다.

그러다 문득.

백비운은 자신의 웃음소리가 유독 크게 들린다고 생각했으며, 이윽고 그 이유가 방금까지 천하를 집어삼킬 듯 울려 퍼지던 군웅들의 구호가 사라졌기 때문이라는 것도 알게 되었다.

마치 하룻밤 꿈처럼…….

그러나 분명히 꿈이 아니었다. 발 딛을 틈도 없이 들어찬 군웅들은 여전히 그곳에 있었다. 영웅기와 대송제국기도 여전히 나부끼고 있었으며, 단상을 가득 메운 문파의 대표자들도 여전히 자리를 지키고 있었다.

그리고 백비운은 그제야 그들의 시선이 자신이 아닌 하늘로 향해 있다는 사실을 알았다.

서서히 어두워지는 사위.

먹구름이라도 밀려오는 것인가?

조금 전까지도 하늘은 맑기만 했거늘.

백비운도 하늘을 향해 고개를 들어올렸다.

그리고 보았다.

개봉의 하늘을 뒤덮는 거대한 어둠을…….

진은 군웅들의 격렬한 반응을 보고 새삼 다수의 힘이 얼마나 강하고,
또 얼마나 위험한 것인가를 깨닫고 있었다.

인간은 현명하고 지혜롭지만 집단은 우매하고 단순하다고 했던가?

과연 틀림이 없는 말이다.

진은 광란의 도가니에서 벗어나고 싶은 마음뿐이었다.

진이 일어서자 남궁천상 역시 일어섰다. 남궁천상 또한 가히 좋지
않은 안색. 진이 느낀 거부감을 그 역시 통감한 것이었다.

그때였다,

하늘에서 거대한 살기가 느껴진 것은.

하늘에서의 살기란 일반적인 것이 아니었으므로 진은 경계보다는
의아함이 담긴 시선으로 하늘을 올려다보았다.

"부, 붕조다!"

누군가의 외침.

그러나 진은 그것이 전설에나 나오는 붕조가 아닐뿐더러 그 어떠한
조류에도 속하지 않는다는 것을 알았다.

두루뭉술하기만 한 그것의 어디에서도 날개를 찾을 수 없었던 것이다.

날아다니는 모든 것은 날개가 있어야 한다.

그럼에도 없다.

마치 구름처럼 두둥실, 느릿하게 다가올 따름이다.

두근!

진의 안색이 창백해졌다.

"비행선……."

근대에 태어나 비행기가 하늘을 지배하기까지 아주 잠시 동안 인간의 하늘을 날고자 하는 욕망을 채워주었던 그 비행선이다.

비행선의 등장은 진의 심장을 거세게 박동질시켰다.

비단 이 시대에는 절대로 나타나지 말아야 할 물건이 나타났기 때문만은 아니었다.

하늘.

느릿하게 움직이는 비행체.

그리고……

폭약.

"피해."

내용이 주는 다급함과는 달리 진은 나직하게 말했다. 남궁천상은 비행선에서 눈을 떼고 진을 의아한 눈으로 쳐다보았다.

"피해! 여기 있으면 죽어! 어서 피해!"

진의 목소리가 비로소 커졌다. 커졌을 뿐만 아니라 전에 없이 다급했다.

남궁천상은 진의 그런 모습을 본 적이 없었기 때문에 일순 당황했으나 또한 그랬기에 진이 이러는 이유가 있다고 생각했다.

"함 대협, 어서!"

남궁천상마저 다급성을 치자 함철원은 영문도 모른 채 남궁 자매들과 숙연연, 그리고 묵진민을 데리고 단상을 빠져나갔다.

그사이 진은 백비운을 밀쳐 내고 단상 위에 섰다.

"이 무슨……!"

밀려난 백비운의 얼굴이 일그러졌으나 진은 개의치 않았다.

"모두들 어서 이곳을 빠져나가시오! 시간이 없소!"

백비운에 필적하는 웅엄한 육합전성이었다.

그러나 군웅들의 반응은 미온적이었다. 심지어 여전히 비행선을 신기한 눈으로 쳐다보고 있을 따름이었다.

"어서 피하란 말이오! 여기 있으면 살아남지 못……!"

진은 말을 맺지 못했다.

바람을 타고 코끝에 실려 오는 옅은 화약 타는 냄새.

중공산에서의 숱한 의문들이 일시에 풀렸다.

많은 사람이 한꺼번에, 그리고 일시에 죽어나갈 정도로 강력한 폭발물이었으면서도 화약 냄새가 그토록 옅었던 이유.

그리고 곽가장에 마혼이살과 하화가 들고 왔다는 밀봉된 독 백여 동이.

"수소… 수소였던가?"

비행선을 띄우기 위해 가득 채웠을 수소. 오염이 거의 없는 청정 연료이면서도 일반화되지 못한 연료다. 비행선이 사라진 이유도 바로 수소의 위험성 때문이 아니었던가?

수소는 완벽한 폭발물이다. 아주 적은 양의 화약이 도화선 역할을 해준다면 화약의 흔적을 남기지 않는 완전한 폭탄이 되는 것이다.

중공산에서는 이를 시험해 보기 위함이었을 것이다.

피해 상황으로 보건대 중공산에서 터진 비행선은 지금 하늘을 온통

가리고 다가오는 비행선의 십분의 일만큼의 크기도 되지 않았을 것이
므로……

즉은 중공산에서의 위력보다 최소한 열 배의, 아니, 수십 배의 위력
을 지니고 있을 것이라는 예측이 가능하다. 이를 바탕으로 살상 반경
을 가늠해 보건대 백 장, 아니, 이백 장은 가볍게 넘길 것이다.

늦었다.

오만이 넘어가는 군웅. 모두 빠져나가지 못한다. 아마도 밟혀 죽는
이가 더 많으리라.

진은 죽음처럼 서서히 다가오는 비행선을 향해 허망한 시선을 들어
올렸다.

"이러는 이유가 무엇이냐? 대체 왜… 아무 죄 없는 저들을 왜 죽여
야 하느냔 말이다!"

진은 울부짖었다.

그리고 비행선이 답한다.

쿠구구궁!

알아들을 수 없는 거대한 폭음으로…….

고도의 하늘은 맑았다.

『귀안』 5권으로 이어집니다